CONNAISSANCE DE L'ORIENT

COLLECTION UNESCO
D'ŒUVRES REPRÉSENTATIVES

SÉRIE CHINOISE

PUBLIÉE SOUS LES AUSPICES DE L'UNESCO AVEC LA COOPÉRATION DES EXPERTS DU CONSEIL INTERNATIONAL DE LA PHILOSOPHIE ET DES SCIENCES HUMAINES ET DE M. ETIEMBLE, REPRÉSENTANT LES ÉDITIONS GALLIMARD

Conformément aux règlements de l'Unesco, cette traduction a été relue par un spécialiste dont le nom est indiqué à la fin de chaque conte après celui du traducteur.
A cette anthologie de contes du Leao tchai tche yi, *entreprise sous la direction de M. Yves Hervouet, professeur à l'Université de Paris VII, ont collaboré :*
M. Jacques Guillermaz, directeur d'études à l'École des hautes études en sciences sociales ;
Mme Patricia Guillermaz, professeur d'université à Formose ;
M. Max Kaltenmark, directeur d'études à l'École pratique des hautes études ;
Mme Odile Kaltenmark, maître-assistant à l'École des langues orientales.
M. Li Tche-houa, maître-assistant à l'Université de Paris VIII ;
Robert Ruhlmann † ;
M. Tchang Fou-jouei, maître-assistant à l'Université de Paris VII.

Contes extraordinaires du Pavillon du Loisir

par P'ou Song-ling

TRADUIT DU CHINOIS
SOUS LA DIRECTION
D'YVES HERVOUET

INTRODUCTION
D'YVES HERVOUET

nrf

GALLIMARD / UNESCO

INTRODUCTION

La Chine a été pendant des siècles un pays lointain, presque inaccessible aux voyageurs et partant mystérieux. Elle le redevient d'ailleurs de nos jours... Et l'obstacle des déserts de l'Asie ou des océans à traverser ne se retrouve-t-il pas dans les difficultés d'une langue écrite dont une connaissance étendue est réservée au tout petit nombre ? Avoir franchi la moitié de l'univers ou pâli pendant quelques années sur le mystère des caractères donnait le droit d'affirmer péremptoirement : « Les Chinois sont ceci » ou « La Chine est cela ». Ainsi s'est constitué peu à peu un stock de formules qui ont souvent donné de la Chine une image très fausse. Le revers d'une formule, si bien frappée soit-elle, est souvent aussi vrai que son avers.

Après ce préambule que je me crois obligé d'écrire pour avoir lu trop de bêtises, pourrai-je encore me permettre de commencer une phrase par « Les Chinois... ». Et pourtant il me brûle de dire : « Les Chinois aiment les histoires. » A vrai dire ne serait-ce pas commun à toute l'humanité ? Passons... De cette prédilection des Chinois, je ne donnerai pas d'explication, qu'il faudrait peut-être aller chercher dans le climat, l'agriculture et par suite le mode de vie. J'esquisserai seulement un semblant de preuve, avant d'y revenir plus longuement, en renvoyant aux multiples histoires contenues dans les textes les plus anciens, à la conception même de l'histoire officielle qui abonde en anecdotes, aux nombreux recueils de faits étranges, de mirabilia, *enfin aux récits populaires qui se sont certainement développés pendant des siècles avant de nous apparaître sous une forme écrite.*

Nous savons que des conteurs, dans les cités chinoises de notre Moyen Age, réunissaient autour d'eux de vastes audiences, enfants et grandes personnes mêlés. Ces conteurs étaient nombreux et il leur avait été nécessaire de se spécialiser : les auditeurs, en s'approchant, savaient ce qu'ils allaient entendre. Là, c'étaient des histoires courtes et de sujets variés : tantôt histoires d'amour ou récits de fantômes ou de démons, tantôt contes pleins de merveilleux ou nouvelles policières qui mettent en scène des juges habiles à résoudre les énigmes les plus ardues, tantôt anecdotes chevaleresques. Ailleurs, le ton était religieux et le thème des récits puisé dans les écritures bouddhiques ou dans les biographies de saints moines. Plus loin, la narration suivait la trame des histoires officielles des grandes dynasties passées. Il y avait encore des conteurs spécialisés dans les énigmes, les devinettes ou les calembours. Dans ces écoles de conteurs, la trame des histoires se transmettait de maître à disciple par un enseignement oral, mais il existait aussi des aide-mémoire qui passèrent un jour du cercle restreint des conteurs au vaste public des lecteurs. Il ne restait plus qu'à adapter ces aide-mémoire, simples résumés rédigés encore, semble-t-il, dans la langue savante qu'avaient toujours utilisée les écrivains, à un public avide de retrouver par écrit le charme et la verdeur de la langue des conteurs pour que naissent à la fois le conte ou le roman et la littérature en langue parlée.

Telle est, brièvement contée, l'origine des grands romans chinois de la dynastie des Ming (1368-1644) ou des Mandchous (1644-1911) ; romans historiques comme Le Roman des Trois Royaumes, *que MM. Ricaud et Nghiêm Toan traduisent actuellement avec précision, romans chevaleresques comme le* Chouei hou tchouan *encore à traduire, romans bouddhiques comme le* Si yeou ki, *connu du public français par la traduction de M. Avenol, romans d'amour comme le* Hong leou mong *dont une traduction soigneuse devrait paraître prochainement, romans de mœurs comme le* Kin P'ing Mei *dont on peut dire, malgré les versions existantes, qu'il est encore à traduire en français. Ce n'est pas seulement un esprit de système qui nous a fait retrouver à peu près les divers genres anciens où s'était spécialisée chaque école de conteurs dans les romans postérieurs. Des uns aux autres, la continuité est réelle. Il y a pourtant une différence importante : de l'histoire courte, nous sommes passés au long roman à épisodes, chaque épisode ayant d'ailleurs une unité semblable à celle des récits des conteurs.*

Cependant la tradition de l'histoire courte s'est également maintenue. Du milieu du XVIe *siècle à la fin de la dynastie Ming (1644), plusieurs recueils de ces histoires apparaissent. Écrites elles aussi en langue parlée et non plus dans la langue savante de « la » littérature, elles reprennent souvent les récits traditionnels des conteurs. Les thèmes, ou les genres, se retrouvent presque les mêmes : histoires de fantômes et de faits extraordinaires; romans policiers qui, à la différence des romans policiers occidentaux, révèlent dès le début le criminel : l'intérêt est de montrer comment, à partir de quels indices, le magistrat s'est montré capable de résoudre le cas difficile soumis à son jugement; récits d'aventures et de chevalerie dont les héros sont d'une force et d'une adresse surhumaines; histoires bouddhistes, liées aux traditions des grands monastères; récits historiques, à but moral, ou biographies de grands personnages ou de poètes; histoires d'amour enfin, les plus nombreuses. Dans une société où les parents arrangent les mariages, ce type d'histoire devait être fort populaire. Parfois le narrateur veut démontrer que la liberté de l'amour conduit à la tragédie. Dans d'autres histoires, la coquetterie et la séduction mènent à des mariages heureux. Beaucoup ne craignent pas les détails graveleux, qui révèlent parfois un dessein érotique chez l'auteur.*

Le dernier de ces recueils de nouvelles, il y en eut au moins huit, paraît dans les toutes dernières années de la dynastie Ming, vers 1640. Or 1640 est précisément la date de naissance de P'ou Song-ling (1640-1715), l'auteur de la collection intitulée Leao tchai tche yi *dont un choix très restreint de contes est ici traduit. P'ou Song-ling naquit dans une famille mandarinale au Chantong. Ses ancêtres n'étaient pas d'origine chinoise — c'étaient sans doute des Mongols ou des Turcs d'Asie centrale au service des Mongols — et c'est comme gouverneurs d'une préfecture qu'ils s'étaient fixés dans cette région du Chantong. Le père de P'ou Song-ling n'était cependant pas fonctionnaire, mais marchand, en même temps d'ailleurs que fin lettré. A dix-huit ans, P'ou Song-ling franchissait avec brio le premier obstacle sur la route du mandarinat : l'examen de bachelier. Mais l'examen suivant, qui lui aurait donné le titre de « licencié », allait être l'objet de nombreux essais infructueux. Sur ces entrefaites, à la suite de disputes familiales entre les femmes, son père avait partagé ses biens entre ses enfants, des biens qui n'étaient pas considérables car son goût des livres l'avait appauvri. Aussi ce ne fut pas la richesse. De terre, P'ou Song-ling avait moins d'un hectare et demi : même en Chine, ce n'est pas beaucoup pour vivre, surtout quand on ne le cultive pas soi-même. En y ajoutant un peu de mobilier, une maison de paysan de trois pièces en mauvais état, nous avons là tous les biens du jeune P'ou Song-ling. Aussi n'est-il pas surprenant de le voir accepter dès 1664 l'hospitalité d'un ami. En 1670 — notre auteur a alors trente ans —, il est engagé comme secrétaire par un de ses compatriotes qui l'emmène dans le Sud, c'est-à-dire dans la basse vallée du Yang-tseu kiang. Cependant, avec une belle constance qui n'est pas récompensée, P'ou Song-ling se présente tous les trois ans aux examens provinciaux de la licence pour connaître toujours le même insuccès. En 1672, il a déjà quitté son patron et les huit années qui suivent vont connaître une réelle misère. Sa femme lui est heureusement d'un grand secours et l'aide de son travail. Car quatre fils lui sont alors nés et ce ne sont pas les services occasionnels rendus aux grandes familles du voisinage — composition d'un poème, d'un essai, aide passagère dans l'instruction d'un enfant — qui peuvent lui procurer un revenu suffisant.*

En 1680 seulement la famille peut jouir d'une situation stable, lorsque P'ou Song-ling entre à titre de secrétaire dans la famille d'un riche ami. Il va rester attaché à cette famille pendant une trentaine d'années. En 1685, âgé de quarante-cinq ans, il n'a toujours pas réussi aux examens provinciaux, mais peut-être a-t-il cessé de s'y présenter depuis quelques années. Un titre lui est cependant accordé qui lui permet de tenir l'emploi de maître dans l'école du district. Et c'est seulement en 1710 ou 1711, quelques années avant sa mort, que le diplôme de « licencié au bénéfice de l'âge » lui est accordé. Les années passées dans la famille Pi lui ont permis d'améliorer sa situation et les dernières années de sa vie, grâce peut-être aussi à l'aide de ses fils, dont trois entrèrent avec plus de facilité que lui dans la carrière mandarinale, se passent dans la tranquillité d'une aisance suffisante. Sa femme meurt en 1713; après avoir trouvé le temps de retracer sa vie et de lui dédier plusieurs poèmes qui révèlent la qualité de leur vie conjugale, il la rejoint dans la mort en 1715.

Telle fut l'existence, définitivement reconstituée par les travaux de M. Fang Chao-ying et plus récemment de M. Průšek, de P'ou Song-ling. Pour la résumer d'un mot, on peut dire que ce fut la vie d'un raté. Elle connut cependant des moments plus heureux, mais, et c'est fort significatif, c'est dans la partie la plus sombre que fut composé le Leao tchai tche yi. *Voici en effet la traduction de la préface du recueil, écrite en 1679, alors que la plus grande partie de l'ouvrage était déjà achevée : « L'aurore me trouve seul près de la lumière clignotante d'une lampe qui fume; le vent siffle à travers mon cabinet aux murs nus. Ma table est froide au toucher comme une couche de glace tandis que je noue mes contes et essaie avec amour de poursuivre ma description du monde des ombres. Malgré mon inexpérience, je m'efforce de communiquer une vie à mon pinceau, mais le* résultat n'est pas autre que ce livre médiocre, fruit de ma désolation amère... Hélas, je ne suis rien de plus qu'un oiseau terrifié par le gel de l'hiver qui se serre contre l'arbre qui ne peut lui apporter aucune chaleur. Je suis l'insecte de l'automne qui se plaint à la lune et se presse contre la porte pour se réchauffer. Il me semble que les seuls qui me comprennent, ce sont les ombres qui traversent les bois lorsque le soir tombe et les lisières des forêts que recouvre la nuit. »

C'est, bien entendu, de la littérature, mais une littérature significative, d'autant plus significative que cet aspect personnel est rare dans la littérature chinoise. Dans un poème, P'ou Song-ling parle aussi de dix années passées dans la pauvreté à composer son recueil d'histoires extraordinaires. Or ce poème peut être daté avec une certitude suffisante de 1679, date de la composition de la préface. A cette date, P'ou Song-ling était à la veille de sortir des années noires, que d'autres poèmes encore décrivent de façon imagée et suggestive, pour retrouver une situation stable chez son ami Pi Tsi-yu. J'insiste sur ce fait, car les années de misère ne peuvent pas ne pas se retrouver dans l'œuvre qui y fut composée et qu'il me faut maintenant présenter.

Le titre d'abord, Leao tchai tche yi. Cela signifie à peu près Contes extraordinaires du Pavillon du Loisir. C'est l'œuvre d'un homme dans la force de l'âge — entre trente et quarante ans — à qui ses échecs répétés aux examens, bien qu'il soit encore régulièrement candidat, donnent de vastes loisirs, car ces années sont des années d'attente : il ne peut encore envisager d'autre carrière que celle de fonctionnaire et la porte est justement le diplôme qu'il ne réussit pas à enlever au tournoi des concours mandarinaux. La tradition nous indique d'ailleurs une façon d'écrire qui ne manquait pas de charme mais qui requérait beaucoup de temps. On raconte en effet que « chaque matin il allait s'installer sur une natte au bord du chemin avec une jarre de thé et un paquet de tabac. Un passant survenait-il, P'ou Song-ling l'invitait à se reposer, entrait en conversation avec lui, offrant son thé et son tabac, et finalement lui demandait de raconter les histoires extraordinaires qu'il connaissait. Si elles étaient intéressantes, P'ou Song-ling, rentré chez lui, les arrangeait pour en faire des contes... ». La préface que j'ai déjà longuement citée fait allusion à cette façon de faire : « J'aime à rechercher des histoires d'esprits..., j'aime que les gens me racontent des histoires de revenants. Pendant mes loisirs, j'ai confié ces histoires à mon pinceau et j'en fis un recueil; avec le temps, les amis des quatre points cardinaux m'en envoyèrent également, ce qui fit que j'en accumulai un plus grand nombre encore. » Dans les histoires elles-mêmes, nous *trouvons parfois des allusions à leur origine qui confirment les dires de la préface. Nous lisons à la fin de « Kiang-tch'eng » : « C'est M. Wang Tseu-ya, de Chao au Tchökiang, qui m'a, au long de toute une nuit, conté cette histoire dans tous ses détails. » Ainsi, à travers de longues années de recherches, à travers des veilles studieuses le pinceau à la main, se constitua cette collection de 431 contes étranges, œuvre de la patience et du loisir.*

Dans ce genre littéraire proche du peuple par son objet, le folklore, lié à une tradition d'au moins un siècle de contes en langue parlée, ce n'est pas la langue familière que nous trouvons, mais la langue difficile par sa concision, obscure souvent par son vocabulaire, de la littérature savante. Pourquoi ce choix à contre-courant de la tradition récente ? Sans doute faut-il l'expliquer par la situation de P'ou Song-ling : lettré méconnu par ses examinateurs, il ressent le besoin de s'imposer par la qualité de son style, de se venger d'eux, en quelque sorte, aux yeux de la postérité par sa renommée d'écrivain. Or, dans la Chine de son temps, une renommée d'écrivain ne pouvait s'acquérir autrement que dans la langue littéraire. Sans doute faut-il parler aussi de propension naturelle car le style s'impose à l'artiste et n'est pas choisi par lui. Cependant, P'ou Song-ling est l'auteur d'un roman, retrouvé récemment, en langue parlée dont le style est également remarquable, ce qui montre l'étendue de ses dons d'écrivain.

C'est, en effet, un véritable artiste en prose chinoise que nous trouvons dans son recueil de contes. La phrase est concise, comme il le faut en chinois littéraire, avec les trouvailles d'un mot qui anime par sa vigueur tout un récit. L'élégante simplicité du style est capable de donner la vie aux histoires les plus frêles ou les plus communes. Joignez-y « l'ordonnance et l'ingéniosité des intrigues », le réalisme des descriptions même dans les histoires les plus extraordinaires, la richesse des images, et vous comprendrez un peu ce qui fait la haute valeur littéraire des contes de P'ou Song-ling. Il faut tout de même ajouter qu'en bon lettré chinois, P'ou Song-ling ne craint pas de multiplier les allusions littéraires, ces courtes citations d'un, deux ou à peine plus de caractères, qui évoquent tout un monde qui n'a rien à voir avec l'histoire contée, Là résident, pour nous du moins, à la fois le défaut et la difficulté d'une prose que la tradition chinoise a jugée parfaite.

Les historiens de la littérature chinoise diront que la forme prévaut de beaucoup sur le contenu, vraiment médiocre. Cependant le style, c'est dans l'original en chinois qu'il faut en juger ; tout au plus une bonne traduction permet-elle d'en imaginer la qualité. Aussi est-ce surtout du contenu que je voudrais parler plus longtemps, car il n'est pas sans intérêt. Les histoires que raconte P'ou Song-ling sont donc des contes extraordinaires, où il est question de magie, de renards qui se transforment en êtres humains, de revenants, d'esprits d'animaux et même d'insectes, de plantes qui prennent l'aspect d'hommes et de femmes, d'apparitions de divinités locales, etc. Les Chinois ont toujours beaucoup aimé, aiment encore ces histoires. Peut-être même peut-on dire qu'elles correspondent à une forme de religiosité chinoise, plus tournée, dans son ensemble, vers une crédulité générale à l'égard du monde de l'étrange que vers les hautes spéculations métaphysiques. Ainsi se sont multipliées dans le peuple chinois les superstitions dont bien des missionnaires ont cru bon de se moquer. Mais là encore il y a l'aspect opposé : une religion très pure chez les grands moines bouddhistes et des croyances très éthérées chez quelques lettrés ou philosophes taoïstes. Quoi qu'il en soit, que le peuple et les lettrés aient cru ou non ces histoires, peu nous importe. Il est infiniment probable que P'ou Song-ling, comme la plupart des lettrés, a pris trop de plaisir à écouter ou à raconter ces contes pour y croire. Il dit lui-même quelque part que « l'homme est plus fort que tous les prodiges ». Tout au plus peut-être y avait-il chez lui le petit risson de l'enfant qui sait bien que le loup ne se rencontre pas au coin du chemin, mais qui aime avoir peur.

Le plus probable, et j'en reviens à ce que je disais, est que P'ou Song-ling se situe simplement dans une tradition littéraire qui correspond au goût de l'étrange, du fantastique. Si le fantastique est ce qui « apparaît scandale inadmissible pour l'expérience ou pour la raison », les Chinois, jugés si raisonnables et si terre-à-terre, si concrets et pratiques, peuvent rivaliser avec quiconque pour le goût du fantastique. Mais le fantastique chez eux n'est peut-être pas le même qu'en Occident. D'abord il s'est peu manifesté dans l'art ou s'il l'a fait, c'est avec une grande réserve : à peine peut-on signaler les formes étranges, tout à fait irréalistes, des montagnes dans le paysage chinois ou les anatomies déformées des portraits et, plus encore, des sculptures religieuses. On ne peut parler pour l'art chinois de fantastique ni non plus d'ailleurs, à l'opposé, de réalisme. Mais dans la littérature, au contraire, quelle magnifique floraison du fantastique ! Sans parler des textes anciens où les phénomènes les plus étranges ne sont pas rares, il existe un recueil de mirabilia *intitulé* Livre des Monts et des Mers *qui fut composé, sans qu'on puisse en préciser la date, aux premiers siècles avant l'ère chrétienne. Léon de Rosny, qui l'a traduit partiellement au siècle dernier, l'appelle* Antique Géographie Chinoise. *Mais c'est bien d'une étrange géographie qu'il s'agit. Sur la plupart des quatre cents montagnes qui sont successivement énumérées, habite un être fantastique : « poisson ressemblant à un bœuf et vivant dans les collines, avec une queue de serpent et des ailes d'oiseau, dont le cri est comme l'aboiement d'un chien... ; animal du genre de la chèvre avec neuf queues, quatre oreilles et les yeux sur le dos... ; homme à triple visage et à un seul bras, etc. »* Le Livre des Monts et des Mers *n'est qu'une nomenclature, mais à la même époque, des recueils de faits extraordinaires sont constitués, qui ont malheureusement disparu, par suite du mépris de l'école confucianiste pour toute cette mythologie. Dans les siècles qui suivent, l'introduction du Bouddhisme en Chine multiplie ce type d'histoires, à l'imitation des soûtras indiens. Les Taoïstes s'en servent aussi pour leur prédication et de nombreux recueils apparaissent, dont quelques-uns nous ont été conservés.*

Pendant la dynastie des T'ang (618-906), des lettrés se plaisent à conter dans un style élégant de courtes histoires : le genre est intermédiaire entre les mirabilia *des siècles passés et les récits des conteurs qui vont apparaître ensuite ; car, s'il arrive que l'auteur nous conte une histoire avec ses divers épisodes et les détails qui la rendent vraisemblable, souvent il se contente de narrer brièvement un fait qui se signale par son étrangeté. Le conte merveilleux est en effet le genre le plus fréquent. Bien plus, qu'il s'agisse d'anecdotes sur des hauts personnages de la cour ou du mandarinat, d'histoires d'amour ou de récits édifiants, nous y trouvons presque toujours un élément surnaturel. Ce sont des histoires d'immenses cavernes où se dressent des palais gardés par des dragons et habités par des fées ; d'apparitions de divinités au bord des rivières ou, au contraire, de personnages très ordinaires qui se révèlent tout à coup être des divinités ou obtiennent par leur mérite de devenir immortels. Dans le genre plus directement fantastique, nous avons l'histoire de ce personnage qui tomba malade d'une curieuse maladie : chaque fois qu'il mangeait, il grandissait de plusieurs pouces si bien qu'au bout de quelques jours sa tête sortait par la toiture, etc.*

La tradition des contes fantastiques s'est poursuivie chez les conteurs du Moyen Age et dans les recueils de nouvelles qui en sont directement issus. Histoires de fantômes et contes merveilleux sont deux genres bien représentés dans les récits des conteurs. Le Si yeou ki, *que je classais tout à l'heure sous le titre de roman bouddhique, pourrait aussi bien être appelé un roman du merveilleux. Ce ne sont, d'un bout à l'autre, qu'aventures extraordinaires des héros aux prises avec les êtres les plus fantastiques : le géant, grand comme les hautes montagnes, à la figure verte, aux dents d'argent semblables aux défenses de sanglier, aux cheveux d'un rouge éclatant; le dragon blanc, capable d'avaler d'un coup une monture et son harnachement et aussi de se changer en serpent d'eau ou en cheval, etc., etc. Tout le roman est plein de ces métamorphoses, de combats épiques entre les monstres et de magie.*

Les histoires de fantômes, nous les trouvons nombreuses dans les recueils de nouvelles de la fin des Ming. Dans le plus connu de ces recueils, intitulé Histoires étranges d'autrefois et d'aujourd'hui, *le surnaturel, si l'on met sous ce nom les histoires de fantômes ou de réincarnations et les contes de fées, occupe le tiers des nouvelles.*

Telle est la tradition dans laquelle il faut situer l'œuvre de P'ou Song-ling. Ce qu'il apporte de nouveau dans cette tradition, c'est l'art très remarquable avec lequel il sait introduire les événements les plus fantastiques dans un contexte parfaitement réaliste. Le lecteur en aura bien des exemples dans les pages qui suivent, mais je le renvoie spécialement à l'histoire intitulée Houa-kou-tseu. *Le surnaturel s'y mélange de façon inextricable aux détails les plus réalistes. Comment verrait-on dans les premières pages que la maison où le héros est reçu par hasard un soir abrite la famille d'un daim qui a pris forme humaine avec sa femme et sa fille pour témoigner sa reconnaissance à celui qui lui sauva la vie un jour. Les détails les plus concrets, par exemple la façon dont déborde le vin que fait réchauffer la jeune fille parce que la flamme est trop haute, ou l'idylle entre le voyageur de passage et la jeune fille, ne laissent pas soupçonner que de la maison et de ses habitants, le jour suivant, rien ne subsistera. Et dans cette histoire ainsi commencée, s'introduiront bientôt les détails les plus fantastiques et les plus horribles, que je laisse à découvrir. A une ou deux exceptions près, toutes les histoires de ce recueil portent au moins quelque élément surnaturel : cela va de la potion miraculeuse ou du talisman aux pierres transformées en or, des rêves prémonitoires aux réincarnations, aux apparitions de fantômes ou de démons, aux épousailles de « renardes ». Les renards ou les renardes, ce sont des esprits mauvais qui prennent la forme de jolies femmes ou de lettrés, alors que leur véritable aspect est celui de renard et que leur véritable nature est démoniaque.*

Le merveilleux se mêle donc de façon inextricable aux récits les plus concrets et cet aspect réaliste sera sans doute ce qu'il y a de plus intéressant pour beaucoup. De l'ensemble des contes se dégage un tableau assez complet de la vie chinoise à l'époque de P'ou Song-ling. La vie de la famille d'abord et surtout les péripéties de l'amour : la fidélité de la fiancée dans Kong Mong-pi, *la soudaineté de l'amour mais aussi ses mésaventures avec la transformation de la fiancée en mégère dans* Kiang-tch'eng, *les jalousies entre épouses dans* Ta-nan, Dame Chao, *etc. Ces aventures amoureuses sont parfois racontées avec une crudité dans l'expression qui évoque, mais de loin, les romans érotiques chinois. P'ou Song-ling n'écrit pas des histoires érotiques, mais des histoires où il prône cependant les droits de l'amour et une certaine liberté de mœurs, en opposition au carcan du confucianisme de son temps. Il réagit vivement contre la conception traditionnelle de la famille, avec les mariages imposés par les parents, mariages d'affaires ou de convenances au lieu d'être le libre choix de deux êtres intéressés, avec une polygamie qui en est la conséquence et qui est elle-même la source de nombreux drames. Nombreuses dans ces récits sont les femmes acariâtres, les mégères qui maltraitent leur mari et torturent les concubines. P'ou Song-ling semble, à la fois, avoir souffert de l'animosité de ses belles-sœurs, fort désagréables à son égard, et connu une vie de famille sereine, avec une femme unique et très aimée. Peut-être était-ce la suite d'un mariage d'amour, qu'il recommande nettement dans ses contes ; et sans doute cela lui donna d'autant plus de droits de condamner les mœurs de son temps.*

On a pu dire des contes du Leao tchai tche yi *que c'était une satire de la société du temps. A ce sujet le choix de contes que nous avons ici ne reflète pas la tonalité générale de l'œuvre. Nous trouvons ici l'ingratitude et la malhonnêteté des débiteurs dans* Kong Mong-pi, *la tyrannie et l'injustice des fonctionnaires dans* Tchang Hong-tsien, *la misère d'un couple que les proches eux-mêmes refusent de soulager et la vengeance des pauvres qui vident les greniers des avares dans* Eul Chang, *etc. Ailleurs apparaîtrait mieux encore la critique de la vénalité, de l'esprit d'intrigue, de l'arbitraire, de l'inhumanité des fonctionnaires mandchous et certains auteurs ont pu y déceler une indignation véhémente contre l'ordre installé par l'usurpateur mandchou. Cette indignation, si elle existe réellement, n'est pas immédiatement sensible ; il aurait été trop dangereux pour un lettré de s'exprimer ainsi sans fard contre un pouvoir qui ne reculait pas devant les moyens les plus énergiques pour réprimer toute opposition. Il faut dire que la lutte des derniers bastions de l'opposition chinoise contre les Mandchous se poursuivait encore dans le sud de la Chine au moment où* P'ou *Song-ling écrivait. Quoi qu'il en soit, si* P'ou *Song-ling n'est peut-être pas le révolutionnaire qu'on voit en lui maintenant, son livre reflète l'amertume et le ressentiment de sa vie misérable. Il y exprime ses critiques des injustices et sa prédilection pour les hommes simples, tout de bonne volonté, de vérité, de justice qu'il rencontrait dans sa vie de tous les jours. Car sa vie pauvre l'amena à savoir reconnaître la qualité des gens, et de là vient le ton de sincérité de beaucoup de ses histoires.*

C'est surtout cependant la perfection de la forme qui valut à son œuvre de connaître le succès qu'elle rencontra. C'était bien ce qu'attendait P'ou Song-ling en polissant son style pendant de longues veilles : il voulait gagner la considération de ses pairs et se venger ainsi de ses insuccès aux examens. Un des plus grands lettrés de l'époque, Wang Che-tchen, avait entendu parler du manuscrit que P'ou Song-ling venait d'achever. Il voulut l'acheter pour le faire imprimer. P'ou Song-ling refusa mais lui permit au moins de le lire. On raconte que Wang Che-tchen termina la lecture en une nuit et fut si enthousiasmé qu'il ajouta quelques commentaires au texte de sa propre main et le rendit en l'accompagnant d'une poésie que l'on trouve encore souvent en tête des éditions. C'était lancer le recueil dans le cercle des lettrés. Cependant, P'ou Song-ling était trop pauvre pour le faire imprimer lui-même et, jusqu'à sa mort, plus de trente ans plus tard, l'ouvrage ne circula pas autrement que sous forme manuscrite. Ces copies manuscrites durent être nombreuses, car la première édition date de 1766, plus de cinquante ans après la mort de l'auteur. A partir de ce moment, les éditions se multiplièrent ; il y en eut des centaines. Les traductions partielles du Leao tchai tche yi *en langues occidentales sont également nombreuses — plus de quarante. La plus importante est celle du sinologue anglais Herbert Giles,* Strange Stories from a Chinese Studio, *qui date de 1880 et comprend cent soixante-quatre histoires. En français, la plus importante des huit à dix traductions partielles parues de 1889 à 1938 ne comporte pas plus de vingt-cinq histoires. Toutes sont évidemment épuisées et se rencontrent rarement, même dans les bonnes bibliothèques.*

Dans les dernières décennies, en Chine et en Occident, l'intérêt s'est porté presque autant sur d'autres œuvres de P'ou Song-ling. D'abord, sur le roman en langue parlée, dont la première édition date de 1870 et qui n'a été que récemment attribué avec certitude à cet écrivain. Ce roman a pour sujet le thème des relations familiales : de même que dans beaucoup d'histoires du Leao tchai tche yi, *les deux personnages principaux sont une mégère et un mari soumis. P'ou Song-ling est également l'auteur d'essais en prose, de nombreux poèmes et de ballades narratives en style rythmé accompagnées de chansons imitant ou reprenant les chansons des rues du peuple chinois. L'aspect significatif de cette œuvre, ainsi que l'a bien marqué M. Průšek, est l'apparition pour la première fois, au moins à ce point, dans l'histoire de la littérature chinoise, d'un ton tout à fait personnel. Nous l'avons vu dans la préface de son recueil de contes et dans quelques poèmes. Mais c'est une grande partie des essais, avec surtout la biographie de sa femme (qui est en même temps une autobiographie), ce sont de très nombreux poèmes qu'il faudrait citer. Presque tout ce que nous savons de sa vie vient de la lecture de son œuvre et quand P'ou Song-ling parle des misères et des joies qu'il a connues, ce n'est pas d'une façon froide et objective, c'est avec l'émotion d'un poète qui revit chaque événement en le narrant. Ainsi retrouvons-nous dans son œuvre et même dans les contes, où se dégage un certain type du lettré honnête et humain qui représente l'idéal de vie de P'ou Song-ling, l'homme que fut ce Chinois du* XVIIe *siècle, amateur d'histoires étranges pour nous distraire, si loin dans le temps et l'espace et cependant si proche de nous.*

Yves Hervouet.

Wang Tch'eng

Wang Tch'eng, descendant d'une vieille famille de P'ing-yuan, (dans la province du Chantong, au nord-est de la Chine), était un paresseux dont la fortune avait si bien fondu qu'il ne lui resta bientôt plus qu'une vieille bâtisse toute délabrée. Quant à sa femme avec qui il partageait une grossière couverture de chanvre, elle lui rendait la vie insupportable par ses reproches.

On était au cœur de l'été et la chaleur était vive; nombre de villageois, et Wang avec eux, s'en allaient passer la nuit dans une vieille propriété abandonnée qui appartenait à une famille Tcheou et dont seul un petit kiosque restait debout parmi les murs en ruine.

Un matin, Wang se leva alors que le soleil était déjà haut et que tous les dormeurs s'en étaient allés dès l'aube. Comme il s'en retournait chez lui sans se presser, il aperçut dans l'herbe une épingle à cheveux en or. L'ayant ramassée, il y vit gravée en minuscules caractères la phrase suivante : « Fabriqué pour le gendre d'un prince impérial. » Or le grand-père de Wang avait épousé une fille du prince Heng et la plupart des objets anciens conservés dans sa famille portaient la même inscription.

Comme il tenait l'épingle d'un air perplexe, voici qu'une vieille femme s'en vint à la recherche de l'objet et Wang que les années de pauvreté avaient laissé honnête la lui donna aussitôt. La vieille femme toute heureuse loua vivement sa probité. Elle ajouta que l'épingle n'avait pas grande valeur mais qu'elle lui venait de feu son mari. Wang lui ayant alors demandé qui était celui-ci, elle répondit qu'il se nommait Wang Tsien-tche et était gendre d'un prince de la maison impériale.

« C'est mon grand-père », s'écria Wang Tch'eng, « l'avez-vous donc connu? »

« Vous êtes le petit-fils de Wang Tsien-tche! » s'exclama à son tour la vieille femme, « moi, je suis un renard changé en femme [1]. Il y a presque cent ans, j'ai aimé votre grand-père et, après sa mort, je me suis retirée du monde. Un jour que je passais là où nous sommes, j'ai perdu cette épingle de tête et la voici entre vos mains! N'y a-t-il pas là quelque dessein du ciel? »

Wang qui avait en effet entendu dire que son grand-père avait épousé une renarde la crut sans peine et l'invita à le suivre jusque chez lui. A son appel, son épouse se présenta, les vêtements en lambeaux, les cheveux en désordre, le teint brouillé et sans éclat.

« Hélas », soupira la vieille femme, « comment le petit-fils de Wang Tsien-tche peut-il être dans un tel dénuement? » Et voyant le foyer délabré et sans feu, elle ajouta : « Comment pouvez-vous subsister dans de telles conditions? » La femme de Wang conta en sanglotant toute la misère du ménage. Alors la vieille femme lui donna l'épingle d'or en l'invitant à la mettre en gage pour acheter un peu de riz et ajouta qu'elle reviendrait dans trois jours. A Wang qui essayait de la retenir elle déclara : « Vous n'avez pas de quoi faire vivre votre femme, à quoi bon me garder? » Elle s'en fut sur ces paroles.

Wang fit tout le récit de son aventure à sa femme qui en fut effrayée. Puis ayant loué la bonté de la vieille dame, il invita son épouse, qui le lui promit, à la traiter comme sa belle-mère.

Trois jours plus tard, la vieille revint selon sa promesse. Elle remit quelque argent à Wang pour qu'il achetât un sac de riz et un sac de blé et le soir elle partagea le lit de Dame Wang dont la peur se dissipa devant ses bons sentiments.

Le lendemain, la vieille dame dit à Wang : « Mon petit-fils, assez de paresse, essayez de gagner un peu d'argent. Vous ne pouvez continuer à manger sans travailler. »

Wang ayant répondu qu'il n'avait pas le capital nécessaire,

1. Il est souvent question de renard et surtout de renarde dans ces contes. Dans la mythologie populaire chinoise, les démons ou plutôt les revenants (les âmes de ceux qui n'ont pas reçu après leur mort le culte voulu ou qui ont péri de male mort) viennent tourmenter les vivants sous la forme de renards, qui ont eux-mêmes la faculté de se transformer en êtres vivants.

elle reprit : « Du vivant de votre grand-père, j'aurais pu amasser or et soie à volonté mais en qualité d'immortelle je n'avais guère besoin de tout cela et je n'avais mis en réserve qu'une petite somme de quarante onces d'or pour m'acheter des fleurs et des fards. Je l'ai encore aujourd'hui. Il ne me sert à rien de la garder, prenez-la donc. Vous vous en servirez pour acheter quelques étoffes de lin que vous irez sans tarder revendre à la capitale en faisant quelque bénéfice. »

Wang lui obéit et s'en alla acheter une cinquantaine de pièces de toile. La vieille lui dit de se préparer à partir afin d'être à la capitale dans les six ou sept jours. Puis elle ajouta :

Sois prompt, ne paresse pas,
Hâte-toi, ne flâne pas.
Un seul jour perdu en chemin,
Tu regretteras bien en vain.

Wang promit respectueusement de faire ainsi qu'elle lui demandait, emballa ses marchandises et se mit en route. La pluie le surprit au beau milieu de son voyage et trempa copieusement ses habits et ses chaussures. Comme il n'était guère habitué à ce genre de temps, il fut vite à bout de forces et s'arrêta dans une auberge. Mais une pluie incessante ruissela toute la nuit sous l'auvent. Le lendemain la boue était encore plus épaisse que la veille et voyant que les passants s'y enfonçaient jusqu'aux chevilles, Wang découragé attendit encore jusqu'à midi. Mais après une éclaircie, les nuages se rassemblèrent de nouveau et la pluie se remit à tomber de plus belle. Wang ne reprit sa route que le surlendemain.

Non loin de Pékin, il apprit que le cours des étoffes de lin était très élevé et il s'en réjouit en lui-même. Arrivé à la capitale, il déposa ses marchandises dans une auberge. L'aubergiste lui dit qu'il était bien dommage qu'il soit arrivé si tard. La route du sud n'était pas ouverte depuis très longtemps et au début, les étoffes de lin ne parvenant qu'en faible quantité, les grands de la capitale en achetaient beaucoup et à peut-être trois fois leur prix ordinaire. Mais un grand arrivage avait eu lieu la veille et les cours avaient fléchi tout d'un coup au grand désespoir des marchands retardataires. Aussi l'aubergiste croyait bon de l'en avertir. Wang éprouva un grand dépit de ce contretemps. De nouvelles quantités d'étoffe de lin arrivèrent encore le lendemain et les prix baissèrent un peu plus.

Wang ne voulant pas vendre sans bénéfice attendit une dizaine de jours. Mais il calcula que l'auberge lui coûtait fort cher et ses inquiétudes redoublèrent. Alors l'aubergiste lui conseilla de se défaire de ses marchandises à bas prix et d'entreprendre autre chose. Wang suivit cet avis et céda tout ce qui lui restait, perdant une dizaine d'onces d'argent dans l'affaire. Mais le lendemain matin, comme il vérifiait sa bourse après avoir pris la décision de rentrer chez lui, il s'aperçut que tout son avoir avait disparu. Bouleversé, il en fit part à l'aubergiste qui ne put lui être d'aucun secours. Cependant, des gens lui conseillèrent d'avertir le mandarin pour obtenir que l'aubergiste le dédommageât de sa perte et Wang dit en soupirant : « C'est la fatalité ! L'aubergiste n'y est pour rien ! » Touché de tant d'honnêteté, l'aubergiste lui fit don de cinq onces d'argent et tout en le consolant, lui conseilla de retourner chez lui. Cependant, Wang hésitait à reparaître devant sa grand-mère et il se mit à entrer, sortir, tourner autour de l'auberge sans savoir quel parti prendre.

Bientôt il aperçut des gens qui faisaient combattre des cailles. Chaque pari gagné rapportait plusieurs milliers de sapèques, chaque caille vendue en rapportait plus de cent. Du coup, Wang eut une idée, il compta l'argent qui lui restait. Il avait encore de quoi acheter quelques cailles pour les revendre. L'aubergiste consulté encouragea vivement son projet et s'offrit même à le loger et à le nourrir quelque temps pour rien. Wang tout heureux s'en fut aux environs de la ville acheter deux cages sur un balancier, pleines de cailles, puis il revint chez l'aubergiste qui se montra fort content et lui souhaita de pouvoir les revendre rapidement.

Cependant vers le soir survint une grande pluie qui dura jusqu'à l'aube. Quand le jour se leva, les rues semblaient autant de rivières et de grosses gouttes continuaient à tomber. Wang demeura à l'auberge en attendant le retour du beau temps mais la pluie dura encore plusieurs jours de suite.

En s'en allant voir ses cages, Wang s'aperçut que beaucoup de ses cailles étaient déjà mortes ou mourantes et il en fut si bouleversé qu'il ne savait que faire. Le jour suivant, les cailles périrent encore en plus grand nombre et il n'en resta bientôt plus que quelques-unes que Wang nourrit dans un seul panier. Cependant, le lendemain une seule avait survécu.

Wang tout en larmes s'en alla avertir l'aubergiste qui leva les bras d'impuissance. Désormais sans argent pour rentrer chez lui, Wang se dit qu'il n'avait plus qu'à mourir. L'aubergiste s'efforça de le consoler encore une fois et tous deux s'en furent jeter un coup d'œil sur la caille survivante. L'aubergiste l'examinant avec attention s'écria : « Mais c'est un oiseau magnifique! c'est peut-être bien lui qui a tué toutes les autres cailles! Puisque vous n'avez rien de mieux à faire, dressez-le à combattre. S'il est aussi bon qu'il paraît, il vous permettra de gagner votre vie aux jeux. »

Wang suivit ce conseil et quand le dressage de son oiseau fut terminé, l'aubergiste lui dit de l'emmener dans la rue et de tâcher de gagner ses repas en le mesurant avec d'autres.

La caille était étonnante et triomphait chaque fois, à la joie de l'aubergiste qui remit alors quelque argent à Wang en vue de paris plus sérieux. Autant de combats, autant de victoires. En six mois Wang avait gagné vingt onces d'or. Il était maintenant tout à fait consolé et tenait à son oiseau autant qu'à sa propre vie.

Or il se trouvait qu'un certain prince était passionné des combats de cailles. Chaque année au 15e jour de la première lune, il ouvrait son palais à tous les gens du peuple qui désiraient opposer leurs oiseaux aux siens. Ce jour-là, l'aubergiste dit à Wang : « Aujourd'hui, vous devriez pouvoir devenir riche d'un seul coup, c'est une question de chance », et après lui avoir dit de quoi il s'agissait, tous deux s'en furent chez le prince.

L'aubergiste fit quelques recommandations à Wang : « Si votre caille perd, vous n'avez qu'à vous retirer la mort dans l'âme. Mais si, par extraordinaire, elle sort vainqueur du combat, le prince voudra sûrement vous l'acheter, mais ne dites pas oui tout de suite. S'il insiste, regardez-moi et attendez pour accepter son offre que je vous fasse un signe de tête. » Wang acquiesça.

Les porteurs de cailles se pressaient en foule au bas des marches du palais du prince. Bientôt le prince lui-même parut et les gens de sa suite annoncèrent que ceux qui voudraient faire combattre leurs cailles pouvaient s'avancer. Aussitôt un homme se précipita. Le prince fit lâcher une de ses cailles et l'homme libéra une des siennes mais au premier assaut, celle-ci était déjà battue et le prince éclata de rire. Bientôt plusieurs concurrents perdirent comme le premier.

L'aubergiste dit alors à Wang : « C'est le moment! » et tous deux s'avancèrent. Le prince examina la caille de Wang et s'écria : « Ses yeux sont injectés de sang, ses plumes sont raides. Il ne faut pas en faire fi! » Sur quoi, il lui fit opposer une de ses cailles appelée « Bec de Fer ». Mais après deux ou trois attaques, Bec de Fer avait déjà perdu quelques plumes. On en fit venir une meilleure puis encore quelques autres qui furent battues l'une après l'autre. Le prince se hâta alors d'envoyer chercher « Caille de Jade ». Celle-ci parut bientôt. Ses plumes étaient aussi blanches que celles d'un héron et son port était royal. Wang, pris de panique, tomba à genoux et pria le prince d'arrêter le combat : « La caille de Votre Altesse est un être surnaturel, dit-il, je crains qu'elle n'éreinte la mienne et que je ne perde ainsi mon gagne-pain. »

Le prince se mit à rire. « Lâche-la », dit-il, « si elle est tuée, je te dédommagerai généreusement. » Wang lâcha donc sa caille droit devant lui mais comme celle du prince se jetait aussitôt sur elle, elle l'attendit toute ramassée et furieuse comme un coq. Puis, sous l'attaque du redoutable bec de « Caille de Jade », elle s'envola d'abord comme une cigogne avant d'attaquer à son tour. Tour à tour avançant ou reculant, tour à tour au-dessus ou au-dessous, elles se tinrent tête un moment. « Caille de Jade » se sentait faiblir peu à peu mais sa colère ne faisait que croître et le combat devenait plus violent encore. Bientôt ses plumes blanches volèrent et elle s'enfuit en traînant l'aile. Aucun des mille spectateurs qui ne poussât des cris d'admiration et ne convoitât la caille de Wang. Alors le prince demanda à Wang de lui montrer l'oiseau, le prit dans ses mains, l'examina du bec jusqu'aux ongles et demanda à Wang :

« Est-elle à vendre? »

« Je ne possède rien d'autre et c'est elle qui me fait vivre. Je ne veux pas la vendre », répondit Wang.

« Je t'en donnerai un grand prix », repartit le prince, « de quoi faire la fortune d'une famille. Qu'en dis-tu? »

Wang baissa la tête et réfléchit un long moment puis répondit : « Je ne désire pas me séparer de cet oiseau mais puisqu'il plaît à Votre Altesse, je me contenterai de ce dont j'ai besoin pour vivre. »

Le prince lui demanda alors son prix et Wang réclama mille onces d'or.

Le prince éclata de rire : « C'est stupide! Ta caille n'est pas un trésor, comment pourrait-elle valoir mille onces d'or? »

Wang répondit : « Pour Votre Altesse, ce n'est pas un trésor mais, pour moi, elle ne vaut pas moins que ce bloc de jade qui valait plusieurs villes [1]. »

« Comment cela? » repartit le prince.

« Je l'emmène chaque jour au marché », dit Wang, « et avec l'argent qu'elle me rapporte, je puis acheter assez de riz pour les dix personnes de ma famille, celles-ci ne craignent plus ni la faim ni le froid, quel trésor serait comparable à cet oiseau? »

« Tu n'y perdras rien », dit le prince qui lui offrit alors deux cents onces d'or mais Wang les refusa d'un signe de tête. Le prince rajouta alors cent onces. Wang regarda l'aubergiste dont le visage restait impassible et s'adressant alors au prince déclara : « Pour vous obéir, je baisse le prix de cent onces. »

« N'en parlons plus », répondit le prince, « qui donnerait neuf cents onces pour une caille! »

Wang remit sa caille dans son sac et fit mine de s'en aller. Le prince le rappela : « Eh! l'homme à la caille, arrête, arrête! Six cents onces, c'est mon dernier prix. C'est à prendre ou à laisser. »

Wang regarda encore une fois l'aubergiste qui ne bougeait toujours pas. Cependant, la somme l'emplissait de joie et il craignait fort de laisser passer l'occasion.

Aussi déclara-t-il : « A ce prix, c'est à contre-cœur que je la vends. Mais au point où nous en sommes, ne pas le faire serait gravement vous offenser. Qu'il en soit donc selon la volonté de Votre Altesse. »

Le prince tout heureux fit peser l'or que Wang mit dans le sac. Puis il remercia en se prosternant et s'en alla. Cependant, l'aubergiste de fort mauvaise humeur s'écria : « Que vous avais-je dit? Vous vous êtes trop pressé de vendre. Avec un peu de patience, vous auriez maintenant huit cents onces. »

1. Wang fait allusion à un bloc de jade en échange duquel le roi Tchao de Ts'in (771-221 av. J.-C. environ) était prêt à céder quinze villes.

Revenu à l'auberge, Wang posa l'argent sur une table et pria l'aubergiste d'en prendre sa part. Mais celui-ci s'y refusa. Comme Wang insistait, il finit par prélever seulement le prix des repas qu'il calcula exactement sur son abaque. Wang fit alors ses bagages et se prépara au retour.

Arrivé chez lui, Wang conta toutes ses aventures, montra son argent et chacun se réjouit avec lui. La vieille dame lui conseilla d'acheter trois cents *mou* (environ 18 hectares) de bonne terre, de construire une maison et de la meubler; la famille Wang était maintenant respectable.

La vieille dame, levée de bonne heure, pressait Wang de s'occuper des labours et sa femme de prendre soin du tissage des étoffes; elle les gourmandait dès qu'ils se relâchaient. Mari et femme ne se querellaient plus et n'osaient plus se plaindre l'un de l'autre. Trois ans plus tard, la famille était devenue plus riche encore et la vieille dame voulut partir. Les époux la retinrent en pleurant et, devant leurs larmes, elle consentit à rester, mais au matin du jour suivant, elle avait disparu.

Tr. : M. Mme Guillermaz.
Rv. : M. Kaltenmark.

Ts'ing-fong

M. Keng de T'ai-yuan (dans la province du Chansi, au nord de la Chine), appartenait à une ancienne grande famille qui avait habité une très vaste maison. Ruinée, la famille fut obligée de laisser à l'abandon la moitié de la demeure, composée d'une suite de pavillons, et cela donna naissance à des phénomènes étranges. Les portes des grandes salles s'ouvraient et se fermaient toutes seules, emplissant de terreur en pleine nuit les gens de la maison. M. Keng, désolé, décida de déménager pour aller habiter une maison de campagne et ne laissa sur place qu'un vieux gardien. Dès lors, dans l'hôtel encore plus désert, on entendait parfois des éclats de rire, des bruits de conversations, des chants et de la musique. Or, M. Keng avait un neveu, nommé Keng K'iu-ping, très désinvolte, fort peu conventionnel, qui recommanda au vieux gardien de venir tout de suite l'avertir dès qu'il verrait ou entendrait quoi que ce fût. La nuit venue, le vieux aperçut à l'étage une lumière qui brillait et disparaissait et alla prévenir le jeune homme. Celui-ci voulut se rendre sur place pour observer cet étrange phénomène. Le gardien l'arrêta mais il n'écouta pas ses avis. Il connaissait l'emplacement de toutes les portes et de toutes les fenêtres; après un moment d'indécision, c'est par un chemin détourné qu'il pénétra dans le bâtiment en se frayant un passage dans les hautes herbes. Arrivé à l'étage supérieur, pas la moindre trace d'étrangeté. Il enfile la suite des salles; tout au bout, il entend des chuchotements. Il examine à la dérobée et aperçoit deux grosses bougies dont la lumière éclaire comme en plein jour. Un vieillard, le chef couvert du bonnet des lettrés, est assis face au sud, une dame, qui a comme lui quarante ans passés, lui fait face. A l'est, un jeune homme qui peut avoir dans les vingt ans, et à sa droite, une jeune fille qui porte depuis peu l'épingle de tête de la nubilité (à partir de quinze ans). Tout le groupe, autour d'une table dressée, garnie de vins et de mets, rit et bavarde à l'envi. K'iu-ping surgit en criant gaiement : « Et voici un hôte qu'on n'a pas invité! » Il sème la panique; tous courent se cacher, à l'exception du vieillard qui va vers lui et l'interroge : « Qui êtes-vous donc pour oser pénétrer dans mes appartements privés? » Le lettré répond :

— C'est ici chez moi. Vous occupez ma maison et qui plus est, vous y organisez une beuverie pour vous seuls, sans même inviter le propriétaire. N'est-ce pas là trop d'économie?

Le vieillard l'examinait :

— Mais ce n'est pas vous le propriétaire!

— Je suis le lettré fantasque Keng K'iu-ping, le neveu du propriétaire.

Et le vieillard, avec un grand respect :

— Ah! depuis longtemps j'aspirais à vous rencontrer, car votre notoriété est celle du T'ai-chan [1] et de l'Étoile polaire.

Il s'inclina alors devant le jeune homme et le fit entrer en ordonnant aux serviteurs de disposer de nouveaux plats. Le lettré arrêta son geste et le vieillard offrit à boire à son hôte.

— Puisque nous sommes de vieilles connaissances, pourquoi vos convives me fuiraient-ils? Je vous demande cela encore, faites-les revenir pour prendre du vin.

— Hiao-eul (Fils filial), appela le vieux monsieur. Et tandis qu'un instant après, un tout jeune homme pénétrait dans la pièce, saluait et prenait place, le vieillard ajouta :

— Voilà mon fils, mon petit rien du tout (petit porc).

K'iu-ping s'enquit quelque peu de la famille. Le vieillard se nommait Hou et son prénom était Yi-kiun. Le jeune lettré était d'un abord agréable, ouvert et direct. Hiao-eul de son côté était fort aimable et distingué. Après avoir échangé quelques idées, leur commune distinction fit qu'ils se plurent l'un à l'autre. Keng, âgé de vingt et un ans, de deux ans l'aîné de Hiao-eul, le traitait en frère cadet.

1. Montagne sacrée qui domine la plaine de l'Est de la Chine.

— Savez-vous, dit le vieux monsieur, que votre oncle a écrit la biographie de T'ou-chan[1]?

— Oui, je suis au courant.

— Je suis de la lignée de T'ou-chan. Après les T'ang (618-905), ma généalogie peut être reconstituée, mais avant les cinq petites dynasties (906-960), les registres généalogiques ne nous ont pas été transmis. Je serais heureux si, une fois, Votre Seigneurie pouvait m'instruire.

Le jeune homme raconta brièvement les mérites de la dame T'ou-chan, qui aida aux travaux de Yu. Dans un style orné et éloquent, ses paroles faisaient jaillir des images merveilleuses et le vieil homme, tout joyeux, dit à son fils :

— Aujourd'hui, il m'est donné d'entendre ce que je n'avais encore jamais entendu. Vraiment, ce seigneur n'est pas n'importe qui. Tu peux prier ta mère et Ts'ing-fong de venir se joindre à nous afin de l'écouter et d'entendre ainsi parler des vertus de nos ancêtres. Hiao-eul souleva la tenture d'où peu après sortit la vieille dame accompagnée de la jeune fille, qui, lorsque le lettré se tourna vers elle pour l'examiner, lui parut une beauté sans égale, au charme frêle, au regard vif et brillant d'intelligence. Le vieux monsieur, désignant tour à tour la dame et la jeune fille, les présenta :

— Voici ma vieille épouse et voici Ts'ing-fong, ma nièce. Ce n'est pas une fille quelconque; son intelligence lui permet de retenir tout ce qu'elle voit et entend. C'est pourquoi je la fais venir vous écouter.

Quand K'iu-ping eut achevé de parler, il but. Il ne pouvait détacher son regard du visage de la jeune fille. Elle s'en aperçut et baissa la tête. Le jeune lettré effleura en cachette son pied qu'elle retira vivement mais sans paraître fâchée pour autant. Il était complètement hors de lui-même, l'esprit égaré. Ne se dominant plus, il frappa sur la table et déclara :

— Ah! si j'obtenais une épouse comme cela, je ne l'échangerais pas contre un royaume.

La vieille dame, voyant que sa témérité augmentait avec son ivresse, se leva en même temps que sa nièce, et toutes deux écartèrent le rideau et disparurent. Keng, au désespoir, prit

1. T'ou-chan est le nom d'une des femmes de l'empereur légendaire Yu.

congé du vieillard, le cœur lié et incapable désormais d'oublier son amour pour Ts'ing-fong.

Le soir venu, il revint sur les lieux. Il régnait encore un parfum d'orchidée et de musc et toute la nuit il attendit sans bouger : il n'y eut pas un bruit, pas une toux.

Rentré chez lui, il entretint sa femme de son désir de déménager dans l'autre maison, car il espérait une nouvelle rencontre. Sa femme refusa de le suivre et il s'y rendit seul pour y lire au rez-de-chaussée du pavillon.

Une nuit, alors qu'il était appuyé à sa table et lisait, il eut la visite d'un diable, les longs cheveux en désordre, le visage noir comme de la laque, qui le fixait de ses énormes yeux. Keng se mit à rire. Il saisit sa boîte à encre, en broya un peu, et s'en enduisit le visage. Puis, d'un air féroce, il fit face au démon qui, honteux, s'enfuit aussitôt.

La nuit suivante, comme il venait fort tard de souffler sa chandelle pour dormir, il entendit la porte à l'arrière du pavillon s'ouvrir avec fracas. Il bondit et alla voir : le portail était entrouvert. Peu après, il perçut le bruit de pas menus, tandis que la lueur d'une bougie filtrait de la pièce voisine. Il reconnut... Ts'ing-fong. Effrayée d'apercevoir Keng, elle voulut s'enfuir. Tandis qu'en hâte elle refermait les deux battants de la porte, le lettré se prosternait à genoux pour lui parler ainsi :

— Si le modeste lettré que je suis n'a pas fui le danger, c'est croyez-le bien, à cause de vous, madame. Par bonheur, nous sommes seuls. Si je pouvais obtenir que vous me touchiez la main et m'adressiez un sourire, je mourrais sans regrets.

De loin la jeune fille lui dit :

— Comment aurais-pu ne pas comprendre la profondeur et le sérieux de vos sentiments ? Mais les règles de mon éducation sont strictes : je ne puis me permettre de céder à vos sollicitations.

Keng se fit suppliant et tenace :

— Je n'ose pas non plus espérer l'union de nos corps, mais voir une seule fois votre visage me suffirait.

La jeune fille semblait vouloir l'y autoriser, et comme elle ouvrait la porte pour apparaître, il lui saisit le bras pour l'attirer vers lui. Fou de joie, il la fait entrer dans le pavillon, la serre dans ses bras et la prend sur ses genoux :

— Quelle chance nous avons, dit-elle, car, passée cette soirée, toute pensée d'amour sera vaine.

Il demande pourquoi.

— Mon oncle craint votre audace, c'est pourquoi il s'est métamorphosé en démon malfaisant pour vous effrayer, mais vous n'avez pas bougé. Nous nous sommes donc déjà enquis d'un autre domicile. A l'heure actuelle, toute la famille est allée y transporter nos affaires. Je suis restée pour monter la garde. Mais demain, je pars... Ceci dit, elle voulut s'en aller, expliquant qu'elle redoutait le retour de son oncle. Mais Keng la retint de force car il désirait prendre avec elle son plaisir.

Au milieu de leur discussion, le vieillard arriva soudain. La fille, confuse et craintive, ne savait quelle contenance adopter. Tête basse, elle s'appuyait au lit et, sans proférer une parole, jouait machinalement avec sa ceinture. Son oncle lui cria, fort courroucé :

— Eh! fille de peu, te voilà la honte de ma famille, si tu ne déguerpis au plus vite, le fouet et le bâton te rattraperont!

La pauvre, baissant la tête, s'enfuit en courant. Le vieillard s'en fut derrière elle. Keng les suivit pour écouter : ce ne furent que réprimandes et reproches de dix mille sortes. Et quand parvinrent à ses oreilles les sanglots et les petits cris de Ts'ing-fong, il lui sembla que son cœur se brisait. Il hurla :

— C'est moi le coupable. Qu'est-ce que cela a à voir avec Ts'ing-fong? Si vous l'épargnez, que ce soit par le couteau, la scie ou la hache, je désire que tous les châtiments tombent sur moi seul.

Puis il y eut un long moment de silence. Il alla se coucher. A partir de ce moment, aucun bruit ne se fit à nouveau entendre dans la maison hantée. L'oncle de K'iu-ping l'apprit et s'en étonna; il accepta de la vendre à son neveu qui voulait y demeurer. Comme elle ne représentait pas une grande valeur, le lettré en fut très heureux. Tout lui réussissait à souhait et cependant pas un seul instant il n'oublia Ts'ing-fong.

Or il arriva que le jour de la Fête des Morts, en revenant du cimetière, K'iu-ping aperçut sur la route deux petites renardes poursuivies par des chiens : l'une s'échappa en courant vers la campagne; l'autre, désemparée, demeurait sur place : poussant de petits cris de souffrance, la tête pendante, les oreilles rabattues, son regard posé sur K'iu-ping semblait solliciter son aide. Le jeune homme, saisi de pitié, la souleva et dégraffa sa veste pour l'y envelopper, puis l'emporta dans ses bras et rentra chez lui. La porte fermée, il la déposa sur le lit... C'était Ts'ing-fong.

Au comble de la joie, il l'interrogea avec gentillesse.

— Ma servante et moi, lui dit-elle, nous nous promenions lorsque survint ce terrible danger. Si je ne vous avais rencontré, je serais, sans contredit, engloutie dans l'estomac d'un chien. J'espère que vous n'allez pas me haïr maintenant, en découvrant que je n'appartiens pas à l'espèce humaine.

— Jour après jour, je pensais à vous; vous étiez liée à mon âme, liée à mes rêves. En vous contemplant, je crois posséder un trésor extraordinaire. Comment pouvez-vous parler de haine?

— Tout ceci est vraiment providentiel. S'il n'y avait pas eu cet atroce péril, comment serais-je arrivée jusqu'à vous? Ah! quelle chance j'ai eue! Et puisque ma servante, bien certainement, a raconté que je suis morte, je puis donc désormais me lier à vous pour toute la vie.

K'iu-ping s'en réjouit et la fit installer dans un pavillon annexe.

Plus de deux années s'étaient écoulées quand Hiao-eul surgit soudain, une nuit où le jeune lettré était en train de lire. Celui-ci interrompit sa lecture et lui demanda, étonné, la raison de sa venue. Hiao-eul se prosterna et dit avec tristesse.

— Mon honorable père est en péril extrême; personne, sinon vous, ne peut l'en sortir. Il s'apprêtait à vous présenter lui-même sa supplique mais, tremblant de n'être pas reçu, il m'a envoyé à sa place.

— De quoi s'agit-il? demanda le lettré.

— Votre Seigneurie connaît-elle Mo San-lang?

— C'est le fils d'un de mes camarades de concours.

— Demain, continua Hiao-eul, il passera par ici, il aura un renard capturé à la chasse que, j'espère, vous voudrez bien garder.

— Le souvenir de l'opprobre subi au rez-de-chaussée du pavillon demeure inaltéré en moi, aussi je ne veux plus rien entendre de vous. Je n'accepterais de vous rendre un service dans la mesure de mes faibles moyens que si Ts'ing-fong venait elle-même m'en prier.

Hiao-eul éclata en larmes :

— Voilà trois années déjà que ma sœur a été sauvagement tuée.

Le jeune lettré secoua son vêtement en signe de refus et ajouta :

— S'il en est ainsi, eh bien, j'en suis profondément désolé.

Il saisit son volume et y lut à haute voix sans plus prendre garde à son hôte. Celui-ci se leva en pleurant; sans rien ajouter, les mains sur son visage baigné de larmes, il quitta les lieux.

Le lettré se rendit dans l'appartement de Ts'ing-fong et lui narra l'incident. Elle perdit contenance :

— Mais bien sûr, il faut le sauver, n'es-tu pas de cet avis?

— Pour ce qui est de le sauver, je le sauverai, dit-il. Si je n'en ai pas fait la promesse tout à l'heure, c'est seulement pour me venger de l'affront que j'ai subi autrefois.

Joyeuse, elle lui dit :

— Petite orpheline, j'ai grandi sous la protection de mon oncle. S'il t'a fait subir un affront, c'est que l'honneur de notre famille l'y obligeait.

— Tu as raison. Mais il est bien humain de ne pas pouvoir l'oublier. Ah! si tu étais morte je n'irais certainement pas le tirer d'affaire.

— Comme tu as peu de cœur! dit-elle avec un sourire.

Le lendemain Mo San-lang survint effectivement, « sur un cheval au collier tout ciselé, un fourreau de peau de tigre en bandoulière [1] » et suivi de nombreux valets. Notre lettré l'accueillit à la porte. Il vit parmi l'important butin de chasse un renard noir tout couvert de sang séché et le pelage en grand désordre. Il l'effleura de la main : son corps était encore tiède. Keng prétexta que sa vieille robe de fourrure avait besoin d'être réparée pour exprimer le désir de garder le renard. Mo libéra l'animal et lui en fit don de fort bonne grâce. Le lettré le confia aussitôt à Ts'ing-fong, offrit à boire à son hôte, puis celui-ci le quitta.

La jeune femme tint le renard dans ses bras pendant trois jours, après quoi il se réveilla et aussitôt se métamorphosa en vieillard. Quand il vit Ts'ing-fong, il se demanda si elle appartenait vraiment au monde des vivants. La jeune femme lui raconta ce qui s'était passé, et le vieillard s'agenouilla pour saluer et, tout honteux, s'excusa de ses errements anciens. Il considérait

1. Citation du Livre des Odes.

Ts'ing-fong avec joie : Que tu ne sois pas morte, en effet, je puis le dire, c'est évident!

Ts'ing-fong dit au jeune lettré : « Ah! si tu voulais bien songer un peu à moi, je te demanderais encore de nous prêter un pavillon afin que je puisse veiller pieusement sur mon oncle. » Le jeune homme acquiesça tandis que le vieillard rougissant exprimait ses remerciements et prenait congé. La nuit venue, il vint effectivement s'installer avec sa famille. Keng et le vieillard à partir de ce jour devinrent comme père et fils sans que subsistât entre eux la moindre rancune. Lorsque le lettré se trouvait dans sa chambre d'étude, Hiao-eul venait souvent bavarder avec lui. K'iu-ping avait eu de son épouse principale un fils qui grandissait; il demanda à Hiao-eul d'être son précepteur. Celui-ci enseignait avec méthode et intelligence et se montra le modèle des maîtres.

Tr. : Mme Kaltenmark.
Rv. : M. Hervouet.

Ta-nan

Dans la ville de Tch'eng-tou (capitale du Sseutch'ouan, province de l'ouest de la Chine), un lettré nommé Si Tch'eng-lie avait eu d'abord une femme et une concubine, une demoiselle Ho dont le prénom était Tchao-jong. Sa femme étant morte, le lettré finit par en prendre une autre dans la famille Chen. La nouvelle femme ne s'entendait guère avec la concubine, la maltraitait et s'en prenait parfois à Si lui-même. C'étaient des querelles du matin au soir et la vie devint tellement intenable que dans un moment de colère Si s'en alla de chez lui.

Après son départ, la concubine Ho mit au monde un fils qui fut appelé Ta-nan. Le temps passa et Si ne revenait toujours pas. L'épouse Chen en profita pour écarter la Dame Ho des repas communs, lui donnant chaque jour seulement une maigre ration de riz. Le petit Ta-nan grandissait peu à peu mais sa mère n'osait rien réclamer de plus pour lui et se mit à filer et tisser pour élever son fils.

Cependant, Ta-nan enviait les enfants qu'il voyait aller à l'école et dit à sa mère qu'il aimerait lui aussi apprendre à lire. La mère qui le trouvait encore bien jeune consentit pourtant à l'envoyer en classe dans l'espoir que les difficultés de l'étude le rebuteraient. Mais Ta-nan était intelligent et apprenait deux fois plus vite que les autres enfants. Son maître en était si émerveillé qu'il ne voulait rien recevoir pour sa peine. La Dame Ho laissa donc son fils suivre des leçons dont elle s'efforça néanmoins de payer une partie.

Au bout de deux ou trois ans, Ta-nan connaissait tous les

Livres Classiques. Un jour en rentrant à la maison, il dit à sa mère : « A l'école il y a cinq ou six enfants et tous ont un père à qui ils demandent de l'argent pour s'acheter des friandises. Pourquoi n'ai-je pas un père moi aussi ? »

Sa mère lui répondit : « Je te le dirai quand tu seras grand. »

« Je n'ai encore que sept ou huit ans. Quand serai-je grand ? » reprit alors Ta-nan.

« Sur le chemin de l'école, tu passes devant le temple de Kouan-yu, le dieu de la Guerre. Il faut le saluer afin qu'il te protège et fasse que tu grandisses vite », répondit la mère. Ta-nan l'écouta et dès lors il ne manquait pas de s'incliner deux fois chaque jour devant le temple.

Quand elle le sut, la mère lui demanda ce qu'il priait le dieu de lui accorder.

« Qu'il fasse que l'an prochain ce soit comme si j'avais quinze ou seize ans », répondit-il. La mère se mit à rire.

Cependant, Ta-nan grandissait aussi vite en force qu'en savoir. A dix ans, il en paraissait déjà treize ou quatorze et son maître ne trouvait plus rien à corriger dans ses compositions littéraires. Un jour il demanda à sa mère : « Vous m'avez dit que lorsque je serai grand, vous me diriez où se trouve mon père, puis-je le savoir maintenant ? »

« Pas encore, pas encore », répondit la mère.

Une autre année passa et les questions de Ta-nan, qui était maintenant presque un jeune homme, se firent plus pressantes. Alors la mère lui raconta ce qui s'était passé et ce fut une douleur extrême pour le fils qui voulut partir aussitôt en quête de son père.

« Tu es encore trop jeune », dit-elle, « et tu ne sais même pas si ton père est vivant, comment t'en irais-tu, dès maintenant, à sa recherche ? »

Ta-nan sortit sans mot dire, à midi il n'était pas encore de retour.

Le maître interrogé n'avait pas vu l'enfant de tout le matin. La mère, très inquiète, pensa néanmoins qu'il avait voulu faire l'école buissonnière. Elle loua des gens qu'elle envoya à la recherche de son fils mais, après avoir fouillé partout, ils n'en trouvèrent nulle trace.

Ta-nan était parti sans savoir dans quelle direction il valait mieux se diriger. Il suivit donc la grande route; ayant rencontré quelqu'un qui s'en allait à la ville de K'ouei-tcheou (sur les bords du Yang-tseu, à plus de cinq cents kilomètres à l'est de Tch'eng-tou) et qui déclara se nommer Ts'ien, il lui demanda de quoi apaiser sa faim et le suivit. Ts'ien, trouvant qu'il ne marchait pas assez vite à son gré, lui loua une monture et dépensa en route tout l'argent qui lui restait.

Arrivés à K'ouei-tcheou, tous deux prirent leur repas ensemble et Ts'ien, ayant secrètement versé une drogue dans la nourriture de Ta-nan, l'emporta tout endormi jusqu'à un grand temple. Là il le fit passer pour son fils malade et, se déclarant sans ressources, offrit de le vendre aux moines. Ta-nan avait si bon air que les moines se disputèrent à qui l'achèterait et Ts'ien partit avec l'argent demandé. Les moines firent alors boire Ta-nan, ce qui le réveilla un peu.

Le supérieur, informé de l'événement, alla voir l'enfant dont la physionomie le frappa. Il le questionna et apprit ainsi son histoire. Plein de compassion, il lui fit donner un peu d'argent par un moine et le laissa partir.

Le bachelier Tsiang, de Lou-tcheou (sur les bords du Yang-tseu, à cinq cents kilomètres au sud-ouest de K'ouei-tcheou), qui retournait dans sa ville natale après avoir échoué aux examens officiels, rencontra Ta-nan en route. L'ayant interrogé, Tsiang loua sa piété filiale et l'emmena avec lui. Arrivé à Lou-tcheou, Ta-nan demeura plus d'un mois chez le bachelier et chercha pendant ce temps à obtenir des nouvelles de son père auprès de tous ceux qu'il rencontrait.

Ayant ainsi appris qu'il y avait dans la province du Foukien (sur la côte, à l'autre extrémité de la Chine), un marchand nommé Si, Ta-nan résolut de s'y rendre et fit ses adieux à Tsiang, qui lui donna vêtements et chaussures, tandis que les voisins recueillirent entre eux une petite somme pour l'aider.

En chemin Ta-nan rencontra encore deux marchands drapiers qui se rendaient à Fou-ts'ing (port du Foukien) et qui l'invitèrent à faire route avec eux. Après plusieurs étapes, les marchands s'aperçurent que Ta-nan avait quelque argent dans sa bourse. Il l'entraînèrent donc dans un endroit désert et lui ayant lié les mains et les pieds, le dépouillèrent et disparurent.

Par bonheur pour Ta-nan, un vieillard de la ville de Yong-fou (l'actuel Yong-t'ai, à soixante kilomètres de Fou-ts'ing), nommé

Tch'en, qui passait près de là, délia Ta-nan, le fit monter à l'arrière de sa voiture et le ramena chez lui.

Tch'en était riche et des marchands venus de toutes parts franchissaient souvent sa porte; il leur demanda de s'enquérir du père de Ta-nan. Quant à Ta-nan lui-même, il le garda chez lui et le fit étudier en compagnie de ses propres fils. L'enfant interrompit donc ses voyages et entendit de moins en moins parler de sa lointaine famille.

Ho Tchao-jong, la mère de Ta-nan, vécut trois ou quatre années dans la solitude. La Dame Chen avait réduit encore sa pitance et voulut ensuite la forcer à se remarier. Mais la concubine, qui gagnait sa vie, s'y refusa obstinément. Alors la Dame Chen la vendit malgré elle à un marchand de Tch'ong-k'ing (sur le Yangtseu, au Sseu tch'ouan) qui l'emmena avec lui. Mais le soir même, elle prit un couteau et tenta de se tuer. Le marchand n'osa pas lui faire violence et, lorsqu'elle fut guérie, la revendit à un marchand de Yen-t'ing (au centre du Sseutch'-ouan). Arrivée à Yen-t'ing, elle tenta à nouveau de se frapper au cœur. Le marchand de Yen-t'ing, tout effrayé, soigna sa blessure mais, à peine guérie, Ho Tchao-jong lui demanda de se faire religieuse.

Le marchand lui dit alors : « Un de mes confrères, physiquement incapable de s'intéresser aux femmes, voudrait quelqu'un pour prendre soin de sa garde-robe. Ce serait exactement comme si vous étiez religieuse et cela rembourserait un peu l'argent que j'ai dépensé pour vous. »

Ho Tchao-jong y consentit et le marchand l'emmena en voiture.

Quand ils franchirent le seuil, le maître de maison s'empressa vers ses hôtes : c'était Si lui-même qui avait renoncé à son état de lettré pour devenir marchand. Son collègue, le sachant sans femme, avait voulu lui faire ce don. En se retrouvant, la concubine et Si furent saisis de douleur et de surprise et chacun conta bientôt ses peines à l'autre.

Alors seulement Si apprit qu'il avait un fils qui était parti à sa recherche et qui n'était point revenu, aussi pria-t-il chaque marchand de s'informer de Ta-nan.

De concubine, Ho Tchao-jong devint épouse légitime. Cependant, depuis qu'elle avait connu des jours difficiles, elle était souvent malade et ne pouvait plus guère s'occuper du ménage. Aussi conseilla-t-elle à son mari de prendre une seconde femme. Mais Si ne voulait pas l'écouter, en considération de ses anciens malheurs. Ho déclara alors : « Si j'étais de celles qui disputent à d'autres les plaisirs de l'amour, je me serais remariée depuis longtemps, j'aurais eu des fils, je ne vous aurais pas retrouvé aujourd'hui. D'ailleurs, la façon dont certaine personne m'a traitée m'a laissé au cœur une blessure cachée; comment à mon tour agirais-je comme elle? »

Finalement Si pria un de ses amis de lui trouver une concubine âgée d'au moins trente ans. Six mois plus tard, celle-ci était achetée. Quand la nouvelle venue franchit la porte, la stupéfaction de tous fut grande : c'était Chen, la première femme de Si.

La Dame Chen était restée encore un an seule après le départ de Ho Tchao-jong. Puis son frère Pao lui ayant conseillé de se remarier, elle s'était laissé persuader. Les frères de son mari l'ayant empêchée de vendre les terres du ménage, elle se défit de tout le reste pour une centaine d'onces d'or qu'elle emporta avec elle chez son frère.

La sachant riche, un marchand de Pao-ning (à quatre-vingts kilomètres au nord-ouest de K'ouei-tcheou) parvint à l'épouser après avoir gagné le frère à prix d'argent. Mais ce marchand était âgé et ne pouvait se comporter en homme. La Dame Chen, irritée contre son frère, incapable de s'entendre avec son mari, voulut mettre fin à ses jours, d'abord en se pendant au plafond, puis en se jetant dans un puits. Excédé et furieux, le marchand voulut revendre la femme tout en gardant la dot, mais à plus de trente ans, on la trouvait trop âgée.

Un jour qu'il se rendait à K'ouei-tcheou, le marchand la fit donc monter dans sa voiture et partit avec elle; il rencontra alors le marchand ami de Si à qui il la céda.

En présence de son ancien mari, Chen resta muette de honte et de crainte, mais, par le marchand son ami, Si apprit une partie de son histoire. Il dit alors à la Dame Chen :

« Si vous étiez tombée sur un homme vigoureux, vous seriez restée à Pao-ning et je ne vous aurais jamais revue. Tel est le hasard. Mais aujourd'hui, j'ai acheté une concubine et je n'ai pas pris une épouse. Il convient donc que vous vous prosterniez devant Tchao-jong afin que les rites entre épouse et concubine soient respectés. » Dame Chen se jugea humiliée : « Qu'exigiez-vous donc quand vous étiez vous-même épouse légitime ? » s'écria Si. Et malgré Ho qui intervint pour l'arrêter, il la força à obéir sous la menace du bâton. Dame Chen dut donc se prosterner mais ne daigna pas servir sa nouvelle maîtresse et tout en vaquant à sa besogne, elle vivait à l'écart.

Ho Tchao-jong se montrait néanmoins tolérante et traitait la Dame Chen avec bonté sans vouloir sanctionner sa diligence ou son manque de zèle. Si, au contraire, l'obligeait à chaque occasion à servir ses invités malgré sa femme qui proposait de laisser cela à une servante.

Le magistrat de Yen-t'ing était alors un nommé Tch'en Ts'e-tsong et un jour que Si avait eu maille à partir avec un de ses voisins, ce dernier l'accusa d'avoir obligé sa femme à prendre la place de sa concubine. Tch'en rejeta sa plainte et le renvoya rudement. Si se réjouit ainsi que son épouse et tous deux louèrent la vertu de leur juge.

Une nuit que la clepsydre était déjà vide, un jeune serviteur vint tout à coup heurter la porte de Si pour lui annoncer l'arrivée du magistrat.

Si, alarmé, s'habilla et se chaussa en hâte. Mais déjà le visiteur entrait dans la chambre, ce qui accrut l'inquiétude de Si, qui ne savait que faire.

Cependant, sa femme regarda longuement le magistrat et se précipita soudain vers lui en s'écriant : « Mon fils ! » Puis elle fondit en larmes tandis que celui-ci se prosternait en sanglotant à son tour. C'était bien Ta-nan qui avait pris le nom de Tch'en son bienfaiteur et était devenu magistrat.

En se rendant à la capitale, Ta-nan s'était détourné de sa route pour passer par son pays natal. C'est alors qu'il avait appris avec un profond chagrin que les deux femmes de son père s'étaient remariées.

Sa qualité de mandarin incita ses proches à lui rendre ses biens qu'il laissa aux soins de serviteurs dans l'espoir que son père reparaîtrait un jour.

Nommé à Yen-t'ing, il voulait renoncer à ses fonctions pour repartir à la recherche de son père. Le vieux Tch'en avait fait tout son possible pour l'en dissuader et l'on avait alors consulté un devin qui avait déclaré :

Ce qui est petit a pris la place de ce qui est grand,
Le cadet est devenu l'aîné,
En cherchant un homme, vous trouverez une femme,
En demandant un, vous obtiendrez deux,
Être magistrat vous sera faste.

Alors Ta-nan décida de gagner Yen-t'ing mais, parce qu'il n'avait pas retrouvé son père, il s'abstenait de viande et de vin. Le jour où Si fut dénoncé par son voisin, le nom de famille avait frappé son regard et éveillé son attention. Aussi avait-il envoyé en secret un de ses serviteurs personnels pour s'informer. Il s'agissait bien de son père. A la faveur de la nuit, il sortit incognito et quand il eut retrouvé sa mère il ajouta tout à fait foi aux paroles du devin.

Avant de partir, Ta-nan demanda à ses parents de ne rien dire de leur rencontre. Puis il leur dit de retourner dans leur demeure familiale et leur remit l'argent du voyage.

La maison familiale avait été remise à neuf, serviteurs, chevaux, rien n'y manquait; les Si étaient désormais une grande famille.

Voyant Ta-nan mandarin, la Dame Chen se montra encore plus humble. Cependant, Pao son frère résolut de porter l'affaire devant le juge afin que sa sœur reprenne son rang d'épouse légitime. Mais lorsque le juge qui était d'une grande probité eut pris connaissance de l'affaire, il s'écria :

« Votre cupidité vous a fait conseiller à votre sœur de se remarier et elle a eu deux maris depuis qu'elle a quitté la famille Si. Comment avez-vous l'audace de réclamer pour elle son ancienne qualité d'épouse ? » Le frère fut puni de nombreux coups de bambou.

Les qualités des deux femmes furent clairement précisées et Dame Chen traita désormais Dame Ho comme sa sœur cadette tandis que Dame Ho traitait Dame Chen comme son aînée. En matière de vêtements et de nourriture, Dame Ho ne traita pas Dame Chen moins bien qu'elle-même, ce qui accrut la honte et les remords de la Dame Chen qui avait d'abord redouté quelque vengeance.

Si oublia aussi les anciens ressentiments, veilla à ce qu'elles fussent toutes deux appelées du même titre de « T'ai mou[1] ». Cependant, Dame Chen ne put jamais compter sur les honneurs que l'empereur réserve aux mères de ses mandarins.

Tr. M. Mme Guillermaz.
Rv. M. Ruhlmann.

1. Nom donné aux femmes dont le fils a acquis une position sociale importante.

Chan-hou

Le lettré An Ta-tch'eng de la ville de Tch'ong-k'ing (sur le Yang-tseu, dans l'Ouest de la Chine) avait depuis longtemps perdu son père qui avait été reçu aux examens provinciaux et son frère Eul-tch'eng était encore tout jeune.

Le lettré avait épousé une jeune fille de la famille Tch'en dont le prénom était Chan-hou (Corail). Chan-hou était fort maltraitée par sa belle-mère, la Dame Chen, cruelle et sans cœur, mais elle n'en montrait nul ressentiment et très tôt chaque matin, fardée et les sourcils peints, elle s'en allait saluer sa belle-mère. Un jour que le lettré était malade, Dame Chen lui reprocha une coquetterie qu'elle jugeait déplacée en l'état de son mari. Chan-hou se retira et reparut après avoir ôté ses fards. Plus irritée encore, la belle-mère fit une crise de nerfs. Le lettré qui avait toujours montré beaucoup de piété filiale corrigea sa femme sur-le-champ. Sa mère se calma quelque peu mais dès lors elle détesta davantage sa bru et bien que celle-ci la servît avec diligence, elle cessa de lui adresser la parole.

Devant l'irritation de sa mère, le lettré abandonna la chambre conjugale en signe de désaccord. Les choses allèrent ainsi quelque temps, mais la mère restait de méchante humeur, grondait sa bru à chaque occasion, laissant entendre que tout ce qui allait de travers était de la faute de Chan-hou.

Le lettré An se dit un jour : « Quand on épouse une femme, c'est pour qu'elle serve sa belle-mère. Puisque ce n'est pas le cas de la mienne, à quoi bon la garder ? » Sur quoi il renvoya Chan-hou chez ses parents sous la conduite d'une vieille.

La porte du village à peine franchie, Chan-hou s'écria en

pleurant : « Comment une femme qui n'a pas su être une bonne épouse oserait-elle reparaître devant son père et sa mère? Mieux vaut mourir. » Là-dessus elle sortit de sa manche une paire de ciseaux et se frappa à la gorge. Tandis que le sang jaillissait et trempait sa robe, la vieille s'empressa de lui porter secours et l'amena chez une tante du lettré. Celle-ci, la veuve Wang, vivait seule et Chan-hou demeura chez elle.

La vieille revint chez le lettré qui lui recommanda de ne pas souffler mot de l'incident et trembla en pensant que sa mère pourrait l'apprendre. Quelques jours plus tard, ayant su que Chan-hou était guérie, il se rendit jusqu'à la porte de sa tante pour prier celle-ci de refuser asile à sa femme.

La Dame Wang l'invita à entrer chez elle, mais il s'y refusa et de l'extérieur cria à Chan-hou de s'en aller. Chan-hou parut aussitôt et demanda à son mari quelle faute elle avait commise. Le lettré lui reprocha de ne pas avoir su servir sa mère. Alors Chan-hou se tut et, courbant la tête, pleura des larmes amères qui trempèrent sa robe blanche. Son mari, malgré tout ému, se tut et s'en alla.

Cependant, après quelques jours, la mère de An Ta-tch'eng apprit ce qui s'était passé. Elle s'en alla fort en colère chez la tante Wang à qui elle dit de dures paroles. Mais celle-ci prit les choses sur le même ton et riposta en énumérant ses méchancetés. Puis elle ajouta : « Depuis que vous avez chassé votre belle-fille, celle-ci n'est plus rien pour vous. J'ai recueilli une fille de la famille Tch'en et non une bru de la famille An, pourquoi vous mêler des affaires d'autrui ? »

Devant tant de fermeté, la mère du lettré, furieuse mais ne trouvant rien à répondre, pleura de dépit et s'en retourna.

Chan-hou, bouleversée par cette scène, voulut chercher un autre refuge. Or le lettré avait une autre vieille tante, sœur aînée de sa mère, la Dame Yu. Agée de plus de soixante ans, elle avait perdu son fils et il ne lui restait plus que sa belle-fille et un petit-fils encore en bas âge. Elle avait toujours montré beaucoup d'affection pour Chan-hou, qui s'en fut donc habiter chez elle.

Après s'être informée auprès de Chan-hou, la Dame Yu blâma le manque de jugement et la dureté de sa sœur et voulut aussitôt lui renvoyer sa belle-fille.

Celle-ci s'y refusa de toutes ses forces, la supplia de ne rien dire de sa présence et finalement demeura chez la Dame Yu telle une bru chez sa belle-mère.

Chan-hou avait deux frères aînés qui pleins de pitié voulurent la ramener à la maison paternelle et la remarier. Mais Chan-hou s'y refusa avec obstination. Tout ce qu'elle souhaitait, c'était de demeurer chez la Dame Yu et d'y gagner sa vie en filant.

Depuis que le lettré An avait chassé sa femme, sa mère s'était efforcée de lui chercher une autre épouse, mais sa réputation de dureté était telle qu'elle ne trouvait personne à mille lieues à la ronde.

Trois ou quatre années passèrent. Le frère cadet Eul-tch'eng avait grandi et fut marié. Sa femme Tsang-kou était une sorte de mégère plus orgueilleuse et plus dure encore que sa belle-mère. A peine celle-ci laissait-elle paraître quelque humeur que sa belle-fille la prévenait déjà par ses cris.

D'un naturel craintif, Eul-tch'eng n'osait prendre parti entre les deux femmes. La belle-mère perdit bientôt toute autorité, elle ne se risquait plus à contrarier sa nouvelle belle-fille; au contraire, dès qu'elle l'apercevait, elle lui faisait bon visage. Mais cela ne désarmait pas Tsang-kou qui se mit à la traiter en domestique. Le lettré n'osait rien dire et se contentait d'aider sa mère dans les soins du ménage, lavant les plats et balayant toute la maison. Parfois, quand la mère et le fils se trouvaient seuls, tous deux se regardaient en pleurant.

Bientôt la mère tomba malade de fatigue et de chagrin et dut garder le lit. Le lettré, qui devait l'aider dans ses moindres mouvements, ne dormait plus ni jour ni nuit et ses yeux étaient rouges d'insomnie. Il demanda alors à son jeune frère de le relayer auprès de leur mère, mais à peine Eul-tch'eng fut-il entré que Tsang-kou le rappela.

Alors le lettré courut chez la Dame Yu en espérant que celle-ci pourrait venir prendre soin de sa sœur. A peine arrivé, il fit en pleurant le récit de la situation et il n'avait pas encore terminé quand Chan-hou parut. Le lettré, plein de honte, se tut et voulut se retirer. Mais Chan-hou étendit ses bras en travers de la porte comme pour lui barrer le chemin. Le lettré, confus et bouleversé, parvint tout de même à se glisser au-dehors et retourna chez lui où il n'osa pas rapporter l'incident à sa mère.

A quelque temps de là, la Dame Yu se présenta à la grande joie de la mère qui la retint auprès d'elle. Dès lors, de la maison de la Dame Yu arrivait chaque jour quelque gâterie. La Dame Yu avait beau faire dire à la veuve sa belle-fille qu'elle ne manquait de rien et qu'il ne fallait rien lui faire parvenir, les envois continuaient comme auparavant. La Dame Yu n'y goûtait d'ailleurs point et les remettait chaque fois à sa sœur dont l'état s'améliorait peu à peu.

Un jour le petit-fils de la Dame Yu vint de la part de sa mère prendre des nouvelles de la malade à qui il apportait quelques galettes. La Dame Chen dit en soupirant :

« Comme votre belle-fille est bonne ! Qu'avez-vous donc fait pour la mériter ? »

« La belle-fille que vous avez forcée à partir n'était-elle pas aussi bonne ? » lui répondit la Dame Yu.

« En vérité, elle était moins mauvaise que la femme de mon fils cadet, mais pas aussi bonne que votre belle-fille. »

« Tout le temps qu'elle vécut chez vous, vous n'avez pas connu la fatigue; vous vous mettiez en colère et elle ne se plaignait pas. Comment ne valait-elle pas ma bru ? »

Alors la Dame Chen pleura, avoua ses remords et demanda :

« Chan-hou est-elle remariée ? »

« Je ne sais pas, je m'en informerai », dit la Dame Yu.

Quelques jours plus tard, la malade se trouvant guérie, la Dame Yu voulut retourner chez elle, mais sa cadette s'écria tout en larmes.

« Je mourrai si vous partez. »

La Dame Yu s'en fut alors consulter le lettré An et il fut décidé de diviser la maison en deux parts, l'une pour lui-même et l'autre pour son jeune frère.

Mais lorsque Eul-tch'eng en eut prévenu Tsang-kou, celle-ci mécontente s'en prit à son beau-frère et à la Dame Yu. Pour l'apaiser, le lettré proposa alors de laisser les meilleures terres de la famille à son cadet et Tsang-kou se montra satisfaite de cet arrangement. Lorsqu'on eut établi l'acte de partage, la Dame Yu rentra chez elle et dès le lendemain envoya chercher la Dame Chen en voiture. A son arrivée, la Dame Chen demanda tout d'abord à voir la belle-fille de la Dame Yu et loua grandement sa vertu tandis que la Dame Yu protestait :

« Ma belle-fille a beaucoup de qualités, mais elle a aussi ses défauts dont je sais m'accommoder. Mais vous, si vous aviez une telle belle-fille, vous ne sauriez point l'apprécier. »

« Quelle calomnie! Voulez-vous donc dire que je n'ai pas plus de sens qu'un objet ou un animal? Ne suis-je pas faite comme tout le monde? »

« Je ne sais ce que peut penser de vous cette Chan-hou que vous avez chassée », reprit Dame Yu.

« Elle ne peut que dire du mal de moi. »

« Si vous n'aviez rien à vous reprocher, comment pourrait-elle dire du mal de vous? »

« Chacun a ses petits travers. Je sais bien que je n'ai pas toujours été bonne et qu'elle ne peut faire mon éloge. »

« Quand celui qui a pourtant lieu de se plaindre se tait, on peut juger de sa vertu. Quand celui qui a lieu de s'en aller demeure, on peut juger de son affection. Or celle qui envoyait tant d'excellentes choses chez vous n'était pas ma belle-fille mais la vôtre. »

Au comble de la surprise, Dame Chen s'écria : « Comment cela? »

« Chan-hou habite chez moi depuis fort longtemps. Tout ce qu'elle a envoyé, elle l'a gagné elle-même en filant chaque nuit. »

A ces paroles, la Dame Chen pleura beaucoup et dit : « Comment oserais-je la revoir? »

Alors la Dame Yu appela Chan-hou qui parut toute en larmes elle aussi. Elle se prosterna tandis que sa belle-mère se cognait le front par terre de honte et de chagrin jusqu'à ce que sa sœur l'arrêtât.

Elles redevinrent belle-mère et bru [1].

Dame Chen et Chan-hou retournèrent chez elles une dizaine de jours plus tard. Cependant les maigres arpents de terre qui leur restaient ne pouvaient assurer leur existence. Il fallait désormais compter sur le pinceau du lettré et sur l'aiguille de sa femme.

Eul-tch'eng, lui, était riche mais il ne se souciait pas d'aider son frère qui d'ailleurs ne voulut rien lui demander. Quant à Tsang-kou, elle n'avait que mépris pour cette belle-sœur qui s'était laissé chasser de la maison. De son côté, Chan-hou déplorait sa méchanceté, mais ne prêtait pas attention à elle.

1. Dans l'édition originale, le conte s'arrêtait ici. Ce qui suit a été rajouté dans des éditions tardives par un auteur inconnu.

Les ménages des deux frères n'étaient séparés que par une cour et parfois Tsang-kou cherchait quelque querelle, mais chacun se bouchait les oreilles pour ne pas l'entendre; Tsang-kou se rattrapait alors sur son mari et sur ses servantes.

Un jour une de celles-ci s'étant pendue, son père porta plainte contre Tsang-kou. Eul-tch'eng se présenta devant le magistrat à la place de sa femme et fut puni d'une bastonnade tandis que Tsang-kou était tout de même jetée en prison. Le lettré remua ciel et terre pour la faire libérer, mais ce fut sans résultat.

Les doigts de Tsang-kou furent meurtris dans les fers et son juge, un homme cupide et cruel, réclama une très grosse somme que Eul-tch'eng dut emprunter en mettant ses terres en gage. Ce n'est que lorsque l'argent fut versé que sa femme lui fut rendue.

Cependant son créancier se montrait chaque jour plus pressant, et Eul-tch'eng dut se résoudre à vendre toutes ses bonnes terres au vieux Jen, un notable du village.

Une moitié de ces terres ayant été cédée par l'aîné des frères au cadet, le vieillard Jen voulut que la signature de Ta-tch'eng figurât aussi sur l'acte de vente.

Le lettré s'étant donc rendu chez le vieillard, celui-ci s'écria soudain comme se parlant à lui-même : « Je suis An, le lauréat des examens provinciaux, quel est ce nommé Jen qui prétend acheter mon bien ? » Puis s'adressant au lettré, il reprit : « L'enfer, ému par ta piété filiale et par celle de ton épouse, a permis que je te revoie un instant. »

Le lettré tout en larmes s'écria : « Père, si vous en avez le pouvoir, sauvez vite mon jeune frère. »

« Fils rebelle et méchante bru ne méritent point de pitié. Retourne en hâte chez toi et prends de l'argent pour racheter le bien de nos ancêtres. »

Le lettré répondit : « Ma mère et moi pouvons tout juste nous suffire, où trouver assez d'argent ? »

« Un trésor est caché sous notre myrte. Tu pourras l'utiliser. »

Le lettré voulut poser d'autres questions, mais le vieillard s'était déjà tu. Un instant plus tard, il sembla sortir d'un rêve et, tout hébété, ne se souvenait plus de rien.

Le lettré rentra prévenir sa mère qui eut quelque peine à le croire. Quant à Tsang-kou qui avait pris quelques hommes avec elle, elle faisait déjà fouiller le sol à l'endroit indiqué. On creusa à quelque quatre ou cinq pieds de profondeur mais on ne trouva que des pierres et des briques, rien qui ressemblât à un trésor, et Tsang-kou déçue s'en retourna.

Tandis que Tsang-kou partait faire creuser le sol, le lettré avait demandé à sa mère et à sa femme de ne pas la suivre. Apprenant qu'on n'avait rien découvert, la mère se rendit elle-même sur place sans rien dire à personne mais elle aussi ne vit que des pierres, des briques mêlées à la terre et s'en revint.

Cependant, Chan-hou alla voir à son tour et trouva la terre remplie de lingots d'argent. Elle appela aussitôt son mari pour qu'il expérimentât la chose lui-même. Celui-ci, ne voulant pas garder pour lui seul ce legs des ancêtres, appela Eul-tch'eng avec qui il partagea le trésor en parties égales. Ce trésor représentait précisément le double de l'argent emprunté. Chacun mit ce qui lui revenait dans un sac et rentra chez lui.

Quand Eul-tch'eng et sa femme voulurent examiner leur richesse, ils découvrirent à leur stupéfaction que leur sac était plein de terre et de débris de tuiles. Tsang-kou pensa que Eul-tch'eng avait été trompé par son frère et lui dit d'aller jeter un coup d'œil chez celui-ci. Le lettré était justement en train d'étaler son argent sur une petite table et lui et sa mère se félicitaient de cette bonne fortune. Eul-tch'eng rapporta exactement à son frère ce qui lui était arrivé.

Surpris et plein de pitié, l'aîné offrit toute sa part à son cadet. Celui-ci se réjouit, remboursa sa dette et admira la bonté de son frère. Cependant Tsang-kou déclara que ce trait prouvait mieux encore la duplicité de son beau-frère, car si celui-ci avait eu bonne conscience, comment aurait-il consenti à céder sa propre part ? Eul-tch'eng ne savait plus que penser.

Or le lendemain, le créancier envoya un de ses serviteurs pour dire que l'argent reçu en paiement de sa dette était faux et qu'il allait s'en plaindre au magistrat.

Mari et femme pâlirent et Tsang-kou déclara : « Voyez! J'avais bien dit que votre frère n'était pas si bon, il veut vous perdre. »

Plein de crainte, Eul-tch'eng s'en fut supplier son créancier, mais la colère de celui-ci ne se calma que lorsque Eul-tch'eng lui eut laissé les titres de propriété afin qu'il pût disposer des terres.

Eul-tch'eng reprit donc ses lingots et en les examinant de près, il s'aperçut que deux d'entre eux qui avaient été brisés étaient composés d'un bloc de cuivre qu'enveloppait une feuille d'argent aussi mince qu'une pelure d'oignon. Tsang-kou et son mari résolurent de garder les lingots brisés et de renvoyer les autres au frère aîné pour voir ce qu'il adviendrait. Tsang-kou recommanda à son mari de dire à son frère :

« Vous nous avez maintes fois manifesté votre bonté et nous ne voulons pas en abuser. Nous désirons vous exprimer notre gratitude en ne conservant que deux de vos lingots. Il nous reste encore autant de terre qu'à vous, cela doit nous suffire, aussi ai-je renoncé à dégager les autres, ce sera à vous de décider de leur rachat. »

Le lettré qui ignorait les intentions de son frère refusa d'abord fermement de reprendre les lingots, mais Eul-tch'eng se montra si résolu qu'il dut céder.

Les lingots pesés, il manquait cinq onces sur le total de la somme nécessaire au rachat des terres et le lettré la compléta en demanda à Chan-hou d'engager sa dot. Puis il se rendit avec l'argent chez le créancier. Celui-ci, craignant qu'il ne s'agisse des lingots de Eul-tch'eng, les vérifia en les coupant par le milieu. Le titre en était régulier et suffisant. Le créancier les accepta donc en échange des actes de propriété.

Après avoir rendu les lingots à son frère, Eul-tch'eng s'attendait à quelque incident. En apprenant le rachat des terres, son étonnement fut donc grand. Quant à Tsang-kou, elle soupçonna que son beau-frère avait dissimulé de vrais lingots au moment de la fouille et, furieuse, courut chez lui. Là elle s'en prit violemment au lettré, qui comprit enfin pourquoi elle et son mari lui avaient rendu les lingots.

Cependant, Chan-hou s'avança et dit en souriant : « Pourquoi vous fâcher puisque les terres nous sont rendues ? » Puis elle pria son mari de remettre les titres à Tsang-kou.

Une nuit, Eul-tch'eng rêva que son père lui faisait des reproches : « Mauvais fils et mauvais frère, tes jours sont comptés. Tu n'auras bientôt plus un pouce de terre, à quoi bon vouloir t'emparer de celles des autres ? »

A son réveil, Eul-tch'eng déclara à Tsang-kou qu'il allait rendre ses terres à son frère, mais sa femme se moqua de sa sottise.

Eul-tch'eng avait deux garçons de sept et de trois ans et bientôt l'aîné fut emporté par la petite vérole. Tsang-kou, effrayée à son tour, dit à Eul-tch'eng de rendre les titres à son frère, mais le lettré à plusieurs reprises refusa de les accepter. Peu après, le second enfant mourut. Les craintes de Tsang-kou se firent plus vives et elle porta elle-même les titres de propriété à sa belle-sœur.

A la fin du printemps, les terres que le cadet ne voulait plus labourer étaient envahies par l'herbe et le lettré dut se résoudre à les faire cultiver.

Dès lors Tsang-kou changea de conduite. Désormais, en bru soumise, elle se rendit régulièrement auprès de sa belle-mère; elle témoigna aussi de beaucoup de respect à sa belle-sœur.

Six mois plus tard, la mère mourut. Tsang-kou, affligée, pleura au point d'en perdre l'appétit. Elle répétait à chacun : « En mourant si tôt, ma belle-mère m'empêche de la servir comme je l'aurais voulu; le ciel ne permet pas que je rachète mes fautes. »

Tsang-kou eut dix enfants, mais elle ne put en élever aucun. Aussi les enfants de son beau-frère devinrent-ils également les siens.

Le lettré et sa femme vécurent très longtemps. De leurs trois fils, deux devinrent plus tard licenciés. Chacun vit là une rétribution pour la piété filiale et pour l'amour fraternel dont ils avaient fait preuve.

Tr. M. Mme Guillermaz.
Rv. M. Kaltenmark.

La quatorzième demoiselle Sin

Dans les années de l'empereur Tcheng-tö (1506-1521), il y avait dans la ville de Kouang-p'ing [1] un lettré nommé Fong. Fong était jeune et léger et ne dédaignait pas le vin.

Un jour, se promenant par hasard aux premières lueurs de l'aube, il fit la rencontre d'une jeune fille vêtue de rouge dont le visage était beau et d'une grande finesse. Suivie d'une petite esclave, elle marchait en hâte dans la rosée qui trempait ses chaussures d'étoffe et ses bas et le cœur de notre lettré s'emplit aussitôt pour elle d'un secret amour.

Le même soir, comme il rentrait chez lui un peu gris et qu'il longeait un vieux temple depuis longtemps abandonné, il vit une femme en sortir. C'était précisément la belle inconnue du matin. A la vue du lettré, elle fit demi-tour et retourna à l'intérieur de l'édifice. Le lettré se demanda sans trouver de réponse ce qu'elle pouvait bien faire dans ce temple bouddhiste et, ayant attaché son âne à la porte, il s'avança pour jeter un coup d'œil sur l'étrangeté du lieu. Les murs en étaient tout délabrés et l'herbe couvrait les marches comme un tapis. Comme il était là tout hésitant, un vieil homme à cheveux gris, proprement vêtu et la tête couverte, parut et lui demanda d'où il venait.

A sa question, le lettré répondit : « Je suis tombé par hasard sur cet ancien temple et j'aimerais le visiter. Mais comment vous trouvez-vous là vous-même ? »

« Je n'ai point de logis », répondit l'homme, « Errant çà et là, je me suis installé ici pour quelque temps avec le peu que j'ai.

1. Une sous-préfecture de la province du Hopei.

Puisque j'ai l'honneur de votre visite, un peu de thé de la montagne nous tiendra lieu de vin. » Puis il fit respectueusement entrer son invité.

Derrière le sanctuaire se trouvaient une cour et une allée de dalles luisantes que les herbes folles n'avaient pas encore envahie.

La chambre du vieillard où ils entrèrent était garnie de rideaux et meublée d'un lit à courtines. Un brouillard d'encens environnait les arrivants qui, après s'être assis, s'informèrent réciproquement de leurs noms.

« Mon humble nom est Sin », dit le vieillard.

L'ivresse donna au lettré le courage de parler : « J'ai ouï dire que vous aviez une fille qui n'a pas encore trouvé un compagnon digne d'elle. Bien que j'en sois indigne, je souhaiterais lui offrir une petite table garnie d'un miroir [1]. »

« Laissez-moi d'abord consulter ma femme », répondit le vieillard en riant.

Le lettré demanda alors un pinceau et écrivit le poème suivant :

Contre mille onces d'or j'échangerai un mortier de jade
Dont je vous ferai l'hommage empressé.
Si Yun-ying daigne l'accepter [2]
J'écraserai pour elle le baume divin.

L'hôte remit le poème à quelqu'un de son entourage et au bout d'un moment une suivante vint lui parler à l'oreille.

Sin se leva et invitant son hôte à l'attendre disparut derrière un rideau. On entendit quelques bruits de voix indistincts et le vieillard réapparut bientôt. Le lettré espérait quelque heureuse réponse mais après s'être rassis, le vieillard continua à parler et à rire sans reprendre le sujet.

1. C'est-à-dire lui faire un cadeau de fiançailles.

2. Un lettré nommé P'ei Hang qui passait près d'un pont, le Pont Bleu, demanda à boire à une vieille dame qui se trouvait là. Celle-ci dit à sa fille Yun-ying d'apporter de l'eau à P'ei Hang qui, ému par la beauté de la jeune fille, la demanda aussitôt en mariage. La vieille dame lui dit : « J'ai de quoi faire un breuvage céleste mais il me manque un mortier de jade pour le préparer. Procurez-le moi et vous aurez Yun-ying. » P'ei Hang put trouver le mortier désiré dans lequel il pila pendant cent jours une drogue céleste grâce à laquelle tous trois devinrent immortels.

A bout de patience, le lettré demanda enfin : « Je ne discerne pas encore vos intentions. Ayez la bonté de mettre fin à mon incertitude. »

« Vous êtes certes un lettré de grand mérite et votre réputation m'est depuis longtemps connue mais j'ai un secret que j'hésite à vous livrer », répondit Sin.

Le lettré l'ayant pressé de questions, le vieillard reprit :

« J'ai dix-neuf filles, douze sont mariées. C'est ma femme qui s'est chargée de leur établissement auquel je n'ai pris aucune part. »

« Je souhaite épouser celle que j'ai vue ce matin marchant dans la rosée, suivie d'une esclave », dit alors Fong.

Sin ne répondit pas et tous deux restèrent un moment silencieux. De l'intérieur parvenaient des murmures et des chuchotements et finalement, encouragé par le vin, le lettré souleva le rideau en s'écriant : « Si je ne puis l'épouser, apercevoir son visage au moins une fois consolera mon chagrin. »

Au bruit du rideau tiré, toutes les personnes qui se trouvaient derrière se levèrent pleines d'effroi. Il y avait effectivement la jeune fille vêtue de rouge : ses hautes coques se penchèrent tandis qu'elle secouait ses manches et que, la taille bien droite, elle rajustait sa ceinture. L'apparition de Fong provoquait la panique dans toute la pièce. Quant au vieillard, il était fort en colère et ordonna à ses gens de chasser de force le lettré.

Plus que jamais gris, Fong tomba parmi les ronces tandis que des pierres et des tuiles s'abattaient dru comme grêle, tout autour de lui, sans toutefois l'atteindre. Après être resté allongé un instant, il entendit son âne qui continuait à paître l'herbe au bord du chemin. Il se releva alors et enfourcha sa monture qui s'avança en bronchant. Au milieu des ténèbres épaisses, Fong s'égara dans une vallée que hantaient les loups, où criaient les hiboux; la peur lui donnait la chair de poule et lui gelait le cœur.

Indécis, il regardait de tous côtés, perdu, quand il aperçut dans le lointain une lumière qui scintillait au milieu des bois touffus. Après s'être demandé si c'était bien un village, il courut finalement dans cette direction et devant ses yeux s'éleva bientôt une haute demeure dont il cogna la porte avec son fouet.

De l'intérieur quelqu'un demanda : « D'où vient le noble seigneur pour arriver ici en pleine nuit? »

Le lettré ayant répondu qu'il avait perdu son chemin, la voix reprit : « Attendez que je prévienne ma maîtresse. » Le lettré se fatiguait à attendre comme la grue sur son pied quand soudain il entendit qu'on agitait des clefs et la porte s'ouvrit. Un robuste domestique sortit et se chargea d'emmener l'âne. Fong entra dans une élégante demeure dont la grande salle était tout éclairée.

Il était assis depuis un instant quand une femme parut et s'informa de son nom. Un moment se passa puis plusieurs servantes s'avancèrent, soutenant une vieille dame, et annoncèrent :

« Voici la princesse. »

Le lettré se leva et voulut se prosterner devant la vieille dame qui l'en empêcha et le fit se rasseoir en demandant : « N'êtes-vous pas le petit-fils de Fong Yun-tseu ? »

Le lettré répondit affirmativement. « Vous êtes donc mon petit-neveu. Hélas ! Mes jours touchent à leur fin comme l'eau qui achève de s'écouler dans la clepsydre, et dans mes relations avec la famille je me suis tenue beaucoup trop à l'écart. »

« Je suis resté orphelin de bonne heure et de ceux qui sont ma famille du côté de mon grand-père paternel, je ne connais pas un sur dix. Aussi je ne vous ai jamais présenté mes respects. Pouvez-vous me parler de la famille ? »

« Mais si, vous la connaissez », dit la vieille dame.

Le lettré n'osa plus rien demander et demeura un moment assis en face d'elle tout pensif.

« Pourquoi êtes-vous venu jusqu'ici en pleine nuit ? » reprit-elle.

Le lettré, fier de sa hardiesse, lui conta son aventure dans tous ses détails.

« C'est magnifique ! » dit en riant la vieille dame. « L'illustre lettré que vous êtes est sans doute digne de ce mariage, mais comment la renarde sauvage peut-elle montrer tant de suffisance ? Ne vous inquiétez pas, je vais arranger cela adroitement. »

Le lettré remercia respectueusement sa grand-tante qui, s'adressant à sa suite, remarqua :

« Je ne savais pas que les filles Sin étaient si belles. »

« Elles sont dix-neuf, toutes sont très gracieuses et distinguées mais quel est dans cette série le rang de celle que vous avez choisie ? » dit une des suivantes.

« Celle qui paraît un peu plus de quinze ans. »

« C'est donc la quatorzième », reprit la servante qui ajouta pour sa maîtresse : « Elle est venue il y a trois jours avec sa mère vous féliciter pour votre anniversaire, l'avez-vous donc oubliée ? »

« Est-ce celle qui marchait sur des chaussures à hauts talons ornés de pétales de lotus, bourrés de poudre parfumée [1] et qui portait un léger voile ? » dit la vieille dame.

La servante ayant répondu affirmativement, elle reprit : « Cette petite sait vraiment se faire remarquer et déployer ses charmes. Elle est évidemment fort gracieuse, mon neveu ne manque point de goût. » Puis elle ordonna : « Que l'on envoie une petite renarde la chercher [2]. »

La servante acquiesça puis au bout d'un moment revint annoncer : « La quatorzième demoiselle Sin », et l'on vit aussitôt paraître une jeune fille vêtue de rouge qui se prosterna devant la dame.

Mais celle-ci la retint en disant :

« Vous serez bientôt ma petite-nièce, ne me saluez plus comme une servante. » Elle se releva alors avec grâce en laissant retomber ses manches rouges tandis que la vieille dame lui arrangeait les cheveux et touchait ses boucles d'oreille en disant : « Que fait ces temps-ci la quatorzième demoiselle dans la demeure des femmes ? »

« Quand j'ai le temps, je fais de la broderie », répondit en un murmure l'intéressée, et ayant tourné la tête et aperçu le lettré, elle parut timide et embarrassée.

« C'est mon petit-neveu qui est bien déterminé à vous épouser pour de bon. Pourquoi lui a-t-on fait perdre son chemin ? Il a dû courir toute la nuit dans la vallée. »

La jeune fille baissa la tête sans mot dire.

« Si je vous ai fait appeler, ce n'est pas pour autre chose que pour arranger le mariage de mon neveu. »

La quatorzième demoiselle Sin restait toujours silencieuse.

La vieille dame ordonna de préparer la chambre nuptiale afin que le mariage se fît sur-le-champ.

« Je m'en retourne prévenir mes parents », dit timidement la jeune fille.

1. Il s'agit de talons creux dans lesquels on plaçait une poudre parfumée.
2. Il s'agit bien entendu de renardes changées en femmes.

« Puisque c'est moi qui m'occupe de votre mariage, quelle erreur pourrait-il y avoir ? »

« Mes parents ne sauraient vous désobéir, mais moi je préfère mourir plutôt que d'agir avec tant de hâte même pour vous plaire. »

« Cette jeune fille a beaucoup de caractère », dit la vieille dame en riant : « Elle mérite véritablement de devenir la femme de mon neveu. » Alors elle ôta de la chevelure de la jeune fille une épingle d'or en forme de fleur qu'elle tendit au lettré en lui disant de retourner chez lui et de choisir une date favorable à l'heureux événement. Elle fit ensuite raccompagner la jeune fille par une servante.

Comme on entendait un chant de coq dans le lointain, la princesse fit reconduire le lettré et envoya chercher son âne. Fong sortit. S'étant retourné après quelques pas, il vit que village et maison avaient disparu. A leur place ne restaient plus que d'épais sapins noirs et des tombes abandonnées couvertes d'herbes folles. Après un moment d'hésitation, il reconnut l'endroit. C'était le tombeau du ministre Siue, un des frères cadets de sa grand-mère paternelle. Il comprit alors pourquoi la vieille dame l'avait appelé son petit-neveu et il sut aussi qu'il avait eu affaire à des fantômes. Cependant il ignorait encore à quelle espèce appartenait la quatorzième demoiselle.

Le lettré rentra chez lui en soupirant. Il choisit à tout hasard un jour favorable et attendit, sans trop compter sur une promesse de fantôme. Entre-temps, il retourna au temple dont il retrouva les bâtiments vides de tout habitant. Les gens de l'endroit auprès desquels il s'informa lui dirent que l'on y voyait souvent des renards. Le lettré songea sans se l'avouer que s'il pouvait épouser la belle inconnue, peu lui importait après tout qu'elle fût un renard changé en femme.

A la date choisie, il fit préparer sa maison et balayer le chemin qui y conduisait tandis que ses serviteurs guettaient à tour de rôle la venue de la fiancée. Mais à minuit tout était encore silencieux et le lettré avait perdu tout espoir. Un instant après, il y eut un grand tapage. Le lettré se chaussa pour sortir et vit qu'une voiture aux rideaux brodés venait de s'arrêter dans la cour. Deux servantes soutenaient une jeune fille assise sous le dais bleu de la voiture. Le trousseau de la nouvelle venue ne semblait pas très important, un coffre fendu, de la grandeur d'une jarre, que deux serviteurs à longue barbe portaient sur l'épaule et qu'ils posèrent dans un coin de la grande salle.

Le lettré, tout heureux d'accueillir une si belle compagne, ne douta plus qu'elle n'appartînt à sa propre espèce et il lui demanda : « Pourquoi votre famille se soumet-elle à l'esprit d'un mort ? »

« Le ministre Siue, qui retourne rarement à son tombeau, est aujourd'hui inspecteur des cinq capitales et sur plusieurs centaines de lis, tous les fantômes et tous les renards sont sous ses ordres », répondit la jeune fille.

Le lettré n'oublia pas celle qui avait arrangé son mariage et s'en alla dès le lendemain faire un sacrifice devant sa tombe. A son retour, il trouva chez lui deux jeunes filles qui lui offrirent des lingots d'argent et des pièces de brocart qu'elles posèrent sur une petite table avant de s'en aller. Le lettré montra les cadeaux à sa femme qui s'écria en les voyant : « Cela vient de la Princesse. »

Cependant dans le même district de Kouang-p'ing habitait un jeune seigneur nommé Tch'ou. C'était le fils d'un inquisiteur. Il avait été camarade d'études du lettré et ils étaient restés liés. Ayant su que Fong avait épousé une renarde devenue femme, il s'en vint un jour chez son ami, apporta quelques plats de chez lui et tous deux montèrent dans la grande salle pour y boire. Quelques jours après cette visite, le jeune seigneur Tch'ou écrivit à son ami pour l'inviter à son tour. En l'apprenant, la jeune femme dit à son mari : « L'autre jour quand votre ami est venu, je l'ai observé par un trou dans le mur. Il a des yeux de singe et un nez semblable à un bec d'épervier. Ne le voyez pas trop souvent. Mieux vaudrait ne pas aller chez lui. » Le lettré promit ce qu'on lui demandait.

Le lendemain, le jeune seigneur Tch'ou s'en vint chez le lettré pour lui reprocher de ne pas s'être rendu à son invitation. Puis il lui montra une de ses nouvelles compositions littéraires mais le lettré en fit des remarques moqueuses et le jeune homme, très mortifié, s'en fut, mécontent.

Le lettré rapporta la chose en riant à sa femme qui lui dit avec tristesse : « Ce jeune seigneur est féroce comme un loup. Il faut vous en tenir à l'écart. Si vous ne m'écoutez pas, il vous arrivera quelque malheur. »

Le lettré la remercia toujours en riant mais il conserva l'habitude de voir le jeune seigneur Tch'ou, de bavarder et de plaisanter avec lui et le souvenir de ce fâcheux incident se dissipa peu à peu.

Quand vint l'époque des examens officiels, le jeune seigneur Tch'ou fut reçu le premier. Très fier de son succès, il envoya un serviteur inviter le lettré chez lui. Celui-ci se déroba d'abord mais l'invitation ayant été renouvelée à plusieurs reprises, il dut finalement accepter. En arrivant, Fong apprit que c'était l'anniversaire de son hôte. Les invités emplissaient la grande salle et l'on servit un banquet fastueux. Tch'ou montra au lettré sa copie d'examen que ses parents et ses amis se pressèrent pour admirer. On but de nombreuses coupes, on fit de la musique dans la salle. Dans le tumulte du tambour et de la flûte, hôte et convives se réjouissaient. Le jeune seigneur s'adressa tout à coup à Fong : « Selon un dicton, il faut éviter de parler de littérature sur la place publique mais je sais aujourd'hui que c'est une erreur et je dirai que si j'ai eu l'honneur d'être reçu avant vous, c'est que ma composition était légèrement supérieure à la vôtre par son début. » Quand il eut fini de parler, tous les convives approuvèrent ses paroles, sauf le lettré qui, déjà gris, ne put s'empêcher de s'écrier avec un grand rire : « Vous vous croyez donc toujours autant de talent ? »

A ces mots, tous les invités perdirent contenance et, tandis que le jeune seigneur s'étranglait de honte et de colère, ils s'en allèrent peu à peu. Le lettré lui aussi s'esquiva et, bientôt dégrisé, regretta ses paroles. Comme il avouait la chose à sa femme, celle-ci lui dit avec humeur : « Vous vous êtes conduit aussi étourdiment qu'un campagnard. Vis-à-vis d'êtres supérieurs, une conduite aussi méprisante vous diminue vous-même; vis-à-vis d'êtres vulgaires, elle est dangereuse. Maintenant, le malheur pour vous n'est pas loin; je ne pourrai supporter le spectacle de votre ruine et je vous prie de me laisser repartir. »

Plein de crainte et de remords, le lettré pleura.

La jeune femme reprit : « Si vous désirez que je reste auprès de vous, il faut qu'il soit bien convenu entre nous que désormais vous fermez votre porte, cessez de voir les gens et renoncez à vos excès de boisson. » Le lettré s'empressa de suivre ces conseils.

La quatorzième demoiselle était diligente, économe et décidée et passait ses journées à coudre et à tisser. Parfois elle s'en allait voir ses parents mais rentrait toujours le même soir. Il lui arrivait de placer de petites sommes dans de petites affaires. Quand elle avait gagné un peu d'argent, elle le glissait dans la fente du coffre. Elle tenait ordinairement sa porte fermée et faisait éconduire par ses gens tous les visiteurs qui se présentaient.

Un jour arriva une lettre du seigneur Tch'ou et elle la brûla sans en parler à son mari. Mais le lendemain, le lettré, s'étant rendu à la ville pour assister à des funérailles, y rencontra dans la maison du défunt le jeune seigneur Tch'ou. Celui-ci le prit par le bras et l'invita avec insistance. Le lettré s'excusa en invoquant d'autres obligations mais Tch'ou fit saisir par un palefrenier la bride de sa monture et le conduisit chez lui presque de force.

A l'arrivée, il fit préparer des coupes accompagnées de quelques plats. Le lettré voulut se retirer de bonne heure, tandis que son hôte insistait pour le retenir et faisait venir des servantes pour jouer du luth. Le lettré, assez porté au libertinage et depuis longtemps claustré chez lui où il s'ennuyait ferme, saisit cette occasion inattendue de bien boire et de s'amuser gaiement, oublia tout le reste et s'enivra. Puis il s'endormit appuyé contre la table.

Le seigneur Tch'ou avait une femme qui venait de la famille Jouan. Elle était si méchante et si jalouse que les concubines et les servantes n'osaient pas même se farder. La veille, elle avait surpris une des servantes dans le cabinet de lecture de son maître et l'avait frappée si rudement avec un bâton que la servante, la tête fendue, était morte sur-le-champ.

Or le jeune Tch'ou, qui n'avait oublié ni les railleries ni le mépris du lettré, songeait chaque jour à sa vengeance. C'est ainsi qu'il avait fait le dessein de l'enivrer, puis de l'accuser injustement. Il profita donc de son ivresse et de son sommeil pour faire porter le cadavre de la servante près d'un lit qui se trouvait là, puis s'en alla en tirant la porte.

Le lettré sortit des fumées de vin vers la cinquième veille et s'aperçut alors seulement qu'il s'était endormi contre la table. Il se leva et, cherchant le lit pour s'y étendre, il trébucha sur quelque chose de mou qu'il toucha, c'était un corps humain. Il pensa que son hôte avait envoyé un jeune serviteur pour veiller sur lui. Cependant, l'ayant secoué, il vit qu'il ne bougeait point et qu'il était tout raide. Fort effrayé, il sortit en poussant des cris. Palefreniers et domestiques se levèrent, portèrent de la lumière et, ayant aperçu le cadavre, ils s'emparèrent du lettré qu'ils bousculèrent dans leur colère.

Tch'ou accourut, s'informa et accusa aussitôt le lettré d'avoir tué la servante après avoir voulu abuser d'elle. Le lettré fut conduit à Kouang-p'ing. Ce n'est que le jour suivant que sa femme apprit ce qu'il était devenu, elle dit alors en pleurant : « Je savais bien que tout cela devait arriver. » Chaque jour elle faisait envoyer un peu d'argent à son mari. Cependant, celui-ci ne pouvait donner aucune explication au magistrat et on le torturait matin et soir pour obtenir ses aveux si bien que sa peau et sa chair tombaient en lambeaux.

Un jour, sa femme alla lui rendre visite et le lettré, à sa vue, oppressé par le chagrin, ne put sortir un mot. Cependant, elle savait qu'il était tombé dans un piège, trop profond pour en sortir, et elle lui conseilla d'éviter la torture en reconnaissant ce dont on l'accusait faussement. Le lettré en larmes résolut de l'écouter.

Cependant, la quatorzième demoiselle Sin avait conservé le pouvoir de se rendre invisible dans ses déplacements.

Rentrée chez elle, elle soupira d'abord de chagrin puis elle décida d'expédier sa servante en mission. Après être demeurée seule quelques jours, elle pria aussi une vieille femme de lui acheter une jeune fille de bonne famille appelée Lou Eul. Lou Eul était en âge d'être mariée. Son visage était beau. Elle partageait le lit et les repas de sa maîtresse qui la traitait avec une faveur particulière.

Le lettré, qui avait avoué son crime supposé, devait être étranglé. Un des domestiques l'apprit et vint le dire, d'une voix brisée par l'émotion, à sa maîtresse qui accueillit cette nouvelle avec calme et y sembla indifférente.

Lorsque furent fixées les exécutions de l'automne, la jeune femme commença à s'animer, partant le matin, rentrant le soir, sans cesse en mouvement. Lorsqu'elle était seule, il lui arrivait souvent de sangloter de chagrin et de perdre le sommeil et l'appétit.

Un matin de très bonne heure, la servante-renarde qu'elle avait envoyée en mission revint tout à coup. Sa maîtresse se leva immédiatement pour la prendre à l'écart et s'entretenir avec elle, puis reparut souriante et rayonnante et se mit comme de coutume à mettre de l'ordre dans sa maison.

Le lendemain un des domestiques se rendit à la prison et le lettré le chargea de prier sa femme de venir lui dire un dernier adieu. Au domestique qui s'acquittait de ce message, la femme du lettré répondit sans émotion. Elle ne montra nul chagrin et affecta même un air détaché et indifférent et entre eux les domestiques remarquèrent son insensibilité.

Soudain, une rumeur circula dans les rues : le grand inquisiteur Tch'ou, le père du jeune seigneur, venait d'être privé de ses titres et un inspecteur de P'ing-yan avait reçu l'ordre d'examiner le cas du lettré Fong. Un serviteur apporta tout joyeux cette nouvelle à sa maîtresse, qui se réjouit également et qui envoya aussitôt quelqu'un s'informer au Yamen. Le lettré qui avait déjà quitté la prison s'y trouvait. Il fut tout à la fois rempli de joie et de tristesse à la vue du messager.

Un instant plus tard, on amena le jeune seigneur Tch'ou qu'on venait d'arrêter. Il avoua tout dès le premier interrogatoire et le lettré, qu'on relâcha aussitôt, rentra chez lui. Il pleura abondamment en revoyant sa femme qui était aussi très triste. Mais la peine des époux se changea bientôt en joie.

Cependant, le lettré ignorait comment l'Empereur avait été informé de son cas. Sa femme lui désignant la servante lui dit : « Voici celle à qui en revient tout le mérite. » Le lettré, s'étant étonné, apprit bientôt ce qui s'était passé.

Son épouse avait tout d'abord envoyé la servante à Yen (actuel Pékin), la capitale, et jusqu'au palais impérial pour dénoncer la fausse accusation portée contre le lettré. Mais à son arrivée, elle avait trouvé le palais gardé par des génies et avait dû errer pendant plusieurs mois le long des fossés de l'enceinte sans pouvoir pénétrer à l'intérieur. Craignant de ne pouvoir agir à temps, la servante se préparait à retourner consulter sa maîtresse, lorsqu'elle avait appris que le Fils du Ciel devait se rendre à la ville de Ta-t'ong (au nord du Chansi, près de la Grande Muraille). Elle l'y précéda donc, déguisée en chanteuse ambulante. Le Fils du Ciel se rendit dans la maison de plaisir où elle se trouvait et elle reçut ses faveurs. Cependant, alors que l'Empereur mettait en doute sa véritable qualité de courtisane, elle se mit à pleurer. Le souverain lui demanda alors la cause de son chagrin : elle dit qu'elle était originaire de Kouang-p'ing, qu'elle était la fille d'un certain lettré Fong, que son père, qui allait mourir en prison à cause d'une accusation calomnieuse, l'avait vendue à cette maison de plaisir. L'Empereur, ému de tristesse, lui remit cent onces d'argent et, avant de la quitter, l'interrogea longuement, notant par écrit son nom et son prénom, ajoutant enfin qu'il voulait partager avec elle sa gloire et ses richesses. Elle répondit qu'elle désirait seulement être réunie à son père et ne souhaitait point d'honneurs. L'Empereur s'éloigna en souriant.

La servante fit part de tout cela au lettré qui se hâta de se prosterner devant elle tandis que des larmes brillaient dans ses yeux.

A quelque temps de là, la femme du lettré dit soudain à son mari : « Si je ne vous avais pas aimé, comment aurais-je souffert ? Lorsqu'on vous a arrêté, j'ai couru chez tous nos parents mais il n'y en a pas un qui m'ait donné même un conseil. Je ne puis vous dire ce que fut alors mon désespoir. Aujourd'hui, je déteste plus que jamais le monde. J'ai trouvé pour vous une compagne parfaite et puis désormais m'éloigner. »

A ces mots, le lettré pleura et se prosterna sans vouloir se relever. Sa femme demeura donc et la même nuit, elle envoya Lou Eul auprès de son mari qui ne voulut pas la recevoir.

Le lendemain matin, le visage de la quatorzième demoiselle semblait avoir perdu un peu de son éclat. Au bout d'un mois, elle paraissait avoir vieilli et six mois plus tard, son visage était terne comme celui d'une vieille paysanne. Mais le lettré lui gardait autant de respect et de fidélité.

La femme parla de nouveau de s'en aller en ajoutant : « Maintenant que vous avez une belle compagne, pourquoi garder une épouse aussi hideuse qu'un démon ? » Le lettré se désola comme la première fois.

Un mois passa encore. La femme tomba gravement malade, cessa de manger et de boire, maigrit et ne quitta plus sa chambre. Le lettré lui apporta des bouillons et des remèdes comme il eût fait pour son père et sa mère. Ni les prêtres ni les médecins ne se montrèrent efficaces et bientôt elle s'éteignit. Le chagrin du lettré fut extrême.

Avec l'or que lui donna la servante, le lettré lui fit des funérailles. Quelques jours plus tard, la servante partit.

Le lettré Fong épousa finalement Lou Eul qui, un an plus tard, lui donna un fils. En revanche, il échoua à ses examens et devint encore plus pauvre. Les époux étaient à bout d'imagination et tous deux se désolaient.

Le lettré se souvint un jour du coffre fendu qui était resté dans un coin de la grande salle et dans lequel la quatorzième demoiselle glissait souvent de l'argent et se demanda s'il y était encore. Alors il s'approcha de l'endroit où il se trouvait autrefois et le découvrit au milieu de toutes sortes de grands pots de sauce de soja et de sel, tous à peu près pleins. Il essaya de glisser dans la fente une baguette qui heurta quelque chose de dur et ne put entrer. Il le brisa donc tandis qu'une grande quantité d'or, d'argent s'en échappait. Le lettré était tout d'un coup très riche.

Plus tard, un des domestiques qui se rendait à T'ai-houa [1] y rencontra la quatorzième demoiselle montée sur une mule noire suivie de sa servante montée sur un âne. La quatorzième demoiselle lui demanda des nouvelles du lettré Fong et le chargea de dire à celui-ci qu'elle figurait désormais dans le livre des immortelles et sur ces paroles elle disparut.

Tr. : M. Mme Guillermaz.
Rv. : M. Hervouet.

1. Une des cinq montagnes sacrées de la Chine, le Houa-chan, montagne de l'Ouest, non loin de l'ancienne capitale Sian.

Le taoïste de la Secte du Lotus Blanc

Il y avait au Chansi un taoïste de la Secte du Lotus Blanc; son nom est tombé dans l'oubli : sans doute était-ce un disciple de Siu Hong-jou. Il abusait les gens par ses maléfices mais de ceux qui admiraient son art, beaucoup s'étaient mis à son école.

Un jour, sur le point de partir en voyage, il installa dans sa grande salle une cuvette qu'il recouvrit par une autre. Puis il recommanda à un de ses disciples d'en assurer la garde sans rien soulever pour regarder. Cependant, après son départ, le disciple souleva la cuvette du dessus et vit que celle dessous était remplie d'une eau claire sur laquelle flottait une petite barque de paille tressée avec sa voile et son mât. Plein de curiosité, il s'amusa à la toucher avec le doigt mais sa main la renversa. Alors il se hâta de la relever et de recouvrir la cuvette.

Soudain le maître revint et, fort irrité, reprocha au disciple de lui avoir désobéi et lorsque celui-ci se dressa pour se défendre, il s'écria : « Il n'y a qu'un instant, mon bateau a chaviré en pleine mer. Comment penses-tu pouvoir me tromper ? »

Un autre soir, il alluma une haute bougie dans la grande salle et dit au disciple d'être attentif à ce que le vent ne l'éteignît pas. Lorsque le tambour battit la deuxième veille, le maître n'était pas encore de retour. A la limite de la fatigue, le disciple s'étendit sur sa couche pour prendre un peu de repos. Quand il s'éveilla, il vit que la bougie était éteinte et il se leva précipitamment pour la rallumer.

Le maître enfin rentra et lui fit de nouveaux reproches.

« Je n'ai certainement pas dormi », protesta le disciple. « Comment la bougie aurait-elle pu s'éteindre ? »

« Tout à l'heure, par ta faute, j'ai dû marcher plus de dix lis dans l'obscurité », dit le maître en colère. « Comment peux-tu mentir encore ? » Le disciple fut fort effrayé. Des faits aussi étranges étaient si nombreux qu'on ne peut les rapporter tous.

Par la suite, une des concubines favorites du taoïste eut des relations intimes avec le disciple. Le maître s'en aperçut mais n'en fit rien paraître. Un jour il envoya le disciple nourrir ses cochons et le changea en porc dès qu'il fut entré dans l'enclos. Puis il le fit abattre sur-le-champ par un boucher et il en vendit la viande sans que personne n'en sût rien. Le père du disciple, ne voyant pas rentrer son fils, s'en alla s'informer chez le maître qui le renvoya en affirmant que le jeune homme n'était pas venu depuis longtemps. Rentré chez lui, le père continua ses recherches sans résultat.

Or un des condisciples du fils qui était seul à savoir la vérité la révéla au père et celui-ci s'en alla porter plainte devant le magistrat de la cité. Le magistrat craignant que le taoïste ne pût s'enfuir par quelque ruse n'osa pas l'arrêter aussitôt et il fit un rapport à l'autorité supérieure demandant mille soldats pour cerner la maison du coupable. Le taoïste ainsi que sa femme et son fils furent arrêtés et tous trois enfermés dans une cage.

Comme on les amenait à la capitale et que l'on traversait les monts T'ai-hang, un géant aussi haut qu'un arbre parut soudain. Ses yeux avaient la taille d'une coupe à boire, sa bouche était large comme une cuvette et ses dents étaient longues d'un pied. Les soldats effrayés n'osaient plus avancer.

« C'est un mauvais génie », dit le taoïste, « ma femme va le repousser. »

On le crut et l'on détacha la femme. Mais celle-ci s'étant dirigée vers le géant, une pique sur l'épaule, fut aussitôt avalée par le monstre furieux. L'épouvante de tous s'accrut.

« Il a fait périr ma femme », dit le taoïste, « C'est donc qu'il y faut mon fils. » On libéra donc le fils que le géant dévora encore.

Chacun se regarda ne sachant que faire. Pleurant de rage, le taoïste s'écria alors : « Il a tué et ma femme et mon fils. Comment pourrais-je l'accepter ? C'est moi seul qui dois le combattre. »

On le sortit alors de la cage et on l'arma d'un couteau pour l'envoyer au combat tandis que le géant plein de fureur venait à sa rencontre. Une brève lutte et bientôt le géant saisit le taoïste qu'il porta à sa bouche et avala, le cou tendu. Puis il disparut sans se presser.

Tr. : M. Mme Guillermaz.
Rv. : M. Hervouet.

Siao-eul

Le ménage Tchao Wang et sa femme, habitants de la ville de T'eng (au Chantong), étaient de fervents bouddhistes; ils s'abstenaient de viande et ils passaient dans tout le canton pour des gens charitables. La famille possédait quelques biens et ils avaient une fille incomparablement belle et intelligente nommée Siao-eul que son père chérissait comme un trésor.

Quand elle atteignit six ans, Siao-eul fut confiée aux soins d'un maître, ainsi que son frère aîné Tch'ang-tch'ouen. Au bout de cinq ans d'études, elle sut réciter par cœur les « Cinq Classiques ».

Parmi les camarades de Siao-eul se trouvait le jeune Ting Tseu-mo, de trois ans son aîné et déjà plein de talent. Les deux jeunes gens avaient un vif penchant l'un pour l'autre; Ting Tseu-mo avait avoué ses sentiments à sa mère et celle-ci avait demandé pour son fils la jeune Tchao en mariage. Mais Tchao, espérant que sa fille entrerait un jour dans une grande famille, n'avait pas voulu s'engager.

A quelque temps de là, Tchao s'était laissé circonvenir par la secte Taoïste du Lotus Blanc et le chef de celle-ci Siu Hong-jou s'étant révolté, toute la famille Tchao se trouva compromise dans la sédition.

Saio-eul, instruite et intelligente comme elle était, comprit du premier coup les recettes magiques grâce auxquelles on anime des soldats de papier et transforme des pois en chevaux. C'était la plus remarquable des six jeunes filles qu'instruisait Siu Hong-jou et c'est elle qu'il initia à tous ses secrets. Son père reçut grâce à elle une charge importante dans la secte.

Le jeune Ting, qui avait alors dix-huit ans, venait d'obtenir le grade de bachelier à T'eng, mais il n'avait point oublié Siao-eul et ne voulait pas entendre parler de mariage. Un beau jour, il s'enfuit secrètement et rejoignit l'armée rebelle de Siu Hong-jou.

La jeune fille, heureuse de le revoir, lui témoigna une faveur toute particulière. Tenue en haute estime par Siu, elle était investie de fonctions militaires et pouvait sortir et rentrer chez elle jour et nuit sans que ses parents pussent l'en empêcher.

Chaque fois que Ting venait la voir, le soir elle renvoyait tous les serviteurs et tous deux demeuraient ensemble jusqu'à la troisième veille. Un soir Ting lui dit en grand secret. « Savez-vous la raison qui m'a fait venir jusqu'ici ? « Je l'ignore », répondit la jeune fille. « Ne croyez pas, reprit Ting, que je nourris de folles ambitions; c'est uniquement à cause de vous. Cette sorcellerie ne peut triompher, elle ne peut aboutir qu'à un désastre. Comment ne le voyez-vous pas, intelligente comme vous êtes ? Fuyez avec moi, vous pouvez compter sur la fidélité de mon cœur. »

La jeune fille eut un moment de tristesse. Puis tout d'un coup, comme au sortir d'un rêve, elle déclara : « Il est mal d'agir à l'insu de ses parents. Laissez-moi prévenir les miens. » Alors tous deux s'en allèrent voir Tchao et essayèrent de le convaincre, mais il ne voulut rien entendre :

« Notre maître est un être surnaturel, dit-il. Comment pourrait-il se tromper ? »

Sa fille renonça à le faire changer d'idée. Elle roula sa natte en chignon et prit deux milans de papier [1] qu'elle et Ting enfourchèrent. Secouant leurs ailes, les milans se mirent à voler de conserve comme un couple d'oiseaux Ts'ien-ts'ien [2].

A l'aube, ils arrivèrent près de la cité de Lai-wou (au centre du Chantong). La jeune fille toucha légèrement du doigt le cou des milans qui aussitôt se mirent à atterrir doucement et se muèrent en deux ânes qui galopèrent jusqu'au village de Chan-ying.

Siao-eul et Ting se firent passer pour des réfugiés et louèrent une maison. Mais tous deux étaient partis en hâte, ils n'avaient

1. « Milan de papier » désigne le cerf-volant. Il s'agit ici de deux cerfs-volants magiques en forme d'oiseaux.

2. Oiseaux fabuleux qui ne possèdent chacun qu'une aile et qu'un œil. Seul le couple peut voler. Il symbolise l'harmonie parfaite du mari et de la femme

que peu d'effets et pas d'argent et le lettré Ting en était très préoccupé. Il essaya d'emprunter un peu de riz chez ses voisins mais personne ne lui donna le moindre boisseau.

Siao-eul, elle, ne manifestait nulle inquiétude; elle mit simplement en gage ses épingles de tête et ses boucles d'oreille. Souvent, porte close, elle venait s'asseoir tranquillement en face de Ting et ils jouaient ensemble aux « devinettes sous la lampe » ou à qui pourrait réciter les plus longs passages de leurs anciens livres. En guise de punition, le perdant devait se frapper lui-même sur le bras ou sur le poignet de deux doigts joints.

Ils avaient pour voisin de l'ouest un compagnon des vertes forêts[1] nommé Wong. Un jour que celui-ci revenait d'une expédition, Siao-eul remarqua : « Avec un voisin si fortuné, pourquoi nous préoccuper de l'avenir? Si je lui demande de nous prêter mille onces d'argent, il y consentira peut-être. »

Ting pensait que cela ne serait pas si facile. Mais la jeune fille reprit : « Je ferai en sorte qu'il soit trop heureux de nous aider. » Elle prit alors une feuille de papier dans laquelle elle découpa la silhouette d'un P'an-kouan, le juge des Enfers, qu'elle posa sur le sol et recouvrit d'une cage à poule. Puis elle conduisit Ting vers un canapé de bois, fit réchauffer du vin de riz et, ayant pris le Rituel des Tcheou, elle inventa un nouveau jeu. Celui-ci consistait pour chacun d'eux à choisir tour à tour et au hasard un chapitre, une page, une ligne du Livre. Celui qui tombait sur un caractère composé des radicaux « nourriture » ou « eau » ou « alcool »[2] devait boire et celui qui tombait sur une expression contenant le caractère « vin » devait boire deux fois plus.

Et voici que la jeune fille tomba sur les « Employés des vins ». Ting remplit une grande coupe qu'il la força à boire. Elle fit alors le vœu suivant : « Si je dois réussir à amener quelque argent, vous devez tomber sur une expression avec « boire ».

Ting ouvrit le volume, le feuilleta et tomba sur les « pêcheurs de tortues ». La jeune fille éclata de rire en s'écriant : « Mon vœu est exaucé », et elle remplit une coupe qu'elle donna à Ting qui protesta.

1. Un bandit de grand chemin.

2. Les caractères chinois comportent une partie appelée radical ou classifique, qui souvent indique le sens général du caractère et surtout permet de le ranger dans un dictionnaire.

« Vous voilà fonctionnaire des eaux [1] vous devez boire comme la tortue. »

Tandis qu'ils se disputaient à grand bruit, on entendit dans la cage comme un froissement. Siao-eul se leva en disant : « Il arrive » et ayant soulevé la cage, elle trouva dessous un sac rempli de gros lingots d'or. Ting ne put dominer sa joie et sa surprise.

A quelque temps de là, une vieille servante de Wong, portant un enfant dans ses bras, s'en vint bavarder un moment chez Siao-eul. Elle confia à cette dernière qu'un jour, en rentrant de voyage, son maître avait allumé une lampe pour la veillée du soir lorsque tout d'un coup le sol s'était entrouvert jusqu'à une profondeur incalculable. Alors un juge des Enfers sortit de la crevasse et proclama : Je suis magistrat au tribunal des Enfers; le roi du T'ai-chan [2] a commandé aux juges des Ténèbres de se réunir afin qu'ils constituent un registre de comptabilité des mauvaises actions des criminels. Il me faut mille lampes d'argent et chaque lampe doit être d'un poids de dix onces. Pour cent lampes, j'effacerai vos crimes. » L'homme, très effrayé, brûla de l'encens, se prosterna, fit des prières. Puis il offrit mille onces, sur quoi le juge disparut et la terre se referma.

A ce récit, les époux s'exclamèrent et feignirent l'étonnement.

Dès lors, Ting et Siao-eul se mirent à acheter du bétail, engagèrent des serviteurs et des servantes et se firent bâtir une grande demeure.

Un vaurien du village lorgnant leurs richesses rassembla une bande de chenapans avec lesquels il s'introduisit dans leur maison. Après avoir grimpé par-dessus le mur, ils s'apprêtaient à faire rapine quand Ting et sa compagne, soudain arrachés à un doux sommeil, allumèrent une torche de paille et découvrirent des voleurs partout chez eux. Deux hommes saisirent Ting et un troisième se mit à tâter les seins de Siao-eul mais celle-ci se dressa toute nue et cria en pointant un doigt : « Ne bougez plus! » Les voleurs, qui étaient treize, frappés des tu-

1. Dans le Rituel des Tcheou, les « pêcheurs de tortues » étaient de petits fonctionnaires chargés de fournir la cour en carapaces de tortues, etc.

2. Montagne sacrée du Chantong. La montagne est en même temps le dieu chargé des récompenses et des châtiments dans l'autre monde.

peur, la langue tirée, s'immobilisèrent telles des figurines de bois.

Alors Siao-eul s'habilla, sauta de son lit et rassembla les serviteurs. Ceux-ci ligotèrent les bandits un à un, les mains dans le dos et les forcèrent à tout avouer de leur complot. Puis Siao-eul leur fit de vifs reproches :

« Nous sommes venus de très loin nous réfugier dans vos montagnes, comptant sur votre aide. Comment avez-vous pu manquer d'humanité à ce point ? Chacun a ses heures de gêne ou de prospérité. Ceux qui étaient dans le besoin pouvaient nous en avertir. Sommes-nous de ceux qui gardent tout pour soi ? Vous êtes des loups et vous méritez tous la mort. Pourtant, j'ai pitié de vous et je vais vous rendre la liberté mais sachez que je ne vous pardonnerai pas de nouveaux crimes. »

Tous les voleurs se prosternèrent, la remercièrent et s'en furent.

A quelque temps de là, Siu Hong-jou fut pris. Le ménage Tchao ainsi que leur fils Tch'ang-tch'ouen furent mis à mort.

Le lettré Ting racheta le jeune fils de Tch'ang-tch'ouen qui avait alors trois ans et qu'il éleva comme son propre enfant. Il lui donna son propre nom de famille Ting et le prénomma Tch'en-t'iao. Les gens du village comprirent alors que les Ting étaient apparentés à des membres de la Secte du Lotus Blanc.

Vers cette époque, une invasion de sauterelles dévasta la campagne. Siao-eul envoya contre elles des centaines de cerfs-volants qui les détournèrent de ses champs qui furent ainsi épargnés. Par jalousie, les voisins de Ting et de Siao-eul allèrent les dénoncer, disant qu'il s'agissait du reste de la bande de Siu Hong-jou. Le mandarin, qui convoitait leurs biens, fut ravi de l'aubaine et fit arrêter Ting qui dut se libérer finalement à prix d'argent.

Siao-eul déclara : « Nos richesses n'avaient pas été bien acquises, elles ne pouvaient durer. Ne restons pas davantage dans ce pays de serpents et de scorpions. » Le couple vendit donc ses biens à vil prix et partit. Il s'arrêta enfin dans le faubourg ouest de T'eng.

L'habile Siao-eul savait ménager l'argent et s'entendait en affaires mieux qu'un homme. Elle ouvrit un atelier de verrerie dont elle instruisit elle-même les ouvriers. Elle fabriquait des lanternes plus curieuses par leur forme et leur couleur que celles de ses concurrents et elle les vendait aisément et fort cher. En quelques années elle et son mari furent plus riches que jamais.

Siao-eul dirigeait sans indulgence plusieurs centaines de serviteurs et de servantes dont aucun n'était nourri à ne rien faire. Pendant ses instants de loisir, elle préparait le thé, jouait aux échecs avec son mari ou bien se distrayait avec lui en lisant les Classiques et les histoires des Dynasties.

Tous les cinq jours, elle faisait le compte de l'argent et des grains et examinait la conduite de ses domestiques. Son mari appelait leur nom qu'elle marquait d'un jeton différent. Ceux qui s'étaient montrés diligents étaient alors récompensés selon leur zèle, les paresseux étaient punis du fouet ou obligés de rester agenouillés pendant de longues heures.

Les jours de congé où le travail de nuit était supprimé, tandis que Ting et Siao-eul se faisaient servir un festin, les servantes étaient invitées à égayer leurs maîtres par des chansons populaires.

Siao-eul montrait une extraordinaire clairvoyance et nul n'osait la tromper et, comme elle savait récompenser le travail au-delà de son prix, tout lui était facile.

La localité comprenait plus de deux cents familles. Aux pauvres, Siao-eul donnait un peu d'argent pour entreprendre quelque chose et personne ne se montrait paresseux et ne demeurait sans emploi.

Une grande sécheresse survint, Siao-eul invita les gens du village à élever un autel dans la campagne. Pendant la nuit elle s'y rendit en voiture et, ayant célébré le rite magique du « pas de Yu [1]. », elle fit pleuvoir à cinq lis à la ronde.

Les gens du pays la tenaient de plus en plus pour un être surnaturel. Lorsqu'elle sortait, elle ne cherchait pas à cacher son visage et chacun pouvait l'apercevoir. Il arrivait aux jeunes gens de parler entre eux de sa beauté mais quand elle apparaissait, aucun d'eux n'osait plus lever les yeux vers elle.

A chaque automne, aux enfants du village trop jeunes encore pour prendre part aux labours, elle donnait un peu d'argent en leur demandant d'aller cueillir des feuilles de laiteron. En

1. Rite magique dont l'origine remonterait à l'empereur mythique Yu.

vingt ans, elle en emplit chaque étage de sa maison et les gens s'en moquaient derrière son dos.

Mais, de l'autre côté des montagnes, une grande famine survint et l'on commença à s'entre-dévorer. Siao-eul distribua alors ces feuilles de laiteron mêlées de riz aux affamés et sauva ainsi les villages voisins de l'exode et de la disette.

Tr. : M. Mme Guillermaz.
Rv. : M. Kaltenmark.

Keng Niang

Kin Ta-yong, descendant d'une vieille famille du Honan, avait épousé la fille du préfet Yeou, Keng Niang, qui était belle et sage; un amour profond les unissait.

Or, des bandes de brigands vinrent ravager le pays et les habitants prirent la fuite. Kin, qui était parti vers le sud avec les siens, rencontra en chemin un homme jeune qui se sauvait lui aussi en emmenant sa femme. L'homme lui déclara qu'il se nommait Wang le 18e, qu'il était originaire de Kouang-ling [1], et il s'offrit à lui servir de guide. Kin accepta la proposition avec joie et les deux familles firent désormais route ensemble. Un jour où l'on était parvenu au bord d'une rivière, l'épouse de Kin dit en aparté à son mari : « Ne traversons pas en même temps que cet homme. Il me regarde souvent d'un air étrange en clignant des yeux et je ne sais trop ce qu'il cache. » Kin promit de l'écouter.

Mais Wang mit un tel empressement à trouver une grande barque et se donna tant de mal pour y charger les bagages de Kin que celui-ci n'osa pas refuser d'y monter avec lui et la présence de la jeune femme de Wang le rassurait. Elle s'était installée près de Keng Niang, envers qui elle montrait beaucoup d'amitié. Wang s'assit à l'avant du bateau, et se mit à bavarder longuement avec les rameurs comme s'il avait retrouvé en eux de vieilles connaissances.

Bientôt, le soleil déclina. L'eau s'étendait à perte de vue, on ne distinguait plus le nord du sud et Kin qui jetait les yeux

1. Ancien nom de l'actuelle sous-préfecture de Yang-tcheou au Kiangsou.

de tous côtés commença à s'inquiéter et à éprouver des soupçons.

Bientôt, la lune brillante se leva et il ne vit que des roseaux à perte de vue. On jeta l'ancre, Wang invita Kin et son père à venir prendre l'air sur le pont; c'est alors qu'il en profita pour pousser le premier à l'eau. Le père voulut crier, mais un des bateliers le frappa de sa gaffe et le vieillard périt noyé à son tour. La mère de Kin étant sortie, attirée par le bruit, subit le même sort. Wang feignit alors d'appeler au secours.

Cependant, au moment où la mère de Kin était sortie de la cabine, Keng Niang la suivait et avait vu une partie du drame. Comme Wang lui apprenait que toute sa famille venait de périr noyée, elle sut garder son sang-froid et s'écria seulement, en pleurant : « Que vais-je devenir maintenant que mon mari et mes beaux-parents ne sont plus ? »

Wang s'approcha d'elle. « Ne vous affligez pas », dit-il, « Venez avec moi à Kin-ling [1]. J'ai assez de terres et de maisons pour suffire à vos besoins, ne vous inquiétez pas de l'avenir. »

« S'il en est ainsi, je n'en demande pas davantage », dit Keng Niang en retenant ses larmes.

Wang, heureux de cette réponse, se montra très empressé à l'égard de la jeune femme et le soir même, il essaya de l'attirer à lui et d'obtenir ses faveurs. Mais elle affirma qu'elle était indisposée et il dut passer la nuit auprès de son épouse.

Comme la première veille venait de s'achever, les époux Wang se querellèrent sans qu'on en sût la raison. Toutefois, Keng Niang entendit la femme dire au mari : « J'ai bien peur que la foudre te punisse de ce que tu as fait en te fendant le crâne ».

Alors Wang se mit à frapper sa femme qui s'écria : « J'aime mieux mourir que d'être la femme d'un assassin. » Wang rugit de colère et la poussa hors de la barque. On entendit un « plouf »; alors il se mit à crier que sa femme venait de se noyer.

Quelque temps après, on arriva à Kin-ling. Wang conduisit Keng Niang dans la grande salle de sa maison familiale et la présenta à sa mère qui s'étonna de ne pas voir l'ancienne bru. A ses questions Wang répondit : « Elle est tombée à l'eau et s'est noyée. J'en ai épousé une nouvelle que voici. »

1. Ancien nom de la ville de Nankin.

Quand ils se furent retirés dans la chambre conjugale, Wang voulut s'approcher de Keng Niang qui lui dit en riant : « A votre âge, comment ignorez-vous à ce point les convenances! Même un homme du commun célèbre ses noces par une coupe de piquette. Pour vous qui êtes riche, c'est chose encore plus facile; et puis si on reste trop lucide, est-ce qu'on peut s'aimer. »

Wang tout heureux fit apporter du vin et tous deux burent. Keng Niang, levant sa coupe, ne cessait de l'inviter à boire. Se sentant peu à peu gagné par l'ivresse, Wang refusa bientôt de continuer mais Keng Niang lui versa encore plus de vin et le pressa d'une voix si câline qu'il ne put se dérober. Quand il fut bien ivre, Wang se mit tout nu et dit à Keng Niang de s'étendre près de lui. Elle débarrassa la table, éteignit la chandelle, sortit sous le prétexte d'aller aux toilettes et revint avec un couteau. Elle chercha dans l'obscurité le cou de Wang et comme celui-ci prenait son bras avec des soupirs amoureux, elle le frappa de toutes ses forces. Wang qui n'était pas mort au premier coup, se dressa en hurlant tandis que Keng Niang lui portait encore un coup. Alors il tomba et rendit l'âme.

La mère qui avait entendu quelque chose arriva en courant et Keng Niang la tua à son tour. Cependant, le frère cadet de Wang, Wang le 19ᵉ, survint sur ces entrefaites et Keng Niang, voyant qu'elle ne pourrait plus s'échapper, vite, tenta de se trancher la gorge, mais la lame était trop émoussée. Elle s'enfuit alors par la fenêtre, poursuivie par Wang le 19ᵉ, et, avant d'être rattrapée, se jeta dans un étang.

Aux cris de Wang le 19ᵉ, des voisins accoururent et retirèrent bientôt de l'eau Keng Niang, mais elle était déjà morte et cependant toujours aussi belle.

On examina le cadavre de Wang le 18ᵉ, puis on découvrit une lettre sur l'appui de la fenêtre. On la lut; Keng Niang y disait en détail le triste sort de sa famille. Alors chacun admira son courage et l'on décida de réunir l'argent de ses funérailles. Le lendemain matin, plusieurs milliers de personnes se rassemblèrent pour voir la belle morte devant qui chacun vint s'incliner. A la fin de la journée, l'on avait recueilli une centaine d'onces d'argent.

On enterra Keng Niang non loin des faubourgs sud de la ville. Des gens bien intentionnés la coiffèrent d'un diadème de perles, la vêtirent d'une longue robe et déposèrent à côté d'elle quantités d'objets de prix.

Cependant, après avoir été jeté à l'eau, le lettré Kin avait pu surnager en s'accrochant à une planche et, vers le soir, au moment où il se trouvait près d'un tourbillon, une petite barque l'avait sauvé. La barque était une de celles qu'un riche, le vieux Yin, entretenait pour venir en aide à ceux qui étaient en danger de se noyer. Après être revenu à lui, Kin s'en alla remercier le vieillard qui le traita fort bien et voulut le retenir pour servir de précepteur à ses enfants. Comme Kin, désirant partir à la recherche des siens, hésitait à accepter son offre, quelqu'un vint annoncer qu'on avait retiré de l'eau les corps d'un vieil homme et d'une vieille femme. Kin pensa qu'il s'agissait de son père et de sa mère et courut voir : c'était bien eux en effet. Le vieux Yin fournit leurs cercueils.

Notre lettré était plongé dans l'affliction quand quelqu'un annonça qu'on venait cette fois de sauver une noyée qui se disait l'épouse de Kin. Celui-ci essuya ses larmes et se précipita dehors. Mais celle qui venait d'arriver n'était pas Keng Niang, c'était la femme de Wang le 18e. En présence de Kin, elle pleura abondamment et le supplia de ne pas la repousser.

« Accablé de chagrin comme je suis, dit Kin, comment songerais-je aux autres? » A ces paroles, le désespoir de la femme fut encore plus grand.

Le vieux Yin, mis au courant de l'incident, y vit un dessein de la Providence et conseilla à Kin d'épouser la dame. Mais Kin refusa en invoquant son deuil. Dans son désir de vengeance, il craignait aussi de s'embarrasser d'une faible femme.

Alors la dame reprit : « Ainsi, si Keng Niang vivait encore, vous la sacrifieriez également à votre deuil et à votre vengeance? »

Le vieillard approuva la justesse de ses paroles et pria Kin de prendre momentanément soin de la femme. Kin y consentit donc. On choisit une date convenable pour les obsèques de son père et de sa mère et la Dame Wang prit le deuil et pleura comme si elle avait perdu ses propres beaux-parents.

Après la cérémonie, Kin, ayant dissimulé une arme sous ses vêtements, prit un bol à aumônes et décida de se rendre à Kouang-ling. L'ancienne Dame Wang l'en dissuada : « Comme mon cruel mari, je suis originaire de Kin-ling et j'appartiens à une vieille famille, la famille T'ang. Je vous ai trompé en vous disant que j'étais de Kouang-ling. La plupart des pirates qui écument les rivières et les lacs de cette région sont affiliés à la bande de mon mari. Si vous y allez, non seulement vous ne pourrez pas vous venger mais vous attirerez sur vous-même de grands malheurs. »

Kin, indécis, ne savait quel parti prendre, lorsqu'on apprit l'histoire d'une femme qui venait de se venger par un double meurtre. Tous les riverains du fleuve avaient entendu parler de cette affaire et l'on sut bientôt qu'il s'agissait de Keng Niang. La nouvelle commença par réjouir Kin, mais son chagrin reprenant le dessus, il repoussa doucement la Dame T'ang en lui disant : « Heureusement que je vous ai respectée. Quand on a eu une femme aussi héroïque, comment serait-on assez bas pour se marier une seconde fois ? »

Mais la Dame T'ang refusait de quitter le lettré, lui rappelant sa promesse et disant qu'elle se contenterait du rang de concubine.

A peu près vers cette époque, le général Yuan, un ami du vieux Yin, passa par là en route vers l'ouest et, ayant vu Kin, il se prit d'amitié pour lui et fit de lui son secrétaire. Peu après, le général Yuan remporta de grand succès sur des bandes de brigands qui troublaient l'ordre public. Kin, qui avait pris une grande part aux opérations et acquis de grands mérites, reçut à son tour rang de général et, à son retour de campagne, il célébra son mariage avec la Dame T'ang.

A quelques jours de là, Kin décida de se rendre avec sa nouvelle épouse au tombeau de Keng Niang à Kin-ling. En traversant Tchen-kiang, il voulut monter sur la Colline d'Or située dans une île du fleuve. Au milieu du courant, le petit bateau qui l'y conduisait en croisa un autre dans lequel se trouvaient deux femmes, l'une âgée, l'autre jeune et il s'aperçut avec étonnement que la jeune ressemblait beaucoup à Keng Niang. Cette ressemblance lui parut encore plus frappante lorsque, les deux embarcations se croisant rapidement, la jeune femme jeta un regard vers Kin par la fenêtre de son bateau.

Malgré sa surprise, le lettré n'osa pas s'adresser directement à la jeune femme mais s'écria : « Voyez cette troupe de canards qui volent dans le ciel. » La jeune femme l'entendit et dit à son tour : « Le chien vorace voudrait-il manger la nourriture du chat ? » C'était là une des petites phrases plaisantes qu'ils échangeaient autrefois dans l'intimité.

Kin fut donc considérablement étonné et fit faire demi-tour à sa barque pour s'approcher de l'autre. C'était vraiment Keng Niang qui, soutenue par une servante, passa bientôt dans le bateau de Kin. Tous deux s'étreignirent en pleurant et évoquèrent les tristes souvenirs de leur dernier voyage.

La Dame T'ang salua Keng Niang comme la concubine salue l'épouse légitime. Keng Niang, surprise, questionna Kin qui lui fit le récit de ses aventures. Prenant la Dame T'ang par la main, Keng Niang déclara : « Je me souviens encore des paroles que nous échangions sur le bateau. Qui aurait cru que nous appartiendrions un jour à la même famille ? Vous avez eu la bonté de rendre les derniers devoirs à mes beaux-parents, c'est à moi de m'incliner devant vous, pourquoi m'honorer ainsi ? » Par la suite, c'est sur l'âge qu'elles établirent leurs rapports et Keng Niang qui avait un an de plus que la Dame T'ang la traita désormais comme une sœur cadette.

Or voici ce qui était arrivé à Keng Niang après son enterrement. Au bout d'un temps dont elle-même ignorait la durée, quelqu'un l'avait appelée : « Keng Niang, ton mari n'est point mort. Vous devez vous rejoindre un jour. » Là-dessus, elle s'éveilla comme si elle sortait d'un rêve. En tâtonnant autour d'elle, elle sentit la présence de quatre parois. Alors elle comprit qu'on l'avait cru morte et qu'on l'avait enterrée. Cela l'affligea sans pourtant la réduire au désespoir.

Quelques jeunes vauriens sachant qu'on l'avait enterrée avec nombre de belles choses violèrent sa tombe et brisèrent son cercueil. Ils allaient commencer à fouiller l'intérieur de celui-ci lorsqu'ils s'aperçurent avec effroi que Keng Niang vivait encore. Keng Niang, craignant qu'ils ne lui fissent du mal, s'écria : « Par bonheur vous êtes venus me rendre à la lumière du jour. Voici mes épingles de tête et mes boucles d'oreille. Prenez-les ! Quant à moi, je désire que vous me vendiez à un couvent. Cela vous vaudra encore quelque argent et je ne vous dénoncerai pas. »

Les brigands se prosternèrent en disant : « Vous êtes une héroïne également admirée des dieux et des hommes. La misère nous a poussés à cette mauvaise action, nous serons trop heureux si vous voulez bien n'en rien révéler. Comment oserions-nous encore vous vendre à un couvent? »

Keng Niang répondit : « Tel est mon désir. »

Un autre voleur dit à son tour : « Il y a à Tchen-kiang une certaine Dame Keng qui est veuve et n'a point d'enfants. Elle serait sûrement très contente de vous connaître. »

Keng Niang remercia, ôta elle-même ses bijoux et les remit aux voleurs qui d'abord n'osèrent les accepter. Comme elle insistait, ils finirent par les prendre en se prosternant à nouveau. Puis ils la conduisirent en voiture jusqu'à la maison de la Dame Keng, à qui ils dirent que le bateau de Keng Niang, poussé par le vent, s'était égaré.

La Dame Keng était fort riche et vivait seule. Elle fut ravie de voir Keng Niang qu'elle traita comme sa propre fille. Le jour de leur rencontre avec le lettré Kin, les deux femmes revenaient précisément de la Colline d'Or. Keng Niang, ayant ainsi raconté son histoire à son mari, Kin passa dans le bateau de la vieille dame qu'il salua comme sa belle-mère et celle-ci le reçut dans sa maison comme son propre gendre. Les époux ne repartirent que quelques jours plus tard, et restèrent désormais en relation de famille avec la Dame Keng.

Tr. : M. Mme Guillermaz.
Rv. : M. Kaltenmark.

Kong Mong-pi

Lieou Fang-houa était un habitant de Pao-ting (au Hopei). Il était réputé dans toute la ville pour son immense patrimoine. Il se plaisait à recevoir et à traiter généreusement ses hôtes, et il y en avait souvent cent à s'asseoir à sa table. Il répondait d'urgence aux besoins urgents et n'était pas à mille pièces d'or près. Bien rares étaient les emprunteurs, hôtes ou amis, qui le remboursaient. Un seul d'entre eux, Kong Mong-pi, du Chensi, ne lui avait, de toute sa vie, jamais rien soutiré. Chaque fois qu'il venait, il demeurait une année entière. Sa parole comme sa pensée était toute aisance et distinction, et presque toujours Lieou partageait sa chambre avec lui. Ho, le fils de Lieou, qui, à ce moment-là, arborait les deux petits chignons, coiffure des adolescents, traitait Kong comme un oncle. Et celui-ci prenait plaisir à partager les jeux du jeune homme. Quand Ho rentrait de classe, ils s'amusaient souvent à arracher des dalles, pour enterrer des cailloux, qui figuraient de l'or caché. Dans cinq des pièces de l'habitation, ils avaient creusé un peu partout et constitué des cachettes. Et chacun riait de ces enfantillages pour lesquels seul Ho se passionnait et qui le faisaient aimer Kong plus tendrement qu'aucun des autres habitués de la maison.

Dix ans plus tard, la famille commença à s'appauvrir et il n'était plus possible de satisfaire aux nombreuses sollicitations des invités, qui, du coup, peu à peu se raréfièrent. Toutefois, il était encore fréquent que dix personnes et plus se trouvassent ensemble à bavarder et à faire bonne chère toute la nuit.

Vers la fin de l'année, les fonds de Lieou s'amenuisaient de jour en jour. Il ne lui restait qu'à vendre peu à peu ses terres, et l'argent ainsi obtenu servait à l'achat de la nourriture.

Ho, lui aussi, était très gaspilleur. Comme son père, qui ne lui faisait subir aucune contrainte, il s'était lié avec de nombreux jeunes gens et en avait fait ses amis. Lorsque Lieou tomba malade et mourut, Ho était dans une situation telle qu'il n'était pas à même de faire face aux dépenses des funérailles. Kong arriva alors, les poches remplies d'or, et il régla les affaires de son défunt ami, ce qui augmenta la reconnaissance de Ho à son égard, qui, pour toutes choses grandes ou petites, s'en référait à l'oncle Kong.

De temps en temps, Kong revenait, il extirpait de ses manches des morceaux de tuile et des graviers, et il en répandait dans les coins sombres des appartements; c'était tout à fait inexplicable. Bien des fois, Ho se plaignit à lui de son état de pauvreté. Et Kong rétorquait : « Mon enfant, tu ignores combien il est difficile et pénible de travailler. A quoi bon te donner dix pièces d'or : tu les dépenserais en un rien de temps. Ce qui est mal pour un homme, c'est de ne pas savoir se suffire à soi-même; la pauvreté, elle, n'est pas un mal. »

Un jour, Kong fit ses adieux, disant qu'il avait à s'éloigner. Ho lui recommanda en pleurant de revenir vite. Kong le lui promit, puis partit. Le jeune homme, trop pauvre pour pouvoir subvenir à ses propres besoins, dut mettre ses affaires en gage peu à peu, jusqu'à ce qu'il ne possédât plus rien. Il espérait, de jour en jour, que Kong viendrait le tirer d'embarras. Mais de celui-ci, pas la moindre ombre ni trace : il avait disparu comme la grue jaune de la légende [1].

Lorsque Lieou vivait encore, il avait fixé pour son fils un mariage dans la noble famille Houang de Wou-ki (à une centaine de kilomètres de Pao-ting). Celle-ci, quand elle apprit la ruine de Lieou, cacha les regrets qu'elle éprouvait de s'être engagée, mais, à l'annonce de sa mort, se garda bien d'exprimer ses condoléances. Cela pouvait paraître excusable, car ils habitaient extrêmement loin.

Lorsque Ho eut fini son temps de deuil, sa mère l'exhorta à se rendre lui-même chez son futur beau-père, afin de fixer

1. La grue est l'animal, symbole de la longévité, qui emporte dans l'au-delà les saints qui, par leur vertu, ont mérité de devenir immortels.

la date des épousailles; elle comptait aussi sur sa sympathie et son aide. Quand Ho arriva, M. Houang entendit dire que ses vêtements et ses chaussures étaient élimés et percés, il ordonna au portier de ne pas le faire entrer, et de lui transmettre ces mots : « Retournez chez vous chercher cent pièces d'or, alors vous pourrez revenir; sinon, je vous prie de mettre fin dès ce jour à notre engagement. » En entendant cela, Ho pleura amèrement. Une vieille dame nommée Lieou qui habitait en face le prit en pitié et le fit entrer chez elle pour lui offrir un repas. Puis, elle lui remit trois cents pièces d'argent et lui conseilla de repartir.

Sa mère fut également désolée et furieuse, mais qu'y pouvait-elle? Elle songea à leurs anciens hôtes dont la plupart, huit ou neuf sur dix, leur devaient de l'argent. « Choisis, lui dit-elle, les plus fortunés, et recherche leur aide.

— Mais, dit Ho, ceux qui nous fréquentaient auparavant le faisaient à cause de notre fortune. Si ton fils menait grand train, ah! il ne lui serait pas difficile d'emprunter mille pièces d'or. Mais dans une situation comme la nôtre, qui voudra se souvenir de nos bienfaits et de nos bonnes relations de jadis? Quand mon père prodiguait ses biens, c'était toujours sans aucun acte de garantie ou de reconnaissance. Si nous demandions un remboursement, il serait peu commode de fournir des preuves. »

Toutefois comme sa mère le pressait d'agir, il se conforma à ses instructions. Plus de vingt jours après, il n'avait pas rapporté une seule sapèque. Seul, l'acteur Li Sseu, un de leurs anciens obligés, quand il fut au courant, leur fit parvenir, par sens du devoir, une unique pièce d'or. La mère et le fils sanglotaient douloureusement. Et, dès lors, ils perdirent tout espoir.

Mlle Houang Yin venait d'atteindre l'âge de porter l'épingle de tête; quand elle sut que son père avait rompu avec son prétendant, en son cœur, elle ne lui donna pas raison. Et comme il désirait pour elle un autre hymen, elle lui dit en pleurs : « Le seigneur Lieou, à sa naissance, n'était pas un pauvre! Si par hasard, il doublait maintenant son ancienne fortune, qui aurait encore l'audace de m'arracher à lui? Le rejeter à cause de son dénuement, c'est manquer à l'honneur! »

M. Houang, mécontent, essaya par mille détours de la convaincre, mais sa fille resta jusqu'au bout inébranlable. Ses parents se fâchèrent pour tout de bon; du matin au soir, ils lui crachaient au visage et la maudissaient; malgré tout cela, la jeune fille ne perdait pas son calme.

Une nuit, des bandits survinrent pour les piller. Les époux Houang, torturés, brûlés, furent laissés presque morts, et tout dans leur maison fut anéanti : il ne leur restait plus rien. Pendant trois longues années la famille alla en déclinant. C'est alors qu'un marchand des pays de l'Ouest, ayant entendu parler de la beauté de la jeune fille, proposa d'envoyer cinquante pièces d'or en gage de fiançailles. Houang, que cette offre intéressait, l'agréa. Il se promettait d'user de la force pour briser la volonté de sa fille. Mais celle-ci eut vent de ce qui se tramait. Elle cessa toute toilette et se barbouilla le visage. Puis, une nuit, profitant de l'obscurité, elle s'enfuit.

Elle mendiait sa nourriture le long du chemin. Après deux longs mois de marche, elle atteignit Pao-ting. Elle s'enquit de la demeure de Ho et s'y rendit tout de suite. La mère de Ho la prit pour une pauvresse et voulut la mettre à la porte. La jeune fille s'expliqua en sanglotant; alors la mère lui saisit la main et, en larmes elle aussi, l'interrogea : « Enfant, qu'est-il arrivé que vous en soyez réduite à cet état? » La jeune fille, dont la douleur redoublait, lui raconta ce qui lui était arrivé. Alors, la mère et son fils pleurèrent ensemble. Puis on la fit se baigner et s'arranger. Elle revint, les yeux et les sourcils brillants, le visage éclatant de beauté et la mère et son fils se réjouirent ensemble.

Il y eut désormais à la maison trois bouches à nourrir, aussi ne faisait-on chaque jour qu'un seul repas. La mère disait en pleurant : « Mon fils et moi, nous nous devons d'endurer notre sort; ce qui me chagrine, c'est de le faire partager à ma bonne belle-fille. » La jeune femme la consolait, et riait : « La jeune mariée a connu la vie des mendiants. Si elle la compare avec sa vie d'aujourd'hui, elle sent une aussi grande différence qu'entre l'enfer et le ciel. » Et la mère en était réconfortée.

Un jour, la jeune femme pénétra à l'intérieur d'un bâtiment vide de leur demeure. Elle vit, à terre, des gerbes d'herbes coupées, compactes, qui ne laissaient pas la moindre latte de plancher nue. Elle avança peu à peu vers la salle intérieure au milieu des tas de poussière, et là dans les coins sombres, elle heurta du pied des piles d'objets. Elle les ramassa, les examina :

ce n'était que lingots d'or. Stupéfaite, elle courut chercher Ho. Ensemble, ils revinrent examiner les lieux : les cailloux et les morceaux de tuile que jadis Kong Mong-pi avait négligemment laissé tomber, s'étaient tous transformés en or. Il se prit à pensé au temps de son enfance où il s'amusait à enterrer des pierres sous les parquets, ne seraient-elles pas également muées en or? Son ancienne maison, qu'il avait louée à son voisin de l'est, vite il la lui reprit. Là où les dalles étaient abîmées ou manquantes, on ressortait telles quelles les pièces qu'il avait cachées. Ah! quelle cruelle déception vint briser son espoir! Il poursuivit, souleva d'autres dalles encore, et alors se montra à sa vue un nombre fabuleux de barres d'or, de l'or le plus éblouissant. Instantanément il fut classé parmi les plus grands favoris de la fortune!

Alors il reprit possession de ses terres et de sa propriété, il acheta des serfs, loua des serviteurs. Sa maison eut encore plus bel aspect que jadis. Cependant, il s'exhortait intérieurement à conquérir son indépendance, afin que l'oncle Kong n'eût pas honte de lui. Il s'obligea à vivre retiré chez lui pour étudier pendant trois années, au bout desquelles il triompha à l'examen du village. Il alla alors personnellement muni de cent pièces d'or, remercier la vieille dame Lieou. Ses habits étincelants attiraient les regards. Sa suite était composée de plus de dix hommes qui caracolaient sur des chevaux, fougueux comme des dragons. La vieille dame avait un logement exigu : Ho très simplement dut s'asseoir sur le bord du lit, dans le vacarme causé par les cavaliers et leurs montures, qui retentissait dans la ruelle.

Après la fugue de sa fille, M. Houang avait été obligé par le marchand de l'Ouest à restituer l'argent donné en gage de mariage. Or il en avait déjà dépensé la moitié. Pour rembourser, il fut dans l'obligation de vendre sa demeure. Et il se trouva dans le même état d'indigence qu'avait connu Ho. Ayant appris l'éclatante prospérité de celui qui le premier lui avait été promis pour gendre, il vivait enfermé chez lui, plein de dépit.

Mme Lieou se procura du vin et prépara un repas pour recevoir Ho. Elle lui dit la belle conduite dont avait fait preuve Mlle Houang, tout en déplorant sa fuite. Puis elle demanda au jeune homme s'il s'était marié. Il répondit affirmativement, et la pressa, le repas achevé, de venir voir sa jeune femme; il l'emmena donc au retour dans sa voiture. Arrivés chez lui, ils en virent sortir, soutenue et encadrée par de nombreuses suivantes, la jeune femme, parée d'une robe somptueuse, telle une Immortelle. Ce fut un grand étonnement pour les deux femmes de se retrouver. Elles se racontèrent l'une à l'autre ce qui leur était arrivé; Yin s'enquit de ses parents. La vieille dame séjourna chez eux plusieurs jours, pendant lesquels elle reçut un accueil particulièrement généreux. Après lui avoir complètement renouvelé sa garde-robe, on la fit escorter jusqu'à sa demeure.

Elle s'empressa d'aller porter aux Houang des nouvelles très détaillées en même temps qu'elle leur transmettait les civilités de leur fille. Le vieux couple demeurait abasourdi. Elle l'exhorta à aller se réfugier auprès de Yin. M. Houang avait l'air très gêné.

Vint un temps où il ne put plus supporter le froid et la faim, et où il fut contraint de se rendre à Pao-ting. Arrivé au superbe et vaste hôtel de Ho, il eut affaire à un concierge qui le regarda, ébahi et furieux et de qui il ne put obtenir durant la journée entière l'autorisation de pénétrer. Une femme sortit. Il en profita pour lui demander avec d'humbles paroles d'aller secrètement prévenir sa fille qu'il était là. Peu après la femme se montra à nouveau et l'introduisit dans un petit salon d'attente en disant : « Madame a le plus grand désir de vous voir, mais craignant que le seigneur ne le sache, elle attend une occasion. A quelle heure êtes-vous arrivé, Monsieur? N'avez-vous pas faim? » Après que Houang lui eut raconté ses malheurs, elle disposa devant lui quelques mets et une coupe de vin; elle y ajouta cinq pièces d'or.

— Le seigneur est à la maison, en train de dîner, il est possible que Madame ne puisse venir. Il est préférable que vous vous échappiez demain de fort bon matin, afin de ne pas être surpris par le maitre.

M. Houang acquiesça. Il était très tôt le lendemain quand il se leva et emporta son bagage. Il trouva la porte cochère encore fermée. Installé sur son baluchon, il attendit abrité par le porche. Soudain, à grands fracas, le maître de céans s'apprêta à sortir de chez lui. Il aperçut Houang qui tentait de se cacher pour l'éviter. Surpris, il demanda quel était cet homme. Comme les domestiques ne le savaient pas, Ho se mit en colère et dit que ce devait être quelqu'un de louche, et qu'il faudrait le faire comparaître au tribunal. En écho à ces paroles, tous s'emparèrent de cordes et se firent fort de l'attacher à un arbre. Le malheureux Houang, honteux et craintif, ne soufflait mot. Quelques instants plus tard, parut la femme de la veille. Elle mit un genou en terre et s'excusa : « C'est mon oncle, il est arrivé si tard hier soir que je n'ai pu vous avertir maître. » Ho ordonna alors de le relâcher. En accompagnant Houang jusqu'à la rue, elle lui expliqua qu'elle avait oublié de le recommander au concierge, ce qui avait provoqué cet incident fâcheux. Elle ajouta : « Madame vous fait dire que la vieille dame pourra venir quand elle le désirera. Qu'elle se déguise en marchande de fleurs et se fasse accompagner de Mme Lieou. — Bien, dit M. Houang.

A son retour, il mit sa femme au courant et comme celle-ci était anxieuse de revoir sa fille, elle alla trouver Mme Lieou, et, toutes deux se rendirent ensemble chez les Ho.

Après avoir franchi plus de dix portes, elles atteignirent l'appartement de Yin. Celle-ci portait au sommet de la tête un chignon orné de perles et d'émeraudes, et était habillée de fine soie. La senteur du parfum qu'elle employait embaumait tous ceux qui l'approchaient. Au moindre signal de sa voix, grandes et petites soubrettes accouraient de toutes parts. On apporta un divan et des accoudoirs pour les visiteuses, et les servantes offrirent le thé avec diligence. La mère et la fille, en des phrases à sous-entendus, se questionnaient sans en avoir l'air. Elles se regardèrent longuement, avec des larmes dans les yeux. Et quand arriva le soir, on prépara une chambre à coucher pour les deux vieilles dames. Mme Houang, du temps de sa splendeur, n'avait jamais eu un matelas aussi moelleux, des couvertures aussi soyeuses. Yin, plusieurs jours de suite, témoigna à sa mère une attentive sollicitude. Celle-ci l'entraînait fréquemment en aparté pour donner libre cours à ses larmes tandis qu'elle évoquait ses erreurs passées. Sa fille lui disait : « Entre une mère et son enfant quelle faute ne saurait être oubliée ? Par contre, l'indignation de mon mari n'est pas encore apaisée. Il ne faut pas qu'il soit au courant de votre venue. »

Aussi, chaque fois que Ho approchait, la vieille dame s'esquivait. Mais un jour qu'elles se trouvaient assises côte à côte, il entra à l'improviste. En les apercevant, il s'emporta et fit des remontrances : « Quelle est cette créature, cette villageoise qui a l'audace de se placer tout contre madame? Ah! elle mériterait qu'on lui arrache tous les cheveux! »

Mme Lieou intervint à la hâte :

— C'est Mme Wang, une de mes parentes. Je serais trop heureuse si vous ne la blâmiez pas d'être venue vendre des fleurs.

Ho fit un salut et s'excusa :

— Madame, vous êtes arrivée il y a quelques jours, je suis si occupé qu'il ne m'a pas encore été possible de bavarder un peu longuement avec vous. Dites-moi, ces vieux animaux de Houang, sont-ils encore en vie?

— Ils se portent bien. Mais ils sont pauvres, il n'est pas possible de l'être davantage. Oh! Seigneur, maintenant que vous êtes parmi les riches et les puissants, ne vous rappellerez-vous pas que vous êtes leur gendre?

Ho donna un coup de poing sur la table et dit :

— Si vous ne m'aviez offert un bol de riz et pris en pitié, je n'aurais même pas eu la possibilité de regagner mon village natal quand j'ai été éconduit par eux. Oui, maintenant, j'aimerais les revoir, mais pour marcher sur leurs corps. Ah! il est bien question de penser en gendre!

Tout en continuant à parler, il avait des accès de hargne, et se mettait à frapper du pied et à lancer des invectives. Si bien que sa femme, indignée, lui dit :

— S'ils ne sont pas généreux, du moins sont-ils mes parents. Je suis arrivée à toi si péniblement et de si loin, les mains couvertes de gerçures, les pieds transpercés, je me considère comme n'ayant pas de tort envers toi. Alors pourquoi maudis-tu mon père en ma présence? C'est difficile à supporter.

Ho se leva en colère et sortit. Mme Houang était pâle. Honteuse, abattue, elle décida de prendre congé. Sa fille lui remit en cachette vingt pièces d'or. Après son départ, elles n'eurent plus aucun rapport, mais Yin était très préoccupée de ses parents au fond de son cœur. Ho finit par céder longtemps après et les envoya quérir.

Ils arrivèrent pleins de regrets et de remords; ils ne savaient plus comment se comporter. Ho s'excusa :

— Vous avez bien voulu venir, il y a quelques années, mais vous ne m'aviez pas mis au courant. C'est pourquoi, ignorant votre présence, je vous ai terriblement offensés.

Houang ne pouvait que balbutier. Son gendre lui fit remettre vêtements et chaussures. Sa femme et lui séjournèrent un long mois, sans que le vieillard arrivât jamais à se sentir à l'aise. A plusieurs reprises, il parla de rentrer. Ho lui fit don de cent onces d'or en disant :

— Le marchand de l'Ouest en avait offert cinquante. Aujourd'hui, je double la somme.

Houang, le visage couvert de sueur, l'accepta. Ho les fit reconduire chez eux en voiture. Leur vieillesse s'écoula dans l'aisance.

Tr. : Mme Kaltenmark.
Rv. : M. Ruhlmann.

Kiang-tch'eng

Il y avait à Lin-kiang [1] un lettré nommé Kao, de son prénom Fan, et qui dès son jeune âge s'était montré intelligent, beau, élégant. Il était entré à quatorze ans au collège de la sous-préfecture. Les familles riches rivalisaient à qui lui ferait épouser sa fille : mais le lettré Kao était très exigeant sur ce point; il désobéit plusieurs fois à ce sujet à son père, Tchong-hong, âgé de soixante ans, dont il était le fils unique et qui, l'aimant beaucoup, ne pouvait souffrir de lui imposer la moindre contradiction.

Il y avait dans le village de l'est un vieillard nommé Fan, qui avait donné autrefois des leçons aux enfants sur le marché et habitait avec sa famille une maison que lui louait le lettré Kao. Le vieux Fan avait une fille, Kiang-tch'eng, qui avait le même âge que Kao. Lorsqu'ils avaient huit ou neuf ans, les deux enfants jouaient ensemble tous les jours, sans que personne y trouvât à redire, du fait de leur jeune âge. Par la suite le vieux Fan déménagea et pendant quatre ou cinq ans on n'entendit plus parler de lui.

Or, un jour, Kao rencontra, dans une ruelle, une jeune fille d'une extraordinaire beauté, suivie d'une petite servante âgée de six ou sept ans à peine. Il n'osa pas la regarder en face : il se contenta de lui jeter un regard de côté. Elle fixa son regard sur lui comme si elle avait quelque chose à lui dire... Alors il la regarda avec attention : c'était Kiang-tch'eng! Tout surpris, tout joyeux, ils se regardèrent en silence, bêtement, debout;

1. Dans la province du Kiangsi, au sud de la Chine.

et lorsque après un long moment ils se séparèrent, l'amour avait fait son œuvre; leurs deux cœurs étaient liés. Kao fit exprès de laisser tomber par terre son mouchoir rouge, et s'éloigna. La petite servante vint joyeusement le ramasser et le donna à sa maîtresse, qui l'échangea, dans sa manche, contre son propre mouchoir. Puis elle dit, par feinte, à sa servante : « Le bachelier Kao n'est pas comme les autres, il ne faut pas cacher l'objet qu'il a perdu, cours après lui et rends-le-lui. »

La petite servante rattrapa en effet le lettré et lui donna le mouchoir. Kao fut tout content d'avoir obtenu le mouchoir de la jeune fille... De retour chez lui, il demanda à sa mère de proposer le mariage à la famille de Kiang-tch'eng.

« Ils ne possèdent même pas la moitié d'une chambre et vagabondent du sud au nord, comment mérite-t-elle d'être ton épouse? » dit sa mère.

« Puisque c'est moi qui le veux, je n'aurai pas de remords, bien entendu », répondit Kao.

La mère ne savait quelle décision prendre. Elle en délibéra avec son mari Tchong-hong : celui-ci opposa un refus formel. A cette nouvelle, le lettré fut pris d'un tel désespoir qu'il ne pouvait plus manger, pas même avaler un seul grain de riz! Sa mère, très affligée, dit à son mari : « Bien que le vieux Fan soit pauvre, ce ne sont tout de même pas des voyous ni de ces vulgaires courtiers [1] pleins de ruse. Je vais me rendre dans sa famille et si vraiment cette jeune fille est digne d'épouser notre fils, quelle inconvenance y aurait-il?

Kao, le père du lettré, y consentit. Alors, sous prétexte d'aller brûler de l'encens dans « le temple de l'empereur noir [2] », la mère partit et elle vit que la jeune fille avait des prunelles brillantes et des dents nacrées, qu'elle était vraiment gracieuse et belle. Très contente, elle lui fit un magnifique cadeau d'or et de soieries en lui faisant comprendre clairement ses intentions. La vieille Fan, mère de Kiang-tch'eng, accepta la proposition, non sans avoir fait mille manières et protesté avec humilité... A son retour, la mère Kao raconta ce qui s'était passé, et notre lettré ne se sentit plus de joie.

Plus d'un an se passa. On avait choisi un jour faste pour

1. Profession particulièrement méprisée dans la société chinoise ancienne.
2. Temple de Lieou Pang, fondateur de la dynastie des Han.

accueillir la jeune épousée dans la maison... Le jeune couple était très heureux, très épris. Mais Kiang-tch'eng se fâchait facilement. Elle jetait à son mari des regards rancuniers, ne le traitait pas mieux qu'un inconnu, lui lançait des paroles piquantes, l'abasourdissait de ses criailleries : par amour, le lettré supportait tout. Vaguement au courant, les vieux parents Kao, mécontents, faisaient en cachette des reproches à leur fils. Kiang-tch'eng l'apprit et entra dans une grande colère et se mit à injurier son mari encore plus fort. Comme le lettré répliquait tant soit peu, elle devint encore plus furieuse, le frappa, le chassa de la maison et ferma la porte! Et le lettré, tremblant de froid, n'osant frapper à sa porte, passa la nuit sous l'auvent du toit, serrant ses genoux de ses bras... Dès lors Kiang-tch'eng considéra son mari comme un ennemi. Au début, le fait de plier le genou devant elle aplanissait la situation, mais, peu à peu, cela ne servit plus de rien, la situation du mari ne faisait qu'empirer. Les beaux-parents blâmèrent légèrement Kiang-tch'eng, mais celle-ci s'en offusqua au plus haut degré. Ulcérés, les beaux-parents la chassèrent chez sa mère pour toujours.

Son père, le vieux Fan, honteux et effrayé, chargea un sien ami de s'entremettre pour faire que Tchong-hong revienne sur cette décision, mais ce dernier refusa.

Plus d'un an après, le lettré étant sorti rencontra ses beaux-parents qui l'invitèrent, en le tirant par la manche, à entrer chez eux, et se répandirent en excuses. Ils fardèrent et ornèrent leur fille pour qu'elle sortît accueillir son mari. Les deux époux se regardèrent d'un air franchement lugubre. Le vieux Fan acheta alors du vin pour bien recevoir son gendre, et il le régala et le consola de son mieux. Et comme la nuit tombait, ils le retinrent avec insistance et le gardèrent chez eux pour la nuit, après avoir préparé un lit pour les deux époux.

Le lettré rentra chez lui à l'aube. Il ne dit pas la vérité à ses parents, mais inventa un prétexte quelconque. Dans la suite il continua, en cachette de ses parents, à passer la nuit chez ses beaux-parents environ deux fois par semaine.

Un jour le vieux Fan rendit visite à Tchong-hong, qui, tout d'abord refusa de le recevoir. Mais le vieux Fan insista tant et tant qu'il finit par le laisser entrer. Fan se jeta à ses genoux et le supplia de laisser Kiang-tch'eng rentrer chez ses beaux-parents. Kao refusa, alléguant que son fils ne le voulait point.

« Mon gendre vient de passer la nuit chez moi, il ne m'a pas fait d'objection », dit Fan. Kao, étonné, lui demanda depuis quand son fils passait la nuit chez lui. Fan lui raconta tout. Confus, Kao lui dit : « Vraiment je n'en savais rien, mais puisqu'il l'aime, pourquoi serais-je seul à la haïr ? »

Une fois Fan parti, Kao fit venir son fils, et lui fit des reproches. Le lettré baissait la tête et ne disait mot. Entre-temps Fan revint accompagné de sa fille.

« Je ne peux pas supporter les fautes de mon fils et de votre fille, dit Kao. Il vaut mieux qu'ils habitent ailleurs; je vous prie de présider à l'acte de séparation des biens et du logement. »

Fan lui déconseillait cette solution, mais Kao n'en voulut pas démordre, et le jeune couple s'en alla habiter dans un appartement séparé, avec une domestique qu'on leur donna pour faire le service.

Les jeunes époux vécurent à peu près en paix... pendant un bon mois. Les parents du lettré se réjouissaient dans leur cœur. Mais Kiang-tch'eng ne tarda pas à redevenir insupportable; le lettré avait souvent le visage balafré de coups d'ongles! Ses parents le savaient bien, mais ne disaient plus rien... Un jour, à bout de douleur d'avoir été fouetté, le lettré se sauva en courant chez son père, et y chercha refuge. Il arriva dans la maison l'air affolé, tel un moineau que pourchasse un vautour. Comme ses parents stupéfaits lui demandaient ce qui arrivait, voici que la femme entra, courant après lui, le fouet à la main! Elle alla jusqu'à porter la main sur lui et le fouetter sous les yeux de son beau-père. Ses beaux-parents se mirent en colère et lui adressèrent de violents reproches, mais elle n'y prêta pas la moindre attention, et ne s'en alla, l'air furieux, qu'après avoir asséné plusieurs dizaines de coups de fouet à son mari. Kao chassa alors son fils avec ces mots : « J'ai justement voulu que nous habitions séparément pour éviter le vacarme chez moi, si cela te fait tellement plaisir d'être fouetté, pourquoi prends-tu la fuite et viens-tu te cacher ici ? »

Chassé de la maison paternelle, le lettré errait çà et là, ne sachant où se réfugier. Le voyant ainsi démoralisé et humilié, craignant qu'il n'aille chercher la mort, Kao installa son fils tout seul dans un appartement séparé, où il lui portait de la nourriture.

Il fit aussi venir le vieux Fan, et lui demanda de faire des remontrances à sa fille. Fan alla la voir et essaya de toutes ses forces de la persuader de changer de conduite. Mais Kiang-tch'eng ne l'écouta pas, et même lui adressa des paroles blessantes. Fan s'en alla en époussetant ses vêtements et jura de rompre toute relation avec sa fille. Il ne tarda pas du reste à tomber malade de colère et mourut bientôt, ainsi que sa femme. Sa fille, qui n'aimait pas ses parents, ne prit même pas le deuil.

Tous les jours, Kiang-tch'eng criait et lançait toutes sortes d'invectives auprès du mur de séparation, dans l'intention de se faire entendre de ses beaux-parents. Le père Kao supportait tout et la laissait faire. Quant au lettré, il habitait tout seul, comme s'il avait fui l'eau bouillante et le feu, mais il se sentait bien solitaire... En cachette, il attira avec de l'argent une vieille entremetteuse, Mme Li, qui lui procura une prostituée, qui venait chez lui et en repartait toujours de nuit. Cela dura ainsi longtemps, jusqu'à ce que Kiang-tch'eng finît par l'apprendre; elle alla insulter son mari chez lui, l'accablant de malédictions... Lui, affirma de toutes ses forces que ce n'était pas vrai, qu'il en faisait serment à la face du soleil!

Kiang-tch'eng rentra chez elle, mais ne cessa plus d'espionner son mari. Un jour, elle rencontra par hasard l'entremetteuse Li qui sortait de chez Kao et l'interpella; la voyant, Mme Li changea de couleur. Cela augmenta les soupçons de l'épouse, qui lui dit : « Dites-moi clairement ce que vous avez fait, peut-être serez-vous pardonnée. Si vous me cachez encore quelque chose, je vous arrache les cheveux jusqu'au dernier! »

La vieille répondit, toute tremblante : « Depuis quinze jours, seule Li Yun-niang de la Maison de prostitution est venue ici, et encore, à peine deux fois. Tout à l'heure le jeune seigneur m'a dit avoir vu une dame T'ao, sur la montagne du panier de Jade, et qui a de très, très jolis pieds. Il m'a chargée de la faire venir. Bien qu'elle ne soit pas chaste, ce n'est tout de même pas une "fille pour passer la nuit", et il n'est pas sûr du tout qu'il puisse l'obtenir. » Kiang-tch'eng pensa qu'elle avait dit la vérité et la laissa partir. Mais juste comme elle s'éloignait, elle la retint — le soir tombait — et lui cria : « Allez la première chez lui, éteignez sa chandelle, et dites-lui que la femme de la famille T'ao est arrivée. »

Ainsi fit la vieille. Kiang-tch'eng pénétra aussitôt chez le lettré qui, au comble de la joie, la prit par le bras et la fit asseoir, lui exprimant le désir ardent qu'il avait de la voir. Elle, silencieuse, ne répondait point, le lettré cherchait à apercevoir, dans le noir, ses pieds... « Depuis que j'ai eu la chance d'entrevoir, sur la montagne, votre visage de fée, mon seul tourment est de penser toujours à vos pieds sans pouvoir les chasser de ma mémoire. » Elle ne disait toujours rien. Le lettré continua : « Ce n'est qu'en ce moment que je peux réaliser ce désir que j'ai depuis longtemps, comment est-il possible de vous rencontrer sans contempler votre visage ? »

Il prit la chandelle et l'alluma... Ce n'était que Kiang-tch'eng! Il eut une telle peur que son visage changea de couleur et que la chandelle tomba à terre.

Il se jeta à genoux en tremblant comme si une arme était posée sur son cou. Kiang-tch'eng ramena son mari chez elle par l'oreille, elle lui cribla les deux cuisses, un peu partout, de coups d'aiguille, le fit coucher sur un mauvais lit, et chaque fois qu'elle se réveillait, elle l'injuriait... Le lettré avait peur d'elle comme d'une tigresse et d'une louve. Même si, par hasard, elle le traitait avec un peu de bienveillance et partageait avec lui l'oreiller et la couverture, il avait tellement peur qu'il ne pouvait plus agir comme un homme. Alors elle le gifla et le chassa en grondant. Sa haine ne fit que croître et elle ne le traita plus comme un être humain. Et lui, le lettré, lui qui vivait jour après jour « près d'une beauté pareille à l'orchidée et dans un parfum de musc », ressemblait à ces prisonniers admirant la majesté des geôliers.

Kiang-tch'eng avait deux sœurs plus âgées qu'elle; toutes deux étaient mariées à des lettrés. La première, simple, bonne, mais bègue, ne s'entendait pas bien avec Kiang-tch'eng. L'autre, mariée à un certain Ko, rusée, astucieuse, querelleuse, était coquette, se croyait belle et en était fière. Elle n'avait pas un aussi joli visage que Kiang-tch'eng, mais par contre elle était bien aussi méchante et jalouse. Quand les deux sœurs se rencontraient, elles ne cessaient de se vanter de ce qu'elles faisaient la loi chez elles, c'est pourquoi elles s'entendaient très bien toutes les deux. Kiang-tch'eng, qui grondait son mari avec furie, chaque fois qu'il rendait visite à ses amis ou à ses parents, ne lui interdisait pas toutefois d'aller chez Ko. Un jour précisément que le lettré Kao buvait du vin chez son beau-frère Ko, celui-ci, qui était ivre, se moqua de lui en lui disant : « Mais pourquoi as-tu tellement peur de ta femme? »

Le lettré répondit en riant : « Il y a beaucoup de choses dans le monde qui ne s'expliquent pas... j'ai peur de ma femme parce qu'elle est trop belle. Mais il y a des gens dont la femme n'est pas aussi jolie que la mienne et qui pourtant en ont aussi peur que moi de la mienne, je les comprends encore bien moins, n'est-ce pas? »

Très confus, Ko ne savait que répondre. Or une servante, qui avait entendu la conversation, s'en alla la raconter à la femme de Ko, qui, furieuse, se saisit d'un bâton, et la voilà qui surgit... Le lettré, voyant son air féroce, tenta de s'enfuir, sans avoir eu le temps d'enfiler ses chaussures complètement! Mais le bâton était déjà levé et l'atteignit à l'épine dorsale; trois fois il fut frappé, trébuchant à chaque coup, puis il ne put plus se relever. Il se trouva que par erreur il reçut un coup au crâne qui le fit saigner. Sa belle-sœur partie, il rentra chez lui en boitant. Étonnée, sa femme le questionna... Tout d'abord il n'osa pas avouer qu'il avait vexé sa sœur, et ce fut seulement sur les insistances de sa femme qu'il finit par tout raconter. Alors elle lui banda la tête avec une étoffe de soie et lui dit en colère : « Pourquoi se mêle-t-elle de battre les hommes des autres? »

Elle enfila un vêtement à manches courtes, cacha dans sa robe un battoir à linge et partit sur-le-champ, accompagnée d'une servante. Lorsqu'elle arriva chez Ko, sa sœur l'accueillit avec des paroles aimables et elle, sans dire un mot, la frappa avec son battoir, la jeta à plat ventre, lui ôta son pantalon et la battit cruellement, lui cassant les dents et lui fendant les lèvres, tant et si bien qu'elle en laissa échapper excrément et urine. Une fois Kiang-tch'eng partie, sa sœur, honteuse et indignée, envoya son mari avertir le lettré Kao; celui-ci accourut, consola Ko, lui dit combien, combien il était désolé... Ko lui dit tout bas : « Il a bien fallu que je vienne ici, ma femme est une mégère inhumaine, j'ai laissé heureusement à quelqu'un d'autre le soin de la punir! Mais pourquoi nous en vouloir pour autant? »

Kiang-tch'eng avait entendu ces paroles. Elle surgit aussitôt pour l'injurier « Sale voleur, lui cria-t-elle en le montrant du doigt, ta femme a souffert et toi, tu viens encore te lier secrètement avec un autre, crois-tu que tu ne mérites pas aussi d'être battu! »

Et de crier qu'on lui apporte un bâton! Ko, s'enfuit, affolé, et dès lors il n'y eut plus un seul endroit que le pauvre Kao pût fréquenter.

Un jour, un de ses condisciples, Wang Tseu-ya, passa chez lui. Le lettré le retint aimablement et lui offrit à boire. Tout en buvant, Wang se mit à plaisanter sur le gynécée avec quelque peu de légèreté et même de mépris. Kiang-tch'eng, qui justement était venue épier le visiteur et avait écouté à la porte, entendit tout. Elle prépara un potage, y jeta, en cachette, du croton, et vint l'offrir à son hôte. Un moment après, voici que Wang Tseu-ya fut pris de vomissements et de coliques insupportables; il était à deux doigts de la mort, lorsqu'entra une servante qui lui demanda, de la part de Kiang-tch'eng, s'il oserait encore être impoli. Comprenant alors d'où lui venait cette maladie, il gémit et la supplia de lui faire grâce.

Le potage de pois verts était déjà préparé. Il en but, et se trouva guéri. Dès lors les camarades de Kao prirent leurs précautions; personne n'osa plus venir boire chez lui.

Wang était propriétaire d'une boutique de vin où il y avait beaucoup de pruniers à fleurs rouges. Il organisa un banquet pour ses amis. Prétextant une réunion de l'association littéraire, le lettré Kao s'y rendit. A la tombée de la nuit, Wang, à moitié ivre, annonça : « Une prostituée renommée de Nan-tch'ang [1] habite justement près d'ici, si on la faisait venir et boire avec nous? »

Tout le monde accepta avec joie; le lettré Kao se leva pour prendre congé, mais les autres le retinrent en lui disant : « Voyons, ta femme a beau avoir de bons yeux et de bonnes oreilles, elle ne peut tout de même pas voir et entendre ce qui se passe ici. » Et tout le monde lui jurant le secret, le lettré se rassit. Bientôt apparut la prostituée en question, une fille de dix-sept-dix-huit ans, avec des pendentifs de jade qui tintaient, « ding-dong », et un mignon chignon en forme de nuage. « Sie Fang-lan [2] », répondit-elle quand on lui demanda son nom et elle parlait avec grande élégance et grande distinction. L'assistance ne se tenait plus de joie. Or Fang-lan fixa son attention sur le lettré Kao, qui lui plaisait. Elle le lui fit comprendre à

1. Chef-lieu de la province du Kiangsi.
2. Orchidées parfumées.

plusieurs reprises, par l'expression de son visage. Alors les autres s'en aperçurent et on les fit asseoir l'un à côté de l'autre. Fang-lan prit un doigt du lettré et traça sur sa paume le caractère qui signifie "passer la nuit". Le lettré avait une envie folle de rester, mais n'osait pas; son cœur ressemblait à un écheveau de soie emmêlé. Ils chuchotaient, la tête penchée, et lui, au comble de l'ivresse, en oublia sa tigresse fardée sur son lit à la maison. Mais les heures passaient, l'eau de la clepsydre s'écoulait, les consommateurs devenaient de plus en plus rares, il ne resta bientôt plus qu'un homme jeune et beau, assis plus loin, qui se versait du vin, tout seul, en face d'une chandelle. Un jeune serviteur se tenait à ses côtés, lui offrant à deux mains une serviette. Tout le monde admirait discrètement la grâce du jeune homme. Et voici que, cessant de boire, il sortit de la taverne et s'éloigna, mais le jeune domestique revint sur ses pas et dit au lettré : « Mon maître vous attend pour vous parler. »

Nul ne savait qui était le maître. Mais le visage du lettré changea de couleur et il sortit précipitamment, sans même prendre le temps de dire au revoir. Car le jeune homme, c'était Kiang-tch'eng déguisée, et le domestique, c'était la servante qu'il avait chez lui. Le lettré la suivit, rentra chez lui, se coucha à plat ventre et Kiang-tch'eng le fouetta. Dès lors, il fut encore plus surveillé, il ne pouvait même plus sortir pour présenter condoléances ou félicitations. Quand le « grand maître littéraire [1] » visita son école, Kao fut classé sur la liste noire des mauvais étudiants pour absence aux cours.

Un jour que Kao parlait avec sa servante, Kiang-tch'eng le soupçonna d'avoir secrètement des relations avec elle. Elle enfonça la tête de sa servante dans une jarre à vin et la battit. Quelque temps plus tard, elle ligota le lettré et la servante, leur coupa à chacun, sur le ventre, un morceau de chair avec ses ciseaux à broder, puis elle échangea les lambeaux de chair l'un contre l'autre, relâcha son mari et sa servante et leur ordonna de se ligaturer eux-mêmes. Au bout d'un bon mois, les morceaux de chair s'étaient en effet greffés.

Souvent Kiang-tch'eng foulait aux pieds des galettes, les jetait dans la poussière et forçait le lettré à les ramasser et à les

1. Autre nom du Hiue-tcheng, commissaire à l'éducation, chargé d'examiner les bacheliers dans une préfecture.

manger. Et il y avait beaucoup d'autres méchancetés de ce genre.

Un jour que par hasard la mère de Kao était venue le voir chez lui, elle s'aperçut qu'il était maigre comme une allumette. Rentrée chez elle, elle se mit à pleurer amèrement et appela la mort. Dans la nuit qui suivit, elle eut un rêve; un vieillard lui disait : « Inutile de vous affliger et de vous désoler, tout cela vient d'une vie antérieure : Kiang-tch'eng est une réincarnation du rat de la longévité élevé par le moine Tsing-ye; le jeune seigneur votre fils, dans sa vie antérieure, était un lettré; se promenant par hasard dans une pagode bouddhique, il a tué le rat sans le faire exprès, et paie maintenant sa faute... Aucune force humaine ne peut remédier à cette situation; mais récitez chaque matin cent fois, pieusement, les incantations à Kouan-yin [1], ce sera certainement efficace. »

A son réveil, elle fit part de son rêve à Tchong-hong, qui le trouva bien étrange. Cependant les deux époux suivirent les prescriptions du rêve.

Pendant plus de deux mois, Kiang-tch'eng fut toujours aussi déraisonnable; elle devenait même plus enragée encore. Quand elle entendait résonner à l'extérieur la cloche et le tambour, elle sortait de chez elle, échevelée et regardait au loin, stupide... On la montrait du doigt, mais elle ne connaissait pas la honte; ses beaux-parents se considéraient comme déshonorés, mais ils n'y pouvaient rien et la blâmaient seulement en leur for intérieur.

Survint alors un vieux moine qui prêcha, en plein air, sur les causes et les effets et les rétributions de Bouddha; les spectateurs, venus nombreux, s'attroupèrent en un groupe compact. Le moine souffla sur le cuir de son tambour pour imiter le beuglement du bœuf. Kiang-tch'eng sortit de chez elle en courant; voyant qu'il n'y avait pas la moindre place dans la foule, elle se fit apporter son lit et grimpa dessus, la foule concentra ses regards sur elle, mais elle semblait ne pas le voir. Alors, le moine, qui avait presque fini son prêche, demanda une grande tasse d'eau claire et la présenta à Kiang-tch'eng en lui disant :

« Ne vous fâchez pas! Ne vous fâchez pas!

« Votre vie antérieure n'est pas fausse, votre vie actuelle

1. Avalôkitesvara ou déesse bouddhique de la miséricorde.

n'est pas vraie non plus. Allez, allez, rentrez le cou dans les épaules, rat, il ne faut pas que le chat vous trouve! »

Ceci dit, il aspira de l'eau dans sa bouche et la rejeta à la figure de Kiang-tch'eng; l'eau coula sur ses sourcils noirs, sur ses joues poudrées, mouillant son col et ses manches. Tout le monde eut peur, on pensait que Kiang-tch'eng allait se mettre dans une colère épouvantable — mais bien au contraire, elle ne dit rien, s'essuya la figure et rentra chez elle. Le moine s'en alla lui aussi.

Kiang-tch'eng, rentrée chez elle, s'assit, stupide, comme si elle avait perdu son moi. Elle ne mangea rien de toute la journée, fit son lit et se coucha tout de suite.

A minuit, elle réveilla son mari. Croyant qu'elle voulait le vase de nuit, le lettré se leva et le lui présenta respectueusement à deux mains. Elle le refusa et, dans le noir, prenant son mari par le bras, le fit entrer sous ses couvertures. Le lettré obéit, mais il tremblait de tous ses membres comme si on lui avait annoncé un décret impérial. Elle dit en soupirant :

« Comment puis-je être considérée comme un être humain si je te fais peur à ce point-là! »

Alors elle caressa le corps de son mari, et quand sa main rencontrait les cicatrices de coups de ciseaux ou de fouet, elle sanglotait et se griffait elle-même de ses ongles, en appelant la mort. Ne pouvant plus le supporter, le lettré la consola avec une profonde affection. Elle lui dit : « Je pense que ce moine est certainement l'incarnation d'un Boddhisattva [1]. Depuis que j'ai été aspergée de cette eau claire, il me semble que mes poumons et mes entrailles ont été changés, et aujourd'hui, lorsque je me rappelle ce que j'ai fait autrefois, il me semble que ce sont deux vies différentes. Jusqu'à maintenant je n'étais pas un être humain, j'ai un mari et n'ai pu le rendre heureux, j'ai des beaux-parents et n'ai pu les servir, mais qu'avais-je donc dans le cœur! Il faut que dès demain nous déménagions d'ici pour aller vivre avec tes parents comme autrefois, pour pouvoir border leur lit le soir et prendre des nouvelles de leur santé la matin ».

Et ils se parlèrent toute la nuit, comme s'ils évoquaient le

1. Divinité bouddhique.

passé après dix ans de séparation. Dès l'aube, ils se levèrent, plièrent leurs vêtements, empilèrent leurs ustensiles de ménage. Leur servante portait le panier, Kiang-tch'eng fit elle-même un ballot des couvertures attachées avec des serviettes et pressa son mari d'aller devant pour frapper à la porte de ses beaux-parents.

La mère du lettré sortit sur le seuil, le questionna, étonnée, et quand Kao lui eut expliqué ses intentions, elle eut l'air gêné et hésitante, mais Kiang-tch'eng arriva, accompagnée de sa servante, et se prosterna aux pieds de sa belle-mère en sanglotant, la suppliant de bien vouloir seulement lui pardonner ses crimes, qui méritaient la mort.

Voyant que ses intentions étaient sincères, la mère dit en pleurant à son fils : « Mon fils, pourquoi agissez-vous subitement ainsi ? »

Alors le lettré lui raconta tout en détail, et elle comprit que son rêve était vrai ; toute joyeuse, elle envoya les domestiques faire le ménage de l'ancien appartement de ses enfants.

Depuis lors Kiang-tch'eng obéit à ses beaux-parents, cherchant à leur faire plaisir, manifestant plus de piété filiale que s'ils avaient été ses propres parents. Lorsqu'elle apercevait quelqu'un, elle se mettait à rougir comme une nouvelle mariée, et si l'on s'amusait à raconter le passé, alors elle devenait écarlate. En outre, elle sut, diligente et économe, accumuler des richesses et, sans que ses beaux-parents aient eu à se préoccuper de la situation de la famille, voilà qu'en trois ans ils étaient devenus très riches.

Cette année-là, le lettré réussit à l'examen de licence, au chef-lieu de la province.

Kiang-tch'eng disait souvent à son mari qu'elle se rappelait encore avoir vu autrefois Fang-lan. Le lettré, déjà fort satisfait de n'être plus atrocement persécuté, n'osait pas la pousser plus avant sur ce sujet et se contentait de répondre « oui, oui... » Parti pour la capitale pour passer l'examen de doctorat au palais impérial, voilà qu'en revenant chez lui après quelques mois d'absence, il vit dans sa chambre Fang-lan en train de jouer aux échecs avec Kiang-tch'eng. Stupéfait, il demanda ce qui était arrivé : Kiang-tch'eng avait versé plusieurs centaines de pièces d'or pour faire rayer Fang-lan du registre des prostituées !

C'est M. Wang Tseu-ya, de la sous-préfecture de Chao, dans la province du Tchökiang, qui m'a, au long de toute une nuit, conté cette histoire dans tous ses détails.

Tr. : M. Tchang Fou-jouei.
Rv. : M. Ruhlmann.

Dame Chao

Tch'ai T'ing-pin était originaire de la sous-préfecture de T'ai-p'ing dans la province du Tchökiang. Sa femme, née Kin, dont il n'avait pas d'enfant était d'une extrême jalousie. Lorsque Tch'ai acheta pour cent onces d'argent une concubine, Mme Tch'ai la maltraita tant et si bien qu'elle mourut au bout d'un an. Tch'ai, révolté, s'abstint pendant plusieurs mois de franchir la porte de sa femme.

Cependant, pour l'anniversaire de son mari, Dame Kin vint lui présenter ses vœux de longévité. Elle se montra très humble, offrit de riches présents que Tch'ai ne put refuser et les époux échangèrent quelques paroles. Quelques instants plus tard, ayant fait disposer un festin dans sa chambre, Mme Tch'ai fit prier son mari de la rejoindre. Mais Tch'ai prétexta qu'il avait déjà bu plus que de raison et déclina son invitation; sur quoi Mme Tch'ai, parée et fardée avec recherche, se rendit elle-même près de lui : « Aujourd'hui, dit-elle, j'ai fait de mon mieux pour vous plaire et même si vous avez déjà beaucoup bu, venez au moins prendre une coupe avec moi, vous me quitterez aussitôt après. » Tch'ai s'en fut alors chez sa femme et tous deux se mirent à boire et à deviser. Enfin l'épouse remarqua d'un ton très calme : « Il y a quelque temps j'ai, par ma faute, causé la mort d'une servante, je le regrette beaucoup maintenant. Mais vous, pourquoi m'en gardez-vous tant de rancune, ne sommes-nous pas malgré tout mari et femme ? Prenez, si vous le désirez, douze épingles d'or[1], je ne vous en ferai nul reproche. »

1. C'est-à-dire une foule de concubines.

Tch'ai fut ravi de ce propos. La bougie se consumait, il était tard, le mari passa la nuit chez sa femme et dès lors les époux s'aimèrent comme par le passé.

Bientôt Mme Tch'ai fit venir une vieille entremetteuse et la chargea de trouver pour son mari une seconde épouse de traits agréables. Mais tout en ayant l'air de la presser, elle l'invitait en sous-main à faire traîner les choses. Plus d'une année s'écoula ainsi; Tch'ai, qui ne voulait plus attendre, pria ses parents et ses amis de l'aider et c'est ainsi qu'il acquit la fille adoptive d'un certain Lin. A la vue de la nouvelle venue, l'épouse légitime manifesta beaucoup de plaisir, la fit boire et manger avec elle et lui permit même de se servir de ses fards et de ses bijoux à elle.

La Dame Lin était originaire de Yen[1]. Elle n'était guère habile aux travaux d'aiguille, ne savait que broder des chaussures d'étoffe et il fallait compter sur les autres pour tout le reste.

« Ici », dit un jour Mme Tch'ai, « nous sommes diligents et économes. Sommes-nous des princes et des marquis pour acheter une concubine que l'on ne peut que contempler comme un tableau? » Sur ces paroles, elle mit entre les mains de Dame Lin une belle étoffe de brocart et commença à l'instruire comme un maître sévère le fait pour son élève. Au début, elle se bornait à la gronder, bientôt elle lui fit donner le fouet et Tch'ai en souffrait jusqu'au fond du cœur sans oser intervenir.

Mme Tch'ai témoignait en apparence de plus en plus d'amitié à Dame Lin, l'aidant elle-même à se parer et à se servir de crayons et de fards, mais si ses chaussures d'étoffe faisaient un faux pli, elle la frappait sur le pied avec une tige de fer et si ses cheveux étaient un peu en désordre, elle la giflait sur chaque joue. Dame Lin lasse de supporter ses mauvais traitements finit par se pendre.

Tch'ai fut plein de chagrin et entra dans une vive colère mais sa femme lui répondit avec irritation : « J'ai pris la peine de vous éduquer une concubine. Que me reprochez-vous? »

Alors Tch'ai comprit toute sa fourberie et une nouvelle brouille rompit définitivement l'harmonie conjugale. En secret, Tch'ai se fit préparer des chambres dans un autre logis et songea à acquérir une jolie fille pour l'y installer.

1. La région de Pékin.

Six mois passèrent et il n'avait encore trouvé personne quand par hasard, aux funérailles de l'un de ses amis, il aperçut une enfant de seize ans éblouissante de beauté. Il la contempla avec ravissement. Surprise par son air étrange, la jeune fille tourna vers lui un regard limpide comme une eau d'automne.

Tch'ai s'étant informé apprit qu'elle était l'unique fille d'un pauvre lettré nommé Chao. Elle avait montré dès l'enfance beaucoup d'intelligence et dès qu'elle sut ses caractères elle fut capable de saisir un texte à la première lecture. Elle montrait une préférence particulière pour le Nei king [1] et pour le Ping kien chou [2]. Son père, qui la gâtait beaucoup, la laissait libre de sa décision chaque fois qu'on venait la demander en mariage. Mais, riche ou pauvre, personne ne lui avait encore plu et c'est pourquoi elle n'était pas encore fiancée à dix-sept ans.

Tch'ai, fort exactement renseigné, comprit qu'il ne pourrait obtenir la jeune fille mais sa pensée y revenait souvent et il finit par songer que la famille était pauvre et pourrait se laisser tenter par l'argent. Cependant, de toutes les entremetteuses consultées, aucune n'osa se charger de l'affaire et il perdait courage et espoir lorsqu'il reçut la visite d'une marchande de perles la vieille dame Kia.

Tch'ai lui fit part de son désir, lui donna une forte somme d'argent en disant : « Je vous demande seulement de dire la sincérité de mes intentions, je ne vous en voudrai pas d'échouer mais je dépenserai volontiers mille onces d'argent pour que vous réussissiez. »

Ainsi encouragée, la vieille promit de prendre l'affaire en main. Elle s'en fut chez les Chao et commença par parler de choses et d'autres avec Mme Chao. Quand la jeune fille parut, elle manifesta son étonnement et son admiration :

« Que de beauté en cette jeune demoiselle! En vérité, si elle entrait au Palais de Tchao-yang [3], elle passerait en éclat les sœurs Tchao qui ne compteraient plus auprès d'elle. »

1. Le livre de l'Intérieur du Corps, autre nom du Houang Ti Nei King ou Livre de l'Intérieur du Corps attribué à l'Empereur Jaune, le plus ancien ouvrage chinois sur la médecine. Dans ce livre sont condensées toutes les connaissances médicales sur l'anatomie, la physiologie, l'hygiène, les maladies, la diététique, ainsi que les méthodes thérapeutiques et principalement l'acupuncture.

2. L'Ouvrage du Miroir clair comme la Glace, ouvrage de physiognomonie.

3. Palais où demeurèrent Tchao Fei-yen, beauté célèbre et favorite de l'empereur Tch'eng des Han, qui régna de 32 avant J.-C. à 6 après, et sa sœur cadette.

Elle s'informa ensuite du nom du fiancé. Mme Chao répondit que sa fille n'était pas encore promise; sur quoi la vieille s'écria : « Avec une telle fille vous aurez pour gendre un prince ou un marquis. »

« Je n'ose songer à un prince ou à un marquis, un lettré nous suffirait. La petite peste refuse dix prétendants sur dix, je ne sais ce qu'il lui faut. »

« Madame », reprit l'entremetteuse, « vous n'avez pas sujet de vous mettre en souci ou de vous plaindre. Je ne sais quelles bonnes actions le fiancé aura dû faire dans une vie antérieure pour mériter une telle beauté! Hier j'ai entendu une chose plaisante. Le jeune seigneur Tch'ai m'a dit qu'il avait aperçu Mlle Chao près des tombes d'une certaine famille. Pour mille onces d'argent, il conclurait volontiers les fiançailles. Ne dirait-on pas un hibou affamé qui se prend pour un cygne! Je l'ai bien vite remis à sa place. »

Mme Chao sourit sans répondre. L'entremetteuse reprit :

« Évidemment, si vous étiez des gens du commun, on pourrait dire que ce que l'on perd d'un côté on le regagne dix fois de l'autre [1] et la chose pourrait se faire mais dans le cas d'une famille de bacheliers comme la vôtre, il n'en va pas de même. »

Mme Chao sourit encore une fois sans rien dire.

« Tout compté, la chose ne serait pas à mon avantage », reprit la vieille en riant : « Vous me traitez chaque jour avec bonté. Quand je viens vous voir, vous m'invitez à m'asseoir à vos côtés et vous m'offrez du vin. Lorsque vous aurez reçu mille onces d'argent, vous ne sortirez plus qu'en voiture, vous irez chez les gens importants et quand je me présenterai chez vous, votre portier me chassera avec des injures. »

Après avoir réfléchi un long moment, Mme Chao se leva et sortit pour s'entretenir de tout cela avec son mari. Puis elle fit venir sa fille et au bout d'un instant tous trois reparurent. Mme Chao dit en riant :

« Mon humble fille est surprenante. Elle a refusé beaucoup de beaux partis et maintenant elle consent à n'être qu'une pauvre concubine. Mais n'allons-nous pas être la risée des lettrés? »

« Si, une fois établie, elle a un fils, que pourra dire la première

1. Il n'est pas jeune et a déjà une femme légitime, mais il est riche.

épouse? » repartit l'entremetteuse, qui mit ensuite les Chao au courant du projet de résidence séparée concernant les deux femmes.

Chao s'en montra tout heureux et dit à sa fille : « Explique-toi avec Mme Tch'ai et, puisque tu l'auras voulu ainsi, il ne faudra ni regretter ta décision ni t'en prendre à tes parents. »

La jeune fille déclara toute confuse : « Si mes parents peuvent jouir paisiblement d'une vie aisée, ils ne m'auront pas élevée en vain. Du reste, ma destinée n'est pas d'être heureuse et si j'épousais un bon mari ma vie en serait sans doute plus courte; quelques misères ne sont pas forcément un mal. J'ai aperçu il y a quelques jours le jeune seigneur Tch'ai, son visage porte les signes de la félicité et quelques-uns de ses enfants et petits-enfants réussiront certainement. »

Au comble de la joie, la vieille entremetteuse courut avertir Tch'ai. Heureux de ce résultat inespéré, il se hâta de faire mettre de côté les mille onces d'argent, de préparer des voitures et des chevaux et s'en alla chercher la jeune fille qu'il installa à part. Aucun des serviteurs de Tch'ai n'osa souffler mot de ces événements.

Cependant, la jeune femme déclara un jour à Tch'ai : « Vous faites comme l'hirondelle qui, selon l'expression, accroche son nid à un rideau [1] sans se soucier du lendemain ou comme un homme qui voudrait obliger les autres à garder leur bouche toujours fermée pour les empêcher de parler. Cela est impossible. Ne vaut-il pas mieux que vous rentriez chez vous avant que les choses n'aillent trop loin? »

Tch'ai craignait fort qu'elle n'y soit maltraitée, mais elle lui épondit : « Il n'est personne qui ne change un jour. Si je ne ommets nulle faute, comment pourrait-elle se fâcher? »

« Pourtant », dit Tch'ai, « elle est extrêmement dure, elle n'est accessible ni aux sentiments ni à la raison. »

« Je ne suis qu'une humble servante. Mon sort est d'être maltraitée. Nous ne pouvons vivre ainsi indéfiniment, un jour après l'autre. »

Tch'ai pensait qu'elle avait raison mais n'osait pourtant se décider. Un jour qu'il était sorti, la jeune femme se vêtit de noir, monta sur une vieille jument qu'un serviteur âgé conduisait par la bride, et, accompagnée d'une vieille servante qui portait

1. C'est-à-dire dans une situation dangereuse.

sa capeline, se rendit chez l'épouse légitime. S'étant prosternée devant celle-ci, elle la mit au courant de tout ce qui s'était passé.

Mme Tch'ai se montra d'abord fort courroucée mais songea que la seconde épouse, qui venait d'elle-même, était excusable. Elle vit aussi que son air et ses apprêts étaient modestes, et sa colère s'apaisa quelque peu. Elle ordonna même à une servante de sortir quelques-uns de ses propres vêtements de brocarts pour l'habiller et lui dit : « Mon mari a répandu de méchantes calomnies à mon sujet et l'on me critique à tort. En vérité c'est son infidélité et la mauvaise conduite des servantes qui m'exaspèrent. Songez-y donc, établir un nouveau foyer à l'insu de sa femme, est-ce digne d'un homme ? »

La seconde épouse repartit : « En considérant les choses d'un peu plus près, il me semble que votre mari éprouve un certain remords mais qu'il est retenu par son amour-propre. Le diction dit bien : "Le supérieur ne s'abaisse pas devant l'inférieur" et d'après les rites, la femme est devant son mari comme le fils devant son père, comme la concubine devant l'épouse. Madame, si vous voulez bien lui parler et lui faire bon visage, les rancunes longtemps amassées disparaîtront. »

« Mais il ne vient jamais ici », dit l'épouse, « que puis-je faire ? »

Elle ordonna alors aux servantes jeunes et vieilles de préparer une chambre pour la seconde épouse et bien que mécontente en son for intérieur, elle se résigna provisoirement.

En apprenant que Dame Chao s'était installée chez sa femme, Tch'ai éprouva crainte et inquiétude car une fois entré dans le repaire du tigre, on sait ce qu'il advient au mouton. Il se précipita chez lui. La tranquillité de la maison le rassura un peu. Dame Chao l'accueillit à la porte et lui conseilla de se rendre auprès de sa femme. Tch'ai parut embarrassé, la seconde épouse pleura, il était bien près de se laisser convaincre. Alors Dame Chao se rendit chez l'épouse et lui dit : « Le maître vient de rentrer, il n'ose venir chez vous, allez vers lui et montrez-vous souriante. » L'épouse ne voulait rien entendre, Dame Chao reprit : « Je vous l'ai déjà dit, la femme est devant le mari comme la concubine devant l'épouse. Mong Kouang [1] présentait les

1. Épouse de Leang Hong, de la dynastie des Han orientaux (25-220 apr. J.-C.). A chaque repas, elle n'osait regarder Leang Hong son mari. Elle levait le bol (ou plateau) à la même hauteur que ses sourcils pour montrer son respect extrême envers son mari.

plats en les élevant avec grand respect et nul ne l'accusait de servilité. Pourquoi? Parce que tel était son devoir. »

Mme Tch'ai l'écoutait et elle finit par aller trouver son mari : « Vous voici, lui dit-elle, tel un lièvre plein de ressources qui a trois gîtes, pourquoi êtes-vous revenu? » Tch'ai courbait la tête sans répondre. Dame Chao le poussa du coude. Alors Tch'ai eut un rire embarrassé et la colère de sa femme tomba quelque peu. Comme celle-ci allait se retirer, Dame Chao invita Tch'ai à la suivre et recommanda aux serviteurs de préparer une collation aux époux. Ainsi mari et femme se réconcilièrent-ils une fois de plus.

Chaque matin, Dame Chao s'habillait de noir et se rendait auprès des époux. Dès que leurs ablutions étaient terminées, elle leur présentait des essuie-mains et accomplissait avec respect tous les rites prévus entre serviteurs et maîtres. Elle n'acceptait Tch'ai dans sa chambre qu'une nuit sur dix et le reste du temps le repoussait avec fermeté. Au fond d'elle-même, l'épouse reconnaissait ses vertus mais elle était honteuse de ne pouvoir l'égaler et ses dépits amassés se tournaient en jalousie. Mais Dame Chao subissait avec douceur ses cris et ses colères et se conduisait avec tant de prudence qu'on ne pouvait jamais la prendre en faute.

Un matin, mari et femme s'étant querellés et boudés au cours de la nuit, Mme Tch'ai se trouvait de fort méchante humeur. Alors que la seconde épouse lui présentait le miroir en le tenant à deux mains, celui-ci lui échappa, tomba à terre et se brisa. Mme Tch'ai furieuse, les yeux exorbités, saisit par les cheveux la seconde épouse qui, prise de peur, tomba à genoux en demandant grâce mais l'épouse légitime, dont la colère ne désarmait pas, lui donna plusieurs dizaines de coups de fouet. Tch'ai, ne pouvant en supporter davantage, se précipita, en proie à son tour à une violente colère; il saisit Dame Chao qu'il entraîna, tandis que sa femme les poursuivait tous deux toujours frappant et criant. Alors Tch'ai s'empara du fouet de son épouse et lui cingla jusqu'au sang le visage, jusqu'à ce qu'elle battît en retraite. Désormais il n'y eut plus entre eux deux que guerre et haine.

Tch'ai avait défendu à Dame Chao de se rendre chez sa femme mais elle ne l'écouta pas. Elle continuait à se lever de bonne heure et, se traînant sur les genoux, s'en allait jusqu'aux rideaux du lit où elle attendait le lever de l'épouse. Celle-ci l'injuriait, frappait sur le lit pour l'effrayer, la faire partir et l'empêcher de s'approcher d'elle.

Jour et nuit, grinçant des dents, elle épiait les sorties de Tch'ai pour passer sa colère sur l'autre. Tch'ai, informé de ces faits, ne s'absenta plus et ferma sa porte; il décida d'ignorer jusqu'aux mariages et aux funérailles. Son épouse, en désespoir de cause, ne pouvait plus que reporter son dépit sur les servantes et bientôt aucun des domestiques ne put plus la souffrir. Depuis la brouille des époux, Dame Chao n'osait pas partager le lit de Tch'ai qui dormait seul, ce qui calmait un peu sa femme légitime.

Or il y avait chez les Tch'ai une certaine jeune servante fort dégourdie. La voyant un jour en conversation avec son mari, l'épouse la soupçonna d'être sa maîtresse, et dès lors la brutalisa encore plus que d'ordinaire. Aussi, lorsqu'elle se retrouvait seule, la servante la maudissait-elle en termes très vifs.

Un soir qu'il incombait à la servante de veiller sur le repos de Mme Tch'ai, Dame Chao pria le mari de ne pas la laisser se rendre chez sa femme et ajouta : « Cette fille a l'air de quelqu'un qui veut commettre un crime, je ne sais trop ce qu'elle a en tête. » Prêtant attention à ses paroles, Tch'ai appela la servante à qui il demanda à brûle-pourpoint la raison du meurtre qu'elle allait accomplir. La servante, surprise et effrayée, ne sut que répondre. Tch'ai en conçut de nouveaux soupçons et fit fouiller ses vêtements où on trouva un poignard acéré. La servante se jeta à terre et pria qu'on lui ôte la vie. Tch'ai voulait la punir mais la seconde épouse l'en empêcha en disant : « Si votre femme apprend cela, la servante n'en sortira pas vivante car son crime n'est pas de ceux qui se pardonnent. Mieux vaut donc la vendre. Elle conservera la vie et nous y gagnerons quelque argent. » Tch'ai jugea qu'elle avait raison et comme il se trouvait quelqu'un qui désirait justement une concubine, le marché fut aussitôt conclu. Cependant, l'épouse reprocha à Tch'ai de ne pas l'avoir consultée dans cette affaire et s'en prit aussi à Dame Chao qu'elle couvrit d'injures. Tch'ai lui jeta un regard irrité et s'écria : « Tu l'as bien voulu, si la servante l'avait tuée l'autre jour, elle ne t'insulterait pas aujourd'hui. » Sur ce, il s'éloigna.

Mme Tch'ai trouva ces paroles bien étranges et s'informa

autour d'elle, mais nul ne put la renseigner. Elle interrogea alors la seconde épouse dont elle ne tira rien non plus. Dans son irritation et son dépit, elle saisit alors celle-ci par le vêtement et l'injuria grossièrement. Tch'ai, qui réapparut sur ces entrefaites, lui dit alors toute la vérité. L'épouse stupéfaite eut des mots aimables pour Dame Chao mais elle lui en voulait en elle-même de ne pas l'avoir informée aussitôt. Tch'ai pensant que la haine de sa femme pour Dame Chao s'était éteinte cessa bientôt de se tenir sur ses gardes.

Tch'ai étant parti pour un long voyage, sa femme fit venir la seconde épouse qu'elle admonesta en ces termes : « Tuer sa maîtresse, c'est pour une servante un crime inexcusable, quelle était votre intention en libérant la nôtre ? » La seconde épouse, interdite, ne savait que répondre. Alors l'autre, qui avait pris soin de faire rougir une tige de fer, en brûla le visage de Dame Chao pour la défigurer. Toutes les servantes étaient révoltées. A chaque cri de douleur que poussait la victime, toute la maison se lamentait et chacun aurait voulu mourir à sa place. Alors l'épouse lâcha le morceau de fer mais piqua une vingtaine de fois une aiguille dans les flancs de Dame Chao, qu'elle chassa enfin de sa présence.

Lorsque, à son retour, Tch'ai vit les brûlures du visage de sa seconde épouse, il entra dans une violente colère et voulut courir chez sa femme mais Dame Chao le retint par son vêtement en disant : « C'est un brasier sur lequel j'ai mis le pied tout exprès. Lorsque vous m'avez prise chez vous, je savais bien que votre maison ne serait pas un éden. Mais je me sentais appelée à une destinée malheureuse et j'ai voulu éloigner le courroux céleste. Si je sais me résigner, mon temps d'infortune prendra fin; en revanche, offenser à nouveau le ciel serait creuser à nouveau une fosse déjà comblée. »

La seconde épouse appliqua un remède à ses brûlures et quelques jours plus tard elle était guérie. S'étant regardée dans un miroir, elle s'écria toute joyeuse : « Complimentez-moi aujourd'hui car les brûlures ont effacé toutes les lignes de malchance qui marquaient mon visage. » Comme dans le passé, elle continua à servir matin et soir la première épouse. Cette dernière, qui avait vu tout le monde pleurer autour d'elle lorsqu'elle avait brûlé le visage de l'autre, comprit enfin qu'elle était seule et détestée. Alors elle commença à éprouver un peu de honte et quelques remords. Parfois elle appelait la seconde épouse pour parler des choses de la maison, lui faisait bon visage et lui montrait plus d'amabilité qu'à l'ordinaire.

Un mois plus tard, Mme Tch'ai tomba soudain malade et cessa de boire et de manger. Tch'ai espérait ardemment qu'elle mourrait et ne se souciait guère d'elle. Bientôt Mme Tch'ai dont les forces s'épuisaient un peu plus chaque jour, eut le ventre tout gonflé. La seconde épouse s'occupait d'elle sans prendre le temps de dormir ou de se nourrir et la malade la trouvait encore plus admirable. Dame Chao fit état de quelques connaissances médicales qu'elle avait mais au souvenir de ses propres cruautés, Mme Tch'ai craignit sa vengeance et refusa ses soins.

Mme Tch'ai avait toujours dirigé la maison avec ordre et sévérité et tenu servantes et serviteurs dans l'obéissance. Quand elle tomba malade, tous en prirent à leur aise et nul ne fit plus rien. Tch'ai qui la remplaçait se donnait beaucoup de mal mais le riz et le sel disparaissaient sans raison. Il commença donc à regretter sa femme et fit venir des médecins pour la soigner. Mme Tch'ai s'était souvent plainte de souffrir d'un « fluide de contrariété » et les médecins après lui avoir pris le pouls furent unanimes à déclarer qu'elle était en effet atteinte de « mélancolie ». On changea plusieurs fois de médecin mais toujours sans résultat et la malade se trouva finalement en danger. Comme on faisait bouillir un nouveau médicament la seconde épouse intervint : « Cent paquets de ce remède ne serviraient de rien et ne feraient qu'aggraver le mal. »

Mme Tch'ai ne voulut point la croire, mais la seconde épouse substitua secrètement un autre médicament au précédent. Dès qu'elle eut bu, Mme Tch'ai se soulagea par trois fois et voilà la maladie disparue et Mme Tch'ai de se moquer des sottes paroles de Dame Chao : « Grande doctoresse [1] », dit-elle encore toute gémissante, « que pensez-vous de cela ? » La seconde épouse et toutes les servantes se mirent à rire. Mme Tch'ai en demanda la raison et lorsqu'elle eut appris la vérité, s'écria en pleurant :

« Chaque jour, à mon insu, vous me couvrez de vos bontés. Désormais, c'est vous qui dirigerez la maison. »

1. Le texte original porte doctoresse Houa T'o. Houa T'o fut un célèbre médecin de la dynastie des Han orientaux (25 à 220 apr. J.-C.).

Mme Tch'ai fut bientôt rétablie et son mari célébra sa guérison par un régal. La seconde épouse, debout auprès d'eux, tenait à deux mains un carafon à vin mais bientôt Mme Tch'ai, se levant, lui ôta le carafon et l'obligea à s'asseoir près d'elle en lui témoignant une extrême affection. La soirée s'avançant, la seconde épouse trouva un prétexte pour se retirer. Mais l'épouse envoya deux servantes pour la ramener et la força à dormir dans un lit placé près du sien. Dès lors toutes deux réglèrent de concert les affaires de la maison et prirent ensemble leur repas, plus liées que deux sœurs.

A quelque temps de là, la seconde épouse donna le jour à un garçon mais elle fut longtemps malade et Mme Tch'ai la soigna comme sa propre mère. Puis ce fut elle qui fut atteinte d'une maladie de cœur. Au début de la crise, son visage devint bleuâtre et elle voulut mettre fin à ses jours. La seconde épouse se hâta d'aller acheter quelques aiguilles d'argent. A son retour, c'est tout juste si la malade respirait encore. Elle plaça une aiguille selon les règles de l'acupuncture et la douleur cessa sur-le-champ. Une dizaine de jours plus tard, nouvelle crise, nouvelle aiguille. Une semaine plus tard encore autre rechute, même traitement. Bien que chaque fois les résultats fussent immédiats et qu'elle ne souffrît qu'un instant, Mme Tch'ai n'en appréhendait pas moins de nouvelles crises.

Une nuit elle fit un rêve; il lui sembla qu'elle arrivait dans un temple et dans la grande salle il y avait grand remue-ménage de dieux et de démons. Un des dieux lui demanda : « N'êtes-vous pas Mme Tch'ai, née Kin? Vos fautes sont nombreuses et vos jours étaient comptés. En considération de votre changement de conduite et de votre repentir, je me suis contenté d'une punition légère en vous frappant de maladie. Vous avez dans le passé causé la mort de deux épouses secondes et votre maladie en est le châtiment. Quant à Dame Chao, quel mal avait-elle fait? Vous l'avez pourtant traitée avec cruauté. Vos coups de fouet ont déjà été vengés par le lettré Tch'ai et vous en êtes tenue quitte mais vous n'avez pas encore expié la brûlure que vous lui avez faite et des vingt-trois coups d'épingle que vous lui avez donnés, vous n'avez encore payé que trois. Comment pouvez-vous vous croire si vite débarrassée de votre maladie? Elle recommencera demain. »

Mme Tch'ai s'éveilla terrifiée. Elle espéra qu'il ne s'agissait que d'une simple vision, d'un mauvais rêve, mais après le repas, la maladie réapparut en effet plus pénible encore. L'épouse seconde vint lui placer une aiguille et apaisa aussitôt sa souffrance mais elle ajouta perplexe : « Mon art ne peut aller plus loin. Comment extirper votre maladie ? Il faudrait que vous me laissiez vous faire une brûlure, mais il est indispensable que ce soit une brûlure très profonde et je crains que vous ne puissiez la supporter. »

Mme Tch'ai se souvint alors des paroles de son rêve et consentit sans difficulté à ce qui lui était proposé. Tandis qu'elle subissait l'épreuve en gémissant, elle songea aux dix-neuf coups d'épingle qu'elle devait encore et pensa qu'il valait mieux en finir une fois pour toutes. Aussi, lorsque la mèche fut éteinte, pria-t-elle la seconde épouse de continuer à planter les aiguilles d'argent. Mais Dame Chao dit en riant : « On ne peut pas se servir des aiguilles n'importe comment. »

L'épouse s'écria alors : « Ne vous souciez pas d'acupuncture. Piquez-moi seulement dix-neuf fois. » La seconde épouse refusa en éclatant de rire.

Mme Tch'ai, agenouillée sur son lit, la supplia mais l'autre ne pouvait se résoudre à faire ce qu'on lui demandait. Alors Mme Tch'ai fit le récit de son rêve et Dame Chao céda et la piqua autant de fois qu'elle le lui avait demandé en suivant à peu près le trajet des artères et des veines.

Mme Tch'ai se trouva dès lors définitivement guérie mais ses remords n'avaient point disparu et elle ne montrait plus de dureté envers les domestiques.

Le fils de Tch'ai se nommait Je-kiun. Il était d'une finesse et d'une intelligence incomparables et sa mère disait souvent qu'il avait tout l'air d'un futur académicien. A huit ans, c'était un petit prodige; à quinze, il était docteur ès lettres et académicien. Les époux Tch'ai avaient alors quarante ans et Dame Chao en avait trente-deux ou trente-trois et, quand elle s'en allait visiter ses parents en voiture, les villageois lui témoignaient de grands égards.

Quant à son père dont les autres lettrés rougissaient et qu'ils tenaient à l'écart depuis qu'il avait vendu sa fille pour s'enrichir, il put bientôt reprendre avec ses confrères ses rapports d'autrefois.

Tr. : M. Tchang Fou-jouei.
Rv. : M. Mme Guillermaz.

La demoiselle Mei

Un certain Fong Yun-t'ing, originaire de T'ai-hang [1], qui d'aventure s'était rendu au chef-lieu du district, se reposait dans la chambre qu'il avait louée. Il faisait grand jour. Veuf mais encore jeune et se sentant seul, Fong songeait et, s'étant mis à fixer l'un des murs de sa chambre, il y vit, comme dans un tableau, l'image d'une jeune fille. Il pensa d'abord que cela devait être un effet de son imagination. Mais l'image restait là sans bouger et sans disparaître. Trouvant la chose étrange, il se leva pour la regarder de près et l'image devint un être réel. Il s'approcha encore, c'était bien une jeune fille. Elle avait l'air éploré, sa langue sortait de sa bouche et une corde entourait son cou délicat. Fong stupéfait ne cessait de la regarder tandis qu'elle semblait peu à peu s'approcher en descendant du mur. Il comprit alors qu'il s'agissait du fantôme d'une femme pendue mais comme il faisait jour, il conserva son calme et c'est sans crainte qu'il lui adressa la parole :

« Demoiselle, si vous avez subi quelque grande injustice, je vous aiderai de toutes mes forces. »

L'image qui venait du mur répondit : « Nous nous rencontrons par hasard comme des herbes aquatiques au fil de l'eau, comment, seigneur, oserais-je déjà vous demander de me secourir ? Pourtant, mes os se dessèchent "sous les sources" [2], ma langue ne peut reprendre sa place. Enfin je ne puis me débarrasser

1. Chaîne de montagnes de la province du Chansi.
2. Les sources jaunes, c'est-à-dire les Enfers.

de cette corde. Si vous vouliez bien briser et brûler la poutre qui la retient, votre bonté serait immense. »

Fong promit ce qui lui était demandé et l'image disparut. Il appela alors le maître du logis qui, à ses questions, répondit ainsi :

« Il y a dix ans, cette demeure était celle de la famille Mei. Une nuit, un voleur y entra et fut surpris par Mei qui le fit conduire au « Tien-che » chargé de la police [1]. Le Tien-che, qui avait reçu du voleur une somme de 300 sapèques, accusa faussement la demoiselle Mei d'être la maîtresse du dit voleur.

Apprenant qu'on allait l'arrêter et l'interroger, la jeune fille se pendit. Puis les Mei, mari et femme, moururent l'un après l'autre et leur maison m'échut. Ceux qui y passent y voient des choses étranges, bizarres, auxquelles aucun art n'a pu mettre fin.

Fong rappela alors les paroles du fantôme au propriétaire qui fit le compte de ce que coûterait la destruction et le remplacement de la poutre et, trouvant la dépense trop considérable, ne voulut pas y consentir. Mais Fong paya une partie des frais et, lorsque les travaux furent terminés, il réintégra son logis. Le même soir, la jeune fille Mei, pleine de joie et toute gracieuse, vint le remercier.

Fong, aussitôt amoureux, ne demandait qu'à lui prouver sa passion mais, confuse et fâchée à la fois, elle s'écria : « Si je vous écoutais, non seulement mon élément ténébreux et maléfique vous serait néfaste mais toutes les eaux de la rivière de l'Ouest ne sauraient effacer la souillure que j'ai subie de mon vivant. Nous nous retrouverons un jour, mais le temps n'est pas encore venu. »

Fong lui demanda quand viendrait ce temps et elle rit sans lui répondre. Il la pria de boire avec lui mais elle refusa. Fong dit alors : « Comment me suffirait-il de contempler tristement votre beauté ? »

« Lorsque je vivais », dit la jeune fille, « je ne savais bien

1. Nom de fonctionnaire, créé sous la dynastie des Yuan, conservé sous la dynastie des Ming et celle des Ts'ing : c'est un des subordonnés d'un sous-préfet. Sous la dynastie des Ming, le Tien-che a la charge des dépêches officielles; sous la dynastie des Ts'ing, le Tien-che a mission de diriger la prison d'une sous-préfecture et d'appréhender les malfaiteurs.

jouer qu'au Ta ma [1] mais on ne peut y jouer à deux. Pour passer cette longue nuit, jouons plutôt aux « fils croisés ». Fong accepta. Les genoux rapprochés, s'escrimant des doigts, variant les enchevêtrements des fils, ils jouèrent longtemps. Fong, désorienté, n'arrivait pas à suivre le jeu de la jeune fille qui lui indiquait chaque fois d'un mot ou d'un signe du menton ce qu'il devait faire. Plus ils jouaient, plus les figures du jeu devenaient compliquées et variées à l'infini.

« C'est que c'est un jeu de femmes », dit en riant Fong qui perdait toujours.

« Non, c'est que je suis vive », repartit-elle, « Avec deux fils on peut toujours faire un motif mais les gens ne le trouvent pas. »

La nuit s'avançait et tous deux commençaient à être las. Fong pressa la jeune fille de se reposer mais elle lui dit :

« J'appartiens à l'au-delà et je ne dors jamais. Mais vous, reposez-vous. Je sais l'art des massages, je vais mettre toute mon habileté à vous procurer un sommeil paisible. Fong y ayant consenti, la jeune fille le massa doucement, tour à tour avec chaque paume, du sommet de la tête jusqu'aux talons et partout où passaient ses mains, il éprouvait jusque dans ses os une profonde ivresse.

Puis elle lui tapota doucement le corps comme si ses poings étaient des boules de coton et c'était une sensation inexprimable; quand elle atteignit ses reins, ses yeux se fermèrent tout seuls, sa bouche s'entrouvrit et quand elle toucha ses cuisses, il tomba dans un profond sommeil.

Lorsqu'il s'éveilla, il était près de midi. Il ne s'était jamais senti aussi souple et aussi léger et il en éprouva encore plus d'amour et de désir pour la jeune fille. Il l'appela tout autour de lui sans recevoir de réponse.

Elle ne reparut que vers le soir. Fong lui demanda alors : « Où logez-vous donc? Je vous ai appelée partout. »

« Les esprits n'ont pas de demeure fixe; ils habitent sous terre, c'est tout. »

Fong lui ayant demandé si les esprits logeaient dans les crevasses du sol, elle répondit :

1. Littéralement « frapper des chevaux ». D'après les légendes chinoises, ce jeu fut inventé par Lao-tseu. Il comporte 360 pièces et se joue de préférence à trois.

« Les esprits ne voient pas plus la terre que les poissons ne voient l'eau. »

Fong lui saisit les mains en s'écriant :

« Si vous viviez, je me ruinerais pour vous. »

« C'est bien inutile », dit la jeune fille en riant.

Jusqu'à minuit, ils jouèrent comme la veille. Puis Fong la pressa de lui céder.

« Laissez-moi ! Vous avez depuis peu pour voisine du côté nord une chanteuse nommée Ai K'ing [1], comme moi originaire du Tchökiang; elle est très séduisante. Demain soir, je vous l'amènerai à ma place, qu'en pensez-vous ? »

Fong y consentit et, le lendemain, la jeune fille revint avec une jeune femme d'une trentaine d'années, qui jeta à Fong des regards pleins de sous-entendus. Tous trois s'assirent les uns près des autres et se mirent à jouer au Ta ma. La partie finie, la jeune fille se leva et dit : « Nous voici trop nombreux pour cette agréable réunion, je me retire. » Fong voulut la retenir mais elle s'évanouit promptement.

Fong et la jeune femme gagnèrent le lit et se livrèrent au plaisir. Puis Fong interrogea la jeune femme sur sa famille mais elle ne lui répondit qu'à demi et à mots couverts : « Si tu m'aimes, frappe légèrement le mur nord de ta chambre et prononce à voix basse « Hou-lou-tseu » [2] et j'accourrai aussitôt. Si je ne réponds pas à trois appels, c'est que je ne puis venir, il ne faut pas insister. » A l'aube, la jeune femme disparut en se glissant dans une crevasse du mur nord.

Le lendemain, la demoiselle Mei parut et Fong lui demanda où était Ai K'ing. « Le jeune seigneur Kao l'a appelée pour accompagner ses invités à boire, aussi ne peut-elle venir ce soir. »

Alors, ayant mouché la chandelle, ils parlèrent. La jeune fille avait quelque chose à lui confier mais à peine ouvrait-elle la bouche qu'elle s'arrêtait et aux questions pressantes de Fong se contentait de soupirer et de sangloter sans répondre.

Fong la força alors à jouer aux fils croisés jusqu'à la quatrième veille [3], après quoi elle s'en alla. Dès lors, les deux jeunes femmes vinrent souvent et les rires duraient parfois jusqu'au

1. Le nom signifie : « Je vous aime ».
2. Calebasse.
3. Vers deux heures du matin.

matin si bien que tous les gens de la ville surent bientôt à quoi s'en tenir.

Or le Tien-che, chef de la police, était lui aussi originaire de la province du Tchökiang. Son épouse légitime, coupable d'adultère avec un domestique, avait été répudiée et il s'était remarié avec une jeune fille de la famille Kou. Tous deux étaient très heureux. Cependant, un mois plus tard, la jeune femme était morte et le Tien-che en avait éprouvé un grand chagrin. Ayant entendu dire que Fong avait commerce avec des ombres, il voulut lui demander d'évoquer celle de son épouse. Il s'en fut donc à cheval chez Fong qui refusa d'abord de le recevoir mais il le supplia tant que Fong l'invita à un grand souper et lui promit d'y faire venir l'esprit de la chanteuse. Au crépuscule, Fong heurta le mur et appela trois fois. Avant le troisième appel, Ai K'ing parut tout à coup. En levant la tête, elle aperçut l'invité, changea de couleur et voulut s'enfuir. Fong, les bras écartés, essaya de lui barrer la route. Le Tien-che, l'ayant regardée avec attention, entra dans une grande colère et, saisissant un grand plat, le lança vers Ai K'ing qui disparut. Fong, stupéfait, ne comprenait rien à ce qui se passait. Comme il allait poser une question, une vieille femme apparut soudain dans la pièce obscure. Elle se mit à crier : « Voleur cupide et vil, vous avez abîmé « mon arbre à sapèques » [1], je veux trente ligatures [2] en dédommagement. » Sur quoi, elle se mit à frapper de son bâton le crâne de l'invité. Le chef de la police se protégeait de ses bras en suppliant : « C'est une fille de la famille Kou, c'est ma femme. Elle est morte toute jeune. Je la pleurais et ne pensais pas qu'elle dût cesser d'être chaste en devenant un esprit. Elle n'a rien à faire avec vous. »

La vieille reprit avec colère : « Vous n'étiez rien qu'un mauvais drôle du Kiang-tchö [3], vous avez acheté une « ceinture de corne noire » [4] et vous voici relevant le nez [5]! Vous vous dites fonctionnaire et vous ne savez même pas distinguer le

1. Terme courant même à l'époque actuelle, littéralement : « l'arbre qui produit de l'argent », c'est une des appellations des prostituées, la matrone gagnant de l'argent grâce au travail des prostituées de sa maison.

2. Une ligature = 1 000 sapèques ou un tael (36 g) d'argent.

3. Les deux provinces du Kiangsou et du Tchökiang.

4. Le sens de la phrase est : « Vous avez obtenu ce poste par corruption et non pas par vos capacités. »

5. Plein d'orgueil.

noir du blanc! Qui a sur lui 300 sapèques devient votre père, vous irritez les esprits, vous irritez les hommes, votre heure est proche. Vos parents ont supplié le Ministre des Enfers afin que leur belle-fille chérie entre dans le « pavillon vert »[1] et rachète ainsi votre corruption! Ne le savez-vous pas? »

La-dessus, elle recommença à le frapper. L'homme criait à fendre l'âme. Fong stupéfait ne savait comment le sauver. Soudain la Demoiselle Mei parut, les yeux exorbités, la langue pendante, le visage décoloré. S'approchant de l'invité, elle lui perça l'oreille avec une longue épingle. Fong, au comble de l'effroi, cherchait à le protéger en se plaçant devant lui mais la colère de la jeune fille ne s'apaisait point.

Fong essaya de la raisonner : « Quels que soient les crimes de cet homme, il est mon hôte; s'il meurt ici, j'en porterai la responsabilité. Je vous en prie, rappelez-vous le proverbe : « en lançant un objet contre une souris on casse ce qui est à côté. » Alors la jeune fille retint la vieille en lui disant : « Arrêtez-vous un instant, songez à Fong par égard pour moi. » L'invité, terrifié, fila comme un rat. Arrivé à son Yamen, il fut pris de violents maux de tête et à minuit il était mort.

La nuit suivante, la jeune fille reparut et dit en riant : « Me voici satisfaite et je n'ai plus ni haine ni colère. »

Fong lui demanda pourquoi et elle reprit : « Je vous ai déjà conté que contre 300 sapèques l'on m'avait calomniée et accusée de dévergondage. J'ai longtemps ravalé ma haine; plusieurs fois j'ai voulu vous demander de me venger mais je ne l'ai pas osé. J'avais honte de n'avoir rien fait pour vous et chaque fois mes paroles sont restées en chemin. En entendant le bruit d'une dispute, j'ai écouté en me cachant, je ne pensais pas qu'il s'agissait de mon ennemi. »

« Était-ce donc celui qui vous avait calomniée? « demanda Fong, surpris.

« Il est depuis dix-huit ans Tien-che de cet endroit et il y a seize ans que j'ai péri injustement. »

Fong demanda qui était la vieille. Il lui fut répondu que c'était une ancienne prostituée. Il s'informa aussi de Ai K'ing. « Elle a dû s'aliter », dit la Demoiselle Mei, qui poursuivit en riant : « Je vous avais dit que nous serions réunis un jour.

1. Maison close.

Ce jour n'est plus très loin. Vous étiez prêt à vous ruiner pour moi, vous en souvenez-vous ? »

Fong répondit : « Mon cœur est toujours le même. »

La jeune fille reprit alors : « Je vais vous dire toute la vérité. Le jour même de ma mort, je suis née de nouveau dans la famille du licencié Tchan de Yen-an [1] mais, ma vengeance n'étant pas satisfaite, je me suis attardée ici jusqu'à présent. Faites, je vous en prie, un sac à fantôme avec une pièce de soie neuve afin que je puisse vous accompagner. Vous me demanderez en mariage à monsieur Tchan et il y consentira sûrement. »

Fong, pensant que le rang du licencié était beaucoup plus élevé que le sien, craignait un refus mais la jeune fille lui dit : « Allez et ne vous inquiétez point. » Fong lui obéit tandis qu'elle ajoutait : « En route prenez soin de ne point m'appeler. Le soir des noces, vous passerez le sac sur la tête de la nouvelle épouse en criant : Souvenez-vous, souvenez-vous. » Fong promit. Il fit faire un sac et, dès qu'il l'ouvrit, la jeune fille se précipita à l'intérieur. Alors il partit pour Yen-an. Là il apprit qu'il existait en effet un licencié nommé Tchan. Celui-ci avait une fille belle de visage mais tout à fait inintelligente et qui avait par surcroît l'habitude de laisser souvent pendre sa langue, comme les chiens qui halètent quand il fait chaud. A seize ans nul ne s'en était enquis en vue de possibles fiançailles et ses parents en étaient malades de chagrin.

Fong, parvenu devant leur porte, fit remettre sa carte de visite; les noms de famille furent échangés, puis il se retira, confiant à une intermédiaire le soin de continuer les pourparlers.

Tchan, ravi, installa Fong chez lui en qualité de futur gendre mais sa fille était si stupide qu'elle n'arrivait même pas à accomplir les rites de la cérémonie et deux servantes durent la soutenir et l'amener dans la chambre nuptiale. Les servantes parties, la fille découvrit sa poitrine et sourit stupidement à son mari. Fong renversa alors le sac en criant ce qu'il lui avait été demandé. La nouvelle mariée se mit alors à le fixer avec attention d'un air à la fois soupçonneux et songeur.

Fong lui dit en riant : « Ne me reconnaissez-vous pas ? » Puis il leva le sac et le lui montra. Alors elle comprit, se couvrit

1. Au nord de la province du Chensi.

rapidement la poitrine et tous deux se mirent à rire et à boire joyeusement.

Le lendemain matin, Fong rendit visite à son beau-père qui voulut le réconforter en lui disant : « Ma fille est stupide et ignorante mais puisque vous avez bien voulu vous charger d'elle, je vous adresserai aussi des servantes de la maison; beaucoup sont intelligentes. »

Fong protesta de toutes ses forces, assurant que la mariée n'était pas du tout sotte mais Tchan ne se montra pas convaincu. Bientôt la mariée parut et à la grande surprise de son père se présenta très bien et sourit avec beaucoup de grâce. Le père l'interrogea longuement mais elle se déroba, pleine de confusion. Fong résuma alors l'histoire à son beau-père. Tchan, tout heureux, s'attacha davantage à son gendre, il le fit étudier en même temps que son fils Ta-tch'eng [1] et le traita généreusement.

Au bout d'un an, Ta-tch'eng se mit peu à peu à détester et à mépriser son beau-frère et les deux hommes ne purent plus se supporter. Les serviteurs commencèrent aussi à critiquer à l'excès les défauts de Fong. La calomnie fit goutte à goutte son chemin dans l'esprit de Tchan qui traita son gendre avec moins d'égards.

La jeune femme, qui s'en aperçut, bientôt dit à Fong : « Un gendre ne doit pas rester trop longtemps chez son beau-père sous peine d'être méprisé. Il faut vite rentrer chez nous avant de nous brouiller complètement avec ma famille. » Fong jugea qu'elle avait raison. Tchan, qu'il avertit de son départ, voulut retenir sa fille mais celle-ci s'y refusa à la grande colère du père et du frère qui ne mirent à sa disposition ni chevaux, ni voitures. Elle prit donc de l'argent de sa dot pour louer des montures.

Par la suite, Tchan insista encore pour que sa fille revînt rendre visite à ses parents mais elle s'y refusa avec obstination. Ce n'est que lorsque Fong reçut à son tour le grade de licencié que les deux familles se réconcilièrent.

Tr. : M. Tchang Fou-jouei.
Rv. : M. Mme Guillermaz.

1. « Grande réussite ».

Le bachelier Kouo

Un certain Kouo, lettré de la province du Foukien, s'en revenait un soir de chez un ami. En passant par les collines il perdit son chemin et s'égara au milieu des broussailles. Vers la première veille [1], il entendit un bruit de voix venant du sommet de la côte. Il se hâta dans cette direction et vit un groupe de plus de dix hommes assis sur le sol et qui buvaient.

En voyant Kouo ils s'exclamèrent en chœur : « Il manquait justement un convive! Parfait! Excellent! » Kouo, s'asseyant, observa que ses compagnons portaient la plupart un bonnet de bachelier. Il les pria de lui indiquer son chemin. L'un d'eux dit en riant : « Vous êtes vraiment trop terre à terre. Dédaigner un tel clair de lune, ne pas l'admirer! A quoi bon chercher son chemin? » Une coupe vola vers lui. Tandis que Kouo y posait les lèvres, le fumet du vin lui piqua le nez. La pleine coupe fut vidée d'un trait. Un autre compagnon, un pichet à la main, vint la remplir. Kouo savait boire et comme la course l'avait altéré, il but coup sur coup. Et tous de l'applaudir : « Bravo! Il est vraiment des nôtres! »

Kouo, se laissant aller, se mit en verve. Il savait imiter le chant des oiseaux; pas un qu'il ne pût contrefaire à la perfection. Il s'écarta pour satisfaire un petit besoin et, à la dérobée, fit le cri de l'hirondelle. Chacun, surpris, dit : « Comment cela peut-il se produire en pleine nuit? » Puis il imita le coucou, ce qui redoubla l'étonnement de tous. Kouo revint s'asseoir en souriant sans mot dire. Tandis que l'on émettait des suppo-

1. De sept à neuf heures du soir.

sitions incohérentes, Kouo, détournant la tête et imitant le perroquet, dit : « Le bachelier Kouo est soûl! Renvoyez-le chez lui! » Cette fois la stupéfaction fut générale et l'on observa un profond silence. Au bout d'un instant, il recommença. Alors on s'aperçut que c'était lui. On rit aux éclats et chacun, allongeant les lèvres, s'exerça à faire comme lui, mais personne n'y parvint. « C'est bien dommage que Ts'ing-niang-tseu (le Scarabée) ne soit pas là », dit quelqu'un. Et l'autre : « Nous nous réunirons de nouveau ici pour la fête de la mi-automne. Monsieur Kouo, vous ne pouvez manquer de venir. » Kouo promit poliment.

Un troisième, se levant, dit : « Vous qui êtes si adroit, nous allons vous présenter le jeu de la colonne; qu'en dites-vous? » Alors tous se levèrent dans un grand remue-ménage. Le premier se cambra de toute sa hauteur. Aussitôt, un autre s'élança sur ses épaules et se dressa de même. Quatre hommes s'élevèrent de la sorte l'un sur l'autre. La hauteur était telle qu'on ne pouvait plus continuer l'escalade comme avant, et les suivant gimpèrent en s'accrochant aux épaules et en prenant appui sur les bras, comme on gravit une échelle. En un clin d'œil, les quelques dix hommes et plus furent tous en l'air. Il semblait, en les regardant, qu'ils pussent toucher le Ciel. Kouo n'était pas revenu de sa surprise que la colonne s'abattit tout d'un coup et se métamorphosa en un grand chemin. Kouo resta longtemps sur place, frappé de stupeur, puis il finit par suivre ce chemin qui le ramena chez lui.

Le lendemain il souffrait de violentes coliques et son urine était verte comme le vert-de-gris. Les objets avec lesquels elle entrait en contact, sans en prendre l'odeur, en étaient teints. Cela dura trois jours. Alors il s'en fut reconnaître le lieu. Il y trouva effectivement des reliefs de repas et des os épars. De tous côtés c'était la broussaille, sans trace de chemin.

A la mi-automne, Kouo pensa aller au rendez-vous, mais ses amis l'en dissuadèrent.

Tr. : M. Ruhlmann.
Rv. : M. Mme Guillermaz.

A-ying

Kan Yu, dont le nom d'apparat était Pi-jen, originaire de Lou-ling (au Kiang si), avait perdu ses parents de bonne heure. Il avait un jeune frère, Kiue, (nom d'apparat Chouang-pi), qu'il élevait depuis qu'il avait cinq ans. Yu, qui était d'un naturel très affectueux, s'occupait de son frère comme si c'était son propre fils. Kiue grandit. On le remarquait pour sa belle mine et il avait des dispositions littéraires. Yu ne l'en aimait que mieux. Il disait souvent : « Mon petit frère est extraordinaire; il lui faut absolument une femme digne de lui. » Mais Yu était trop exigeant dans son choix et le mariage ne se faisait pas.

Se trouvant pour ses études au monastère des monts K'ouang-chan (au nord du Kiangsi près du Yang-tseu), un soir qu'il venait de se coucher, Yu entendit au-dehors des voix féminines. Il épia à la fenêtre et vit trois ou quatre jeunes filles, toutes d'une grande beauté. Elles étaient assises à terre et plusieurs servantes disposaient auprès d'elles des mets et du vin. Une des jeunes filles dit : « Mademoiselle Ts'in, mademoiselle Ts'in, comment se fait-il qu'A-ying ne soit pas venue ? » Sa voisine répondit : « En venant hier de Han-kou (dans la province du Honan), elle a été blessée au bras droit par un malandrin. Elle ne peut venir se distraire avec nous et en est fort chagrinée. » La première jeune fille reprit : « J'ai fait la nuit dernière un affreux cauchemar; j'en ai encore des sueurs froides. » L'autre coupa en agitant la main : « N'en parle pas! n'en parle pas! Nous avons ce soir le plaisir de nous réunir; la frayeur nous en retirerait tout l'agrément. » La première dit en riant : « Comme tu es peureuse : le tigre ou le loup va-t-il t'emporter? Si tu ne veux pas que je parle, il nous faut chanter une chanson pour nous engager à boire. » Sa voisine se mit à fredonner à mi-voix : « Au perron peu fréquenté, les fleurs de pêcher s'épanouissent peu à peu. Je me rends en retard au rendez-vous pour la promenade décidée hier. J'avais prié ma voisine de l'est de m'attendre un instant et de ne pas s'impatienter. Voici que je viens enfin après avoir chaussé mes souliers brodés à tête de phénix. » Le poème terminé, pas une qui n'applaudît.

Alors que les jeunes filles causaient et riaient, survint soudain un gars robuste à la démarche audacieuse. Avec son regard étincelant de faucon, il était hideux. Toutes de s'exclamer : « Voilà le diable! » et de se disperser précipitamment dans un tumulte d'oiseaux effarouchés. Celle qui avait chanté, gracile, était seule en arrière et il la saisit. Elle lui résista de toutes ses forces, pleurant et suppliant. L'homme, rugissant de colère, d'un coup de dents lui sectionna un doigt qu'il mangea. Elle tomba à la renverse, comme morte.

Yu, mû par la compassion, ne put en supporter davantage. Il tira promptement son épée, écarta la barre de la porte, se précipita au-dehors et, brandissant son arme, atteignit l'homme à la cuisse qui, tranchée, tomba à terre. L'homme surmonta cependant sa douleur et prit la fuite. Soutenant la jeune fille, Yu la fit entrer dans sa chambre. Elle avait le visage couleur de terre et le sang maculait ses vêtements. En examinant sa main il remarqua qu'elle avait le pouce droit amputé! Il déchira une bande de tissu dont il lui fit un pansement. La fille se mit à gémir, disant : « Vous m'avez sauvé la vie; comment vous en récompenser? » Il lui dit alors que déjà, en l'observant de sa fenêtre, il l'avait en secret destinée à son cadet. Elle dit : « Je suis une créature désordonnée et ne puis faire une épouse. Il vous faudra en trouver une autre pour votre bon frère. » Il lui demanda son nom. Elle répondit : « Je m'appelle Ts'in. » Il étendit une couverture pour qu'elle prît quelque repos, puis rassembla ses effets de nuit et s'en fut coucher ailleurs. Quand, le jour venu, il vint la voir, le lit était vide. Il pensa qu'elle était d'elle-même rentrée chez elle. Il s'enquit dans le village voisin, mais son nom de famille y était très peu connu. De toutes parts il chargea ses parents et amis de s'informer, mais il n'obtint pas de renseignement précis. Il s'en retourna chez lui et en parla à son frère; il avait des regrets comme s'il avait perdu quelque chose.

Un jour que, d'aventure, Kiue se promenait dans la campagne, il rencontra une jeune fille de seize ans à l'allure gracieuse qui, en le voyant, lui sourit comme si elle avait à lui parler. Ayant d'abord craintivement regardé autour d'elle, elle lui demanda : « Vous êtes bien le second fils de la famille Kan? — Oui. — Votre honorable père avait autrefois conclu avec moi un contrat de mariage en votre nom. Pourquoi aujourd'hui vouloir répudier cet accord et s'engager avec la famille Ts'in? » Kiue répondit : » J'ai été orphelin très jeune et jamais je n'en ai entendu parler. Je m'informerai auprès des notables de ma famille et à mon retour demanderai à mon frère. » Elle dit : « Inutile de chercher si loin; si j'ai votre parole je viendrai toute seule. » Kiue prétexta qu'il n'avait pu encore consulter son frère. « Jeune sot, dit-elle en riant, vous craignez votre aîné à ce point? S'il en est ainsi, moi, qui suis de la famille Lou, du village de Chan-wang au Chantong, j'attendrai pendant trois jours votre bonne réponse. » Sur ce elle s'éloigna. De retour dans sa famille, Kiue raconta tout à son frère et à sa belle-sœur. L'aîné dit : « Quelle erreur! Quand notre père est mort j'avais plus de vingt ans. S'il y avait eu cette promesse, comment ne l'aurais-je pas su? » D'ailleurs il estimait fort peu une fille qui s'en allait seule en pleine campagne et qui, de surcroît, adressait la parole à un jeune homme. Puis il s'enquit de sa physionomie. Kiue rougit jusqu'au cou et ne dit mot. Sa belle-sœur dit en riant : « Je parie que c'est une beauté. » Yu dit : « Comment ce gamin distinguerait-il le beau du laid? Si jolie qu'elle soit, elle ne saurait se comparer à Ts'in. Au cas où Ts'in ne consentirait pas, il serait encore temps de s'adresser à cette fille. » Kiue se retira en silence.

Quelque temps passa. Yu, un jour qu'il était sur la route, vit une jeune fille qui cheminait en pleurant. Laissant pendre son fouet et retenant la bride, il jeta un coup d'œil sur elle en passant. Nulle femme au monde ne pouvait égaler sa beauté. Il envoya son valet lui demander ce qu'elle avait. Elle répondit : « J'ai autrefois été promise au second fils de la famille Kan. Ma famille est tombée dans la pauvreté et a émigré; par suite nous sommes restés sans nouvelles. Récemment je suis revenue et j'ai appris que la famille de mon fiancée était de vertu changeante et avait renié sa promesse. Je vais m'informer auprès de son frère Kan Pi-jen pour savoir si Kiue veut de moi comme concubine. » Yu, heureusement surpris, dit : « Kan Pi-jen, c'est moi-même. J'ignore tout de l'alliance que feu mon père avait arrangée. Nous ne sommes pas loin de la maison; veuillez m'y accompagner et nous discuterons. » Il descendit alors de cheval, remit la bride à la jeune fille et fit route à pied. Elle dit : « Je m'appelle A-ying; je n'ai pas de frère; je n'ai qu'une cousine, Ts'in, chez qui j'habite. » Yu commença à comprendre qu'elle était la personne dont il avait été question. Il voulut mettre sa famille au courant, mais elle l'en empêcha avec insistance. Il se réjouissait d'avoir trouvé une bonne épouse pour son frère; cependant il craignait qu'elle ne fût frivole et n'attirât la critique. Mais avec le temps il lui trouva une conduite très digne et très sérieuse; de plus elle était douce et gracieuse et s'exprimait avec bonheur. Elle se dévouait comme une mère au service de sa belle-sœur, qui l'aimait et l'admirait. A la fête de la mi-automne, alors que mari et femme festoyaient ensemble, sa belle-sœur fit prier instamment A-ying de venir chez elle. Kiue était mécontent de rester seul et sa femme dit à l'envoyée d'aller devant, lui promettant qu'elle viendrait sans délai. Pourtant elle restait assise là, bien droite, riant et parlant. Longtemps après, elle ne montrait encore aucune intention de partir. Quand Kiue, craignant de laisser attendre sa belle-sœur, la pressa, elle se contenta de rire et finalement n'y alla point. Au jour, dès la toilette du matin, la belle-sœur vint en personne la trouver avec des paroles de réconfort : « Pourquoi étais-tu si triste, la nuit dernière, quand nous étions ensemble? » A-ying eut un petit sourire. Kiue trouva cela étrange et voulut tirer au clair cette histoire confuse. La belle-sœur fut stupéfaite : « Si elle n'était pas un esprit, comment pourrait-elle se dédoubler? » Yu, de même, fut effrayé et, s'adressant à A-ying de derrière le rideau, lui dit : « Depuis des générations, notre famille accumule les vertus et jamais elle n'a encouru la haine de personne. Si vraiment tu es un esprit, je te prie de partir immédiatement; je ne voudrais à aucun prix que mon frère soit tué par toi. » A-ying répondit d'un air embarrassé : « En fait je ne suis pas un être humain; c'est seulement à cause de l'union conclue par votre père que ma cousine Ts'in m'a persuadée de venir. Je sais bien que je ne puis vous donner des enfants. J'ai voulu m'en aller; si je n'ai pu me décider à vous quitter, c'est parce que vous et ma belle-sœur vous me traitiez si bien! Puisque maintenant vous me suspectez, permettez-moi de vous faire mes adieux. » En un clin d'œil elle se changea en perroquet, s'envola et disparut.

Au début, quand le vieux Kan était en vie, il élevait un perroquet qui était très intelligent et il lui donnait lui-même à manger. Un jour, Kiue, qui avait alors quatre ou cinq ans, lui demanda : « Pourquoi élèves-tu cet oiseau? » Son père lui répondit en plaisantant : « C'est pour qu'il devienne ta femme. » Parfois, inquiet que le perroquet manquât de nourriture, il appelait Kiue et lui disait : « Si tu ne donnes pas vite à manger au perroquet, tu vas laisser ta femme mourir de faim! » Les autres membres de la famille aussi entraient dans le jeu. Plus tard, le perroquet avait brisé sa chaîne et s'était échappé. On comprit enfin que l'ancien contrat était là. Quoique Kiue sût fort bien qu'A-ying n'était pas un être humain, il pensait sans cesse à elle. Sa belle-sœur s'ennuyait d'elle encore davantage et versait des larmes matin et soir, tandis que Yu se repentait sans pouvoir apporter de remède.

Deux ans plus tard, Yu maria son frère à une jeune fille de la famille Kiang, mais au fond il n'était pas satisfait. Il avait un cousin magistrat au Kouangtong. Il alla lui rendre visite et fut longtemps absent. En ce temps-là les brigands ravagèrent les villages environnants et en détruisirent un grand nombre. Alarmé, Kiue emmena sa famille et se réfugia avec elle dans la montagne. Hommes et femmes s'y trouvaient en grande confusion, ne se connaissant pas les uns les autres. Kiue entendit tout à coup une femme qui parlait bas et sa voix ressemblait tout à fait à celle d'A-ying. Sa belle-sœur le poussa à aller se rendre compte de près. C'était elle en effet. Heureux au-delà de toute expression, il s'empara de son bras qu'il ne lâcha plus. Elle dit à sa compagne : « Va de l'avant; je reviendrai après avoir vu ma belle-sœur et sa domestique. » La belle-sœur, en la voyant, éclata en sanglots. A-ying la calma encore et encore, puis elle lui dit : « Ce n'est pas ici un lieu plaisant », et elle la pressa de rentrer. Tous craignaient la venue des brigands, mais elle insista affirmant qu'il n'y aurait pas de mal, et ils s'en retournèrent ensemble. Elle rassembla de la terre, en boucha la porte d'entrée et leur ordonna : « Restez bien tranquille et ne sortez pas. » Elle s'assit, prononça quelques paroles, puis se tourna avec l'intention de partir. Sa belle-sœur, aussitôt, de lui saisir le poignet et de commander à deux des servantes de lui tenir qui le pied droit, qui le pied gauche. A-ying fut ainsi forcée de rester. Mais elle n'acceptait pas facilement de retourner dans la chambre à coucher. Kiue l'y invita trois ou quatre fois, mais elle ne s'y rendit qu'une fois. Comme sa belle-sœur répétait que la jeune mariée n'était pas du goût de son beau-frère, A-ying se leva un jour de bonne heure pour faire la toilette de Kiang. La coiffure terminée, elle lui appliqua avec soin de la poudre blanche et de la poudre d'ocre. Quand la belle-sœur vit Kiang après cela, elle la trouva considérablement embellie. Au bout de trois jours de ces soins, Kiang était devenue une beauté. La belle-sœur en fut bien étonnée, et elle dit à A-ying que, n'ayant pas d'enfant, elle voulait procurer à son mari une concubine, mais qu'elle n'en avait pas encore trouvé le loisir. Elle se demandait si parmi les servantes il s'en trouvait une qui pourrait être parée de la sorte. A-ying dit : « Il n'est personne qui ne puisse être transformé, et si la créature est belle de nature, c'est encore plus facile à réaliser ! » Alors elles examinèrent toutes les servantes : seul un noir laideron portait sur son visage le pouvoir d'enfanter des garçons. Elles la firent venir pour la laver, après quoi A-ying l'enduisit d'une épaisse couche de poudre mélangée d'onguents. Elle continua ainsi pendant trois jours au cours desquels le visage passa graduellement au jaune. Au bout de quatre fois sept jours, le fard avait pénétré la chair et somme toute la fille présentait de l'attrait.

Chaque jour, porte close, la famille passait gaiement le temps, sans souci des ravages de la soldatesque. Une nuit il se fit une grande rumeur aux alentours. Personne, dans la famille, ne savait que faire. Peu après, il y eut au-dehors une agitation faite de cris et de hennissements; puis confusément tout s'éloigna. On ne sut qu'au matin que tout le village avait été incendié et pillé. Les brigands avaient laissé leurs bandes se livrer à une fouille complète, et tous les habitants qui s'étaient cachés dans les grottes avaient été massacrés ou emmenés captifs. Alors on mesura toute la reconnaissance due à A-ying et elle fut révérée comme une divinité. Elle dit soudain à sa belle-sœur : « Si je suis venue cette fois, c'est en raison de votre fidélité que je ne saurais oublier, et en outre pour partager les soucis que vous causent la séparation et les troubles. Que mon beau-frère revienne de voyage et me trouve ici, ce sera comme dit le proverbe : Être ni prune ni pomme fait rire les gens. Pour l'instant je pars; je reviendrai vous voir quand l'occasion se présentera. » La belle-sœur lui demanda : « Notre voyageur est-il sain et sauf? » A-ying répondit : « Il a eu de grands tracas sur sa route, mais ce n'est pas du fait d'une autre personne. Ma cousine Ts'in a reçu ses bienfaits; je crois qu'elle l'en récompensera et qu'il ne souffrira aucun mal. » Sa belle-sœur la retint pour la nuit, mais elle partit avant le jour. Sur le chemin du retour, Yu, apprenant les méfaits des brigands, doubla les étapes. Quand il sut que les brigands étaient tout proches, lui et son domestique abandonnèrent leurs chevaux, serrèrent leur argent dans leur ceinture et se blottirent au milieu d'un fourré. Un passereau volant vers eux, se posa sur les broussailles et ouvrit les ailes pour les dérober aux regards. Yu regarda ses pattes et fut surpris de voir qu'il lui manquait un doigt. Tout à coup, les bandits approchèrent de toutes parts et entourèrent le fourré, qu'ils fouillèrent presque entièrement. Les deux hommes osaient à peine respirer. Quand les bandits se furent dispersés, l'oiseau s'envola. A leur retour au logis, chacun raconta ce qu'il lui était arrivé. Alors ils surent que l'oiseau était la jeune femme que Yu avait sauvée.

Plus tard, s'il arrivait à Yu de s'absenter, A-ying ne manquait pas de venir le soir. Quand elle prévoyait son retour, elle partait de grand matin. Parfois Kiue, la rencontrant chez sa belle-sœur, l'invitait chez lui. Elle acquiesçait mais n'y allait pas. Un soir que Yu était parti, Kiue pensa qu'A-ying viendrait et il se dissimula sur son chemin. Elle ne tarda pas en effet à paraître. Il se montra brusquement, l'intercepta et l'emmena dans sa chambre. Elle dit : « Je n'ai plus d'affection pour vous et crains qu'à nous unir de force nous n'enfreignions la défense du ciel. Ne pensez-vous pas qu'il suffit que nous nous voyions à l'occasion pour un instant? » Mais Kiue ne voulut rien entendre et prit son plaisir. Au matin elle alla chez sa belle-sœur qui fut fort étonnée. A-ying lui dit en riant : « J'ai été enlevée en chemin par un brigand et vous ai causé l'anxiété de m'attendre! » Ayant prononcé quelques paroles, elle partit promptement. Peu après, un grand chat tenant dans sa gueule un perroquet passa devant la porte de la chambre. Affolée, la belle-sœur, qui était à sa toilette, certaine que c'était A-ying, interrompit précipitamment ses ablutions et se mit à crier. Tous, poussant des clameurs, poursuivirent la bête et l'attrapèrent. L'oiseau avait l'aile gauche en sang et respirait à peine. La belle-sœur le prit sur ses genoux et le caressa longuement. Ayant peu à peu repris connaissance, de lui-même il lissa son aile avec son bec. Au bout d'un instant, il prit son vol, tournoya dans la chambre et cria : « Adieu, belle-sœur; je déteste Kiue! » Il secoua ses ailes et s'envola, cette fois sans retour.

Tr. : M. Ruhlmann.
Rv. : M. Mme Guillermaz.

Nieou Tch'eng-tchang

Nieou Tch'eng-tchang, marchand de tissu au Kiangsi, avait épousé une fille de la famille Tcheng, qui lui avait donné un fils et une fille. Nieou mourut de maladie à l'âge de trente-trois ans, quand son fils Tchong avait douze ans et sa fille seulement huit ou neuf ans. Leur mère, ne pouvant rester chaste, empaqueta les marchandises, rassembla son patrimoine et partit se remarier. Les deux orphelins eurent beaucoup de peine à subsister. Nieou avait une cousine éloignée, âgée de soixante ans, veuve et indigente, qui n'avait où reposer sa tête; elle vint vivre avec les enfants. Quelques années plus tard elle mourut et le ménage périclita de plus belle.

Tchong, en grandissant, pensait continuer le métier de son père; malheureusement il lui manquait les fonds. Sa sœur épousa un nommé Mao, qui était un riche commerçant; à force de prières, elle obtint de son mari qu'il prêtât plusieurs dizaines d'onces d'argent à son frère. Celui-ci, avec tout un groupe, faisait route vers Kin-ling (Nankin) quand, en chemin, ils eurent affaire aux brigands et Tchong perdit tout son capital; il se mit à errer, sans pouvoir même rentrer chez lui.

Le hasard le dirigea vers la boutique d'un prêteur sur gages et, en voyant le propriétaire, il fut frappé de sa ressemblance avec son père. Du dehors, il observa à la dérobée et constata que nom et prénom correspondaient exactement à ceux de son père. Il fut surpris de cette coïncidence qu'il ne savait s'expliquer. Il demeura en permanence aux alentours, essayant de deviner la mentalité du prêteur, mais celui-ci ne faisait aucunement attention à lui et ne cherchait pas à savoir qui il était. Cela dura trois jours, que Tchong employa à observer son parler, son rire, son comportement. Pas d'erreur, c'était vraiment son père. Mais n'osant pas aller le saluer et se faire reconnaître, il se présenta à ses employés, les priant, en qualité de compatriote, de le prendre à gages. Le contrat une fois dressé, le patron, en voyant le nom et l'adresse qui y étaient notés, parut s'émouvoir. Il lui demanda d'où il venait. Tchong, en pleurant, prononça le nom de son père. Le patron resta longtemps abattu, comme frappé d'un deuil, puis demanda : « Votre mère va-t-elle bien? » Tchong n'osa pas dire que son père était mort et répondit de façon détournée : « Mon père est parti pour son commerce, il y a six ans et n'est pas revenu, et ma mère a quitté la maison pour se remarier; heureusement que nous avions une tante qui nous a élevés, sans quoi nous serions morts depuis longtemps. » Le patron dit tristement : « C'est moi ton père. » Et il lui prit la main avec une expression de chagrin. Puis il l'emmena saluer sa belle-mère. Elle s'appelait Ki, était âgée de trente ans et n'avait pas d'enfant. Elle fut heureuse d'accueillir Tchong et lui offrit, chez elle, un festin.

Cependant Nieou était toujours morose et poussait de grands soupirs, il désirait très fort retourner au moins une fois dans son pays natal. Comme sa femme était inquiète qu'il manquât quelqu'un dans la boutique et l'empêchait de partir, il apprit à son fils à diriger le commerce. Au bout de trois mois, il lui confia toute l'affaire, fit ses bagages en hâte et s'en fut vers l'Ouest. Après son départ, Tchong s'ouvrit à sa belle-mère et lui confia qu'en réalité son père était mort. Ki, stupéfaite, dit : « Il était marchand forain quand de vieux amis le retinrent ici pour qu'il devînt prêteur sur gages et il y a déjà six ans qu'il m'a épousée! Comment peux-tu dire qu'il est mort? » Tchong lui raconta tout en détails mais, en face d'elle, il se mit à douter de ses souvenirs, car il n'y comprenait plus rien.

Un jour et une nuit après son départ, Nieou était de retour, ramenant une femme aux cheveux ébouriffés. Tchong la regarda : c'était sa mère! Nieou la saisit par l'oreille et lui cria en tapant du pied : « Pourquoi as-tu abandonné notre fils? » La femme, pliant sous cette force, n'osait faire le moindre mouvement. Nieou, dans sa colère, la mordit au cou et elle se mit à appeler Tchong, disant : « Sauve-moi, mon fils! Sauve-moi! » Incapable de supporter plus longtemps cette scène, Tchong s'interposa en la protégeant de son corps. Nieou était encore en fureur, que la femme était devenue invisible. Tous les témoins, frappés d'étonnement, crièrent à la fois que c'était un esprit. On se tourna alors vers Nieou, qui, livide, déposa ses vêtements à terre et se transforma en une fumée noire qui se dispersa sur-le-champ. Haletant de frayeur, la belle-mère et le fils relevèrent le bonnet et les vêtements de Nieou et allèrent les enfouir.

Tchong reprit l'entreprise de son père et gagna dix mille onces d'argent. Plus tard, il retourna s'informer au pays et sut que sa mère était morte le jour de la scène. Et tout le monde avait vu Nieou Tch'eng-tchang.

Tr. : M. Ruhlmann.
Rv. : M. Mme Guillermaz.

La fille

Le bachelier Wang Wen, de Tong-tch'ang (au Chantong), avait été, dès sa jeunesse, un homme sincère et loyal. Pour aller visiter le Houpei à petites étapes, il franchit un jour le Fleuve Jaune et s'arrêta dans une auberge. En faisant les cent pas au-dehors, il fit la rencontre d'un parent originaire du même village que lui, Tchao Tong-leou, un gros commerçant qui était parfois des années sans rentrer au pays. Tout joyeux de voir Wang, Tchao lui saisit la main et le pria de l'accompagner chez lui. En arrivant à la résidence de son hôte, Wang vit une jeune femme assise à l'intérieur. Surpris, il eut un mouvement de recul. Mais Tchao l'entraîna et, par la fenêtre, ordonna à la femme de quitter la pièce. Wang entra, Tchao fit préparer du vin et une collation et ils bavardèrent de la pluie et du beau temps. Wang demanda : « Qu'est-ce que cette maison? — C'est une petite maison de plaisir, répondit Tchao; comme je suis longtemps loin de chez moi, je loge ici provisoirement. » Pendant qu'ils parlaient, la femme entrait et sortait à tout moment. Gêné, Wang se leva pour prendre congé. Mais Tchao le retint de force et le fit rasseoir. Peu après, Wang aperçut une autre fille qui passait devant la porte. Quand elle vit Wang, ses yeux pleins de vivacité n'arrêtèrent pas de se tourner vers lui de façon très expressive. Sa démarche était si gracieuse que vraiment on eût dit une immortelle. Wang, qui était de mœurs irréprochables, en fut tout décontenancé. Il demanda à Tchao : « Qui est cette beauté? — C'est la seconde fille de la vieille, répondit celui-ci; son petit nom est Ya-t'eou; elle a déjà quatorze ans. Les habitués ont souvent offert pour elle de grosses sommes d'argent à la mère, mais la petite refuse toujours. C'est au point que la vieille l'a battue. La petite la supplie de l'épargner à cause de son jeune âge. C'est pourquoi jusqu'à maintenant elle n'est pas encore promise! » En entendant cela Wang baissa la tête. Il gardait le silence et, ne sachant comment répondre, il restait là, tout bête et affreusement gêné. Tchao dit par taquinerie : « Si elle est de votre goût, je veux bien vous servir d'intermédiaire. » Wang dit en soupirant : « Je n'oserais avoir une telle pensée. » Mais, bien qu'il se fît tard, il ne parlait toujours pas de partir. Moqueur, Tchao renouvela son offre. Wang dit : « Je vous sais un gré infini de vos nobles intentions, mais que faire puisque je n'en ai pas les moyens? » Tchao, sachant que la femme était de caractère dur et qu'elle n'accepterait sans doute pas facilement, proposa à Wang de l'aider de dix onces d'argent. Wang remercia avec effusion et sortit. Il rapporta tout son avoir qui s'élevait à cinq onces et qu'il força Tchao à remettre à la vieille avec sa contribution. La vieille, en effet, trouva la somme insuffisante. Ya-t'eou lui dit alors : « Vous me reprochez toujours de ne rien rapporter; je vous prie aujourd'hui d'accepter ce que vous désiriez auparavant; ainsi je ferai mes débuts et j'aurai le temps de m'acquitter envers vous. Ne rejetez pas cela parce que la somme est trop petite : ce serait repousser "le dieu de la richesse". » La vieille, sachant combien sa fille était têtue et qu'elle serait si heureuse si elle lui donnait son consentement, céda enfin et envoya une servante chercher le jeune Wang. Tchao, craignant que la vieille n'eût un repentir, lui remit encore un supplément.

Wang et la fille s'aimèrent avec passion. Elle lui dit : « Je ne suis qu'une prostituée, je ne suis pas digne d'être votre compagne; mais puisque je bénéficie de votre tendresse, ma fidélité à votre égard sera totale. Si vous avez vidé votre bourse pour cette seule nuit de plaisir, que ferez-vous demain? » La gorge serrée, Wang eut un sanglot. La fille dit : « Ne vous attristez pas. Telle que je suis, tombée dans le vice, ce n'est certes pas que je l'ai voulu. Jamais je n'ai vu un homme de votre sincérité et en qui je puisse à ce point me fier. Sauvons-nous cette nuit-même. »

Wang, ravi, se leva sur-le-champ et elle se leva également. A cet instant, la 3e veille retentissait à la tour du tambour. Prestement, elle se déguisa en homme. Ils sortirent ensemble

comme ils étaient et allèrent frapper à la porte de l'auberge. Wang était venu avec deux ânes; prétextant une affaire urgente, il ordonna à son domestique un départ immédiat. La fille attacha des talismans à la jambe du valet et aux oreilles des ânes. Ils lâchèrent la bride et partirent; ce fut à une vitesse telle qu'ils ne pouvaient ouvrir les yeux et entendaient seulement le vent hurler à leurs oreilles. Au jour, ils se trouvèrent à l'embouchure de la Han et, s'arrêtant, ils prirent un logement aux alentours. Wang n'en revenait pas. La fille lui dit : « Ne va pas t'effrayer de ce que je vais te dire. Je ne suis pas un être humain, mais une renarde. Ma mère est cupide, j'ai été continuellement maltraitée par elle et le chagrin s'est accumulé en moi. Aujourd'hui j'ai heureusement échappé à une vie d'amertume. Au-delà de cent lis ma mère ne peut plus nous retrouver et nous devrions être hors de danger. » Le doute n'effleura pas l'esprit de Wang, et il lui dit calmement : « Etre en présence de l'hibiscus rouge [1] et n'avoir chez soi que quatre murs nus, j'ai du mal à m'en consoler car je tremble que finalement tu ne m'abandonnes.
— Pourquoi te tracasser de cela, dit la fille. Nous n'avons qu'à faire du commerce pour subsister. En vivant simplement tous les trois, nous suffirons à nos besoins. La vente des ânes nous procurera le capital. » Wang fit comme elle avait dit et installa un petit débit devant la porte. Il se mit lui-même à la besogne avec son domestique et vendit des boissons alcoolisées et des aliments liquides. La fille confectionnait des capelines et brodait des bourses. Ils gagnaient chaque jour plus que le nécessaire et se nourrissaient bien. Guère plus d'un an après, ils purent louer une servante. Alors Wang ne porta plus le pantalon court et se contenta de surveiller.

Un jour, la fille dit soudain, toute anxieuse et triste : « Je sens qu'il va nous arriver quelque chose cette nuit. Comment faire? » Wang lui demanda de quoi il s'agissait. Elle dit : « Ma mère est maintenant au courant; elle va sûrement me faire violence. Si elle envoyait ma sœur, je ne me ferais pas de souci, mais je crains qu'elle ne vienne elle-même. » Au milieu de la nuit, elle se félicita, disant : « Ce ne sera rien, c'est ma sœur qui vient. » Peu après, en effet, une femme poussa la porte et entra. Tandis que Ya-t'eou l'accueillait avec le sourire, sa sœur

1. Fleur qui symbolise une jolie fille.

se répandit en réprimandes : « N'as-tu pas honte de t'enfuir avec un homme ? Notre mère m'a ordonné de t'emmener attachée. » Et elle sortit une corde qu'elle lui passa autour du cou. La fille lui dit en colère : « Quelle faute y a-t-il à suivre un seul homme ? » Cela irrita davantage sa sœur qui la saisit par ses vêtements et déchira le devant de sa robe. Mais quand elle vit que la querelle avait attiré toutes les servantes de la maison, elle prit peur et se sauva. La fille dit : « Au retour de ma sœur, ma mère viendra certainement elle-même; un grand malheur est proche; il faut aviser au plus vite. » Alors ils préparèrent en hâte leurs bagages pour quitter le pays et fuir au loin. Soudain, la mère survint, le visage éclatant de fureur. Elle dit : « J'ai toujours pensé que cette fille n'avait pas de conscience; il a fallu que je vienne en personne ! » La fille l'accueillit à genoux en poussant des gémissements. Sans un mot de plus, sa mère l'empoigna par les cheveux et l'emmena. Wang, la mort dans l'âme et ne sachant que faire, en perdit le sommeil et l'appétit. Il se hâta de regagner les bords du Fleuve Jaune, dans l'espoir de racheter sa compagne. A son arrivée, la porte et la cour étaient comme auparavant, mais les gens n'y étaient déjà plus. Il questionna les nouveaux occupants, mais aucun ne savait où les femmes étaient parties, et il s'en retourna désespéré. Alors il renvoya ses clients, se débarrassa de son fonds et reprit le chemin de l'Est.

Plusieurs années plus tard, à l'occasion d'un voyage à Pékin, il passa devant un hospice d'enfants trouvés. Il y remarqua un enfant de sept à huit ans. Son valet s'étonna que cet enfant ressemblât si fort à son maître et fixa longuement son attention sur lui. Wang lui demanda : « Pourquoi regarder ainsi cet enfant ? » Le domestique se contenta de sourire. Wang sourit aussi et regarda de près l'enfant auquel il trouva une allure dégagée et intelligente. Songeant qu'il n'avait pas de fils, et comme cet enfant lui ressemblait beaucoup et lui plaisait, il le racheta. Il lui demanda son nom. L'enfant dit : « Wang Tseu ». Wang dit : « Comment peux-tu connaître ton nom puisqu'on t'a abandonné tout petit ? » L'enfant dit : « Mon maître m'a dit que quand j'ai été recueilli je portais sur la poitrine un billet avec l'inscription : "Fils de Wang Wen du Chantong". » Wang, effaré, dit : « Je m'appelle justement Wang Wen; mais comment aurais-je eu un fils ? » Il pensa que c'était l'enfant de quelqu'un qui portait le même nom que lui. Mais en lui-même il n'en fut pas moins très heureux et le petit lui inspira des sentiments d'affection et de pitié. A leur retour à la maison, ceux qui le voyaient ne doutaient pas, sans même poser de questions, que ce fût le fils de Wang. Tseu en grandissant devint d'une force peu commune. Il se plaisait à la chasse et se détournait du travail productif. Il était fait pour se battre et ne rêvait que plaies et bosses. Wang ne pouvait le dompter. De plus, le jeune homme se flattait de savoir déceler la présence des esprits renards, mais on ne le croyait pas. Or il se trouva que les alentours étaient troublés par un esprit renard et on le pria d'y aller voir. Arrivé sur les lieux, il indiqua sans faute l'endroit où se cachait la bête et appela les gens qui la frappèrent selon ses indications. Aussitôt des cris de renard se firent entendre, et se répandirent pêle-mêle des poils et du sang. Après cela on eut la tranquillité et le garçon en fut d'autant plus regardé comme un être à part.

Un jour que Wang flânait en ville, il rencontra par hasard Tchao Tong-leou. Ses vêtements étaient dépenaillés et son visage terreux et décharné. Comme Wang lui demandait d'où il venait, Tchao lui dit d'un air abattu qu'il voulait lui parler en privé. Alors Wang l'emmena chez lui et lui fit servir à boire. Tchao parla ainsi : « Quand la mère reprit Ya-t'eou, elle la roua de coups. Peu après, elle l'emmena dans le Nord et de nouveau voulut briser sa résolution; mais la fille jura qu'elle aimait mieux mourir que d'aller avec un autre homme. A cause de cela elle fut séquestrée. Elle accoucha d'un fils qu'elle abandonna dans une ruelle déserte. On le dit à l'hospice d'enfants trouvés. Ce doit être maintenant un adolescent. C'est votre descendant! » Wang dit, laissant couler ses larmes : « Grâce au ciel, l'enfant du péché m'est revenu », et il lui fit un récit détaillé. Puis il lui demanda : « Mais vous, comment en êtes-vous réduit à ce point? » Tchao répondit en soupirant : « Aujourd'hui seulement je vois le bon côté des maisons closes, mais il ne faudrait pas les prendre trop au sérieux! Que dirais-je de plus? » Quand la vieille était partie pour le Nord, il l'avait suivie, emportant ses marchandises. Celles qui étaient lourdes et difficiles à transporter, il les avaient toutes cédées à vil prix. Afin de satisfaire la vieille, il avait pris sur lui les multiples dépenses de la route et subi de ce fait une lourde perte. La fille était si exigeante et dépensière qu'en peu d'années, il avait dispersé toute sa fortune. Dès que la vieille s'était aperçue que la bourse de Tchao, à la tête de son lit, était vide, elle l'avait regardé de travers matin et soir. Peu à peu la fille s'était mise à passer les nuits dans des maisons riches; elle restait souvent plusieurs nuits sans rentrer. Tchao, indigné, était à bout de patience mais il ne savait que faire. Un jour que la vieille était sortie, Ya-t'eou, par la fenêtre de sa chambre, avait appelé Tchao et lui avait dit : « Dans une maison close, il n'y a pas de véritable amour; tout ce qui compte, c'est l'argent! Si, à cause de votre amour, vous ne partez d'ici, il vous arrivera d'étranges malheurs. » Tchao avait eu peur comme s'il sortait d'un rêve. Avant de partir il était allé voir Ya-t'eou en secret et elle lui avait remis une lettre pour Wang. Tchao était alors rentré chez lui.

Ayant ainsi fait le récit de ses mésaventures, il sortit la lettre de Ya-t'eou. Cette lettre disait : « Je sais que l'enfant est sous ta garde! Quant à moi, Tong-leou te dira par le menu quelle est ma détresse. Mes péchés d'une vie antérieure, que pourrais-je en dire encore? Enfermée dans cette pièce sombre, dans une obscurité que n'éclaire aucune lueur de jour, la peau lacérée à coups de fouet, le ventre brûlé par le feu de la faim, le passage du matin au soir me dure comme une année. Si tu n'as pas oublié cette nuit à Han quand il neigeait et que dans notre mince couverture nous nous réchauffions en nous serrant l'un contre l'autre, tu méditeras avec notre fils aux moyens de m'arracher à l'infortune. Ma mère et ma sœur, bien qu'insensibles, sont du même sang que moi et je t'enjoins de ne pas leur faire de mal. Telle est ma volonté. » Wang, en lisant cette lettre, ne put s'empêcher de pleurer. Il récompensa généreusement en argent et en soieries Tchao, qui s'en alla.

A l'époque, Tseu avait dix-huit ans. Wang s'ouvrit à lui de tout ce qui s'était passé, sans rien omettre, puis il lui montra la lettre de sa mère. Quand Tseu la lut, ses yeux semblèrent éclater de fureur; le jour même, il se mit en route pour la capitale. Il se fit indiquer le domicile de la vieille Wou; devant la porte se pressaient chevaux et voitures. Tseu entra tout droit. La fille était en train de boire avec des clients de passage; en voyant Tseu et le couteau qu'il tenait en main, elle changea de couleur. Tseu se précipita sur elle et la poignarda. Les clients terrorisés, crurent avoir affaire à un bandit. Mais quand ils regardèrent le corps de la fille, il s'était déjà métamorphosé en renard. Tseu, brandissant la lame, pénétra directement à l'intérieur, où il vit la vieille qui surveillait une servante préparant le potage. Le temps d'arriver à la porte, la vieille avait disparu. Tseu inspecta de tous les côtés et vivement tira une flèche vers une poutre du plafond. Le cœur transpercé, le renard était mort et Tseu lui coupa la tête. Aussitôt, il chercha où sa mère était enfermée et à coups de pierre, il brisa le verrou.

En se retrouvant, la mère et le fils ne purent prononcer une parole. Enfin elle s'enquit de la vieille. « Je l'ai tuée », lui dit-il. Elle lui dit sur un ton de reproche : « Pourquoi ne pas m'avoir obéi ? » et elle lui ordonna d'aller enterrer le corps dans un terrain vague. Tseu promit du bout des lèvres mais écorcha la bête et cacha la fourrure. Il fouilla les coffres de la vieille, prit tout l'argent qui s'y trouvait et le serra; puis, escortant sa mère, il prit avec elle le chemin du retour.

Dans le cœur des époux à nouveau réunis, se mêlaient la tristesse et la joie. Quand Wang s'informa de la vieille Wou, son fils répondit qu'il l'avait dans son sac. « Comment ça ? » firent les parents effrayés. Le fils sortit les deux peaux et les leur présenta. La mère, courroucée, réprimanda le garçon : « Fils indocile! Comment peux-tu agir ainsi ? » Et elle gémit de chagrin, se frappa la poitrine, se tordit convulsivement en appelant la mort. Wang fit de son mieux pour la consoler et, pestant contre son fils, il lui commanda d'aller enterrer les peaux. Tseu, exaspéré, dit à sa mère : « Maintenant que vous avez retrouvé vos aises, vous oubliez instantanément les coups de bâton ? » Ces paroles indignèrent encore davantage la mère, qui criait sans arrêt. Enfin Tseu alla enfouir les peaux et revint lui dire que c'était fait, et la mère commença à se calmer peu à peu.

A partir du retour de sa femme, Wang vit prospérer ses affaires; il en fut reconnaissant à Tchao et le récompensa largement. Alors seulement Tchao apprit que la vieille et ses filles étaient des renardes!

Tseu faisait preuve d'un grand respect filial, mais si par mégarde ses parents le contrariaient, il éclatait en paroles malsonnantes. Aussi la femme dit-elle à Wang : « Notre fils a un nerf rebelle; si on ne le lui coupe pas, il va un jour commettre un meurtre et nous ruiner. » Une nuit, ayant attendu qu'il se fût endormi, ils lui lièrent subrepticement bras et jambes. Tseu se réveilla et dit : « Je n'ai rien fait de mal. » Sa mère lui dit : « Nous allons te guérir de ta violence; sois tranquille, tu ne souffriras pas. » Tseu se mit à hurler et à se débattre, mais sans pouvoir se libérer. La femme le piqua avec une grosse aiguille à environ un centimère de profondeur près de la cheville, puis au moyen d'un couteau fit sauter le nerf, qui se rompit avec bruit; ensuite elle fit de même aux coudes et à la tête. L'opération terminée, elle délia le patient et, par des caresses, l'endormit dans un sommeil paisible. Quand, au matin, il accourut saluer ses parents, Tseu leur dit en pleurant : « J'ai compris hier soir, en me rappelant ma conduite passée, qu'elle n'était en rien humaine. » En entendant cela, ses parents furent au comble de la joie. A partir de ce jour, il se montra doux comme une jeune fille et chacun dans le village l'honora.

Tr. : M. Ruhlmann.
Rv. : M. Hervouet.

Houa-kou-tseu

An Yeou-hing, lettré du Chensi, admis à se présenter aux examens inférieurs était un homme généreux qui prenait sa joie à libérer les animaux en danger de mort. Quand il rencontrait des chasseurs qui avaient capturé un gibier, il n'hésitait pas à le leur acheter à gros prix pour le libérer. Or, il lui arriva de perdre son oncle et il se rendit aux funérailles pour tenir le cordon du cercueil. En rentrant de l'enterrement le soir, il s'égara sur le chemin du mont Houa, dans une vallée obscure; il avait très peur, quand il aperçut soudain, à une portée de flèche, une lumière. Il courut dans cette direction, et, après quelques pas, découvrit un vieillard tout courbé, appuyé sur un bâton, qui se hâtait sur un sentier de traverse. Il s'arrêtait pour lui parler, quand le vieillard lui adressa le premier la parole :

— Qui es-tu?

An lui expliqua qu'il s'était perdu, qu'il supposait qu'il y avait un hameau de montagne là où il avait aperçu de la lumière et qu'il avait l'intention de s'y rendre pour la nuit.

— Ce n'est pas là un village de tout repos, dit le vieil homme. Tu as de la chance de m'avoir rencontré. Suis-moi. Dans ma chaumière, tu pourras trouver asile.

An, tout réjoui, le suivit pendant plus d'un li; après quoi ils aperçurent un petit hameau. L'homme frappa à la porte d'une masure. Une vieille femme se montra et ouvrit la porte en disant :

— Est-ce le jeune seigneur qui arrive?

— Lui-même, dit le vieux.

Là-dessus, ils pénétrèrent dans un réduit étroit et humide. Le vieux donna de la lumière et invita An à prendre place; puis il demanda qu'on voulût bien leur préparer à manger car, expliqua-t-il, « celui-ci n'est pas n'importe qui, il est mon bienfaiteur ». La maîtresse de céans, qui était impotente, appela : « Houa-kou-tseu, viens offrir du vin. » Bientôt une jeune fille entra, porteuse d'un plateau garni de nourriture. Tandis qu'elle se tenait debout à côté du vieillard, An jetait, à la dérobée, des clins d'œil rapides sur son visage parfumé, ses dents étincelantes de blancheur : on eût presque dit une immortelle! Le vieux se tourna vers elle et lui demanda d'aller tiédir le vin. A l'angle ouest de la maison il y avait un petit fourneau; la jeune fille s'y rendit pour attiser le feu. Alors An les questionna :

— Qu'est-elle pour vous?

— Mon nom est Tchang. J'ai soixante-dix ans et je n'ai que cet enfant. Comme je n'ai pas de domestiques et parce que c'est vous, je me permets de laisser paraître devant vous ma femme et ma fille. J'espère que vous n'en rirez pas de moi.

An lui demanda de quel village était son gendre.

— Je n'en ai pas encore, répondit-il.

An le loua très fort d'avoir une fille aussi belle et aussi intelligente. Le père protestait par modestie, quand, soudain, la fille poussa un cri de frayeur. Il se précipita à l'intérieur; le vin bouillait au milieu de grandes flammes. Tout en éteignant le feu, le vieillard réprimanda la fille : « Vieille esclave, tu ne sais donc pas la différence entre le chaud et le froid. » Puis il se retourna et vit près du poêle une figurine inachevée, taillée dans un tubercule. Il la gourmanda à nouveau :

— Ah mais! à ton âge! tu fais du modelage comme un petit enfant. Et se tournant vers An : « Elle affectionne ce jeu au point de laisser le vin bouillir à gros bouillons... Faire ça au moment où un seigneur t'honore de ses éloges! N'es-tu pas honteuse à en mourir? »

An demeurait figé devant la statuette et en examinait minutieusement les yeux, les sourcils, les vêtements. C'était une œuvre excellente... dont il chanta les louanges.

— Voilà qui est proche d'un jeu d'enfant, mais qui témoigne également d'un talent peu commun.

La jeune fille eut de nombreuses occasions de revenir leur verser du vin, à chaque nouveau toast qu'ils échangeaient.

Elle se montrait gracieuse et souriante, sans aucune timidité. An, le cœur bouleversé, la contemplait avec émerveillement. Il profita d'un moment où le vieux, appelé par sa femme, s'était absenté, pour lui glisser : « Quand je fixe votre visage d'Immortelle, mon âme s'égare. Ah! que n'y a-t-il un entremetteur pour qu'il puisse transmettre ma demande en mariage! » La fille, qui s'était saisi du pichet, demeurait face au feu, muette, comme si elle n'avait rien entendu. Il la questionna à plusieurs reprises mais n'obtint pas de réponse. Et comme le jeune homme s'avançait peu à peu, elle se leva d'un air sévère : « Jeune homme téméraire qui pénétrez dans la pièce intérieure, qu'allez-vous faire? » Se jetant à genoux, il se fit suppliant. Elle se précipita sur la porte pour s'échapper, mais il s'était levé d'un bond pour l'en empêcher. Au paroxysme de la passion, il se permit de la toucher [1]. Au cri perçant que poussa la jeune fille, le vieillard surgit. An lâcha sa main et s'écarta, honteux et effrayé. Le plus posément du monde, la jeune fille expliqua à son père : « La boisson a débordé encore une fois; si le jeune seigneur n'était arrivé à mon aide, le récipient aurait certainement fondu. » En entendant ces paroles, An fut enfin rassuré et encore plus admiratif. Son âme était en déroute, mais il cacha ce qu'il avait dans le cœur, et, simulant l'ivresse, quitta la pièce. La jeune fille fit de même. Le vieillard après avoir préparé le lit, partit en poussant la porte derrière lui.

Mais An ne ferma pas l'œil de la nuit. Dès avant l'aube, il appela ses hôtes pour leur faire ses adieux. Rentré chez lui, il pria quelques-uns de ses amis de se rendre à la chaumière faire la demande en mariage. A la fin de la journée, ils s'en revinrent sans avoir réussi à trouver la demeure et le village. Alors An ordonna à son valet de seller son cheval pour aller lui-même à la recherche de la route. Il atteignit des pentes escarpées, où se dressaient des pics très élevés : il n'y avait plus trace du village. Dans les parages, quand il s'enquit de la famille Tchang, il lui fut répondu que ce nom était très rare dans le pays.

Désespéré, il s'en revint, mais il avait perdu l'appétit et le sommeil et il tomba dans un état de grande confusion mentale. On lui faisait prendre de force du potage au riz qui lui donnait

1. La morale traditionnelle interdisait strictement tout contact, même des mains, entre un homme et une femme.

des hoquets et qu'il était toujours sur le point de vomir. Dans les moments de délire, il appelait Houa-kou-tseu. Son entourage ne comprenait pas, mais ne relâchait pas sa surveillance, car son état devenait extrêmement grave.

Une nuit, alors que ses gardiens harassés s'étaient endormis, le jeune homme, dans sa demi-conscience, sentit que quelqu'un le frôlait et le secouait légèrement. Il entrouvrit les yeux : Houa-kou-tseu se tenait au pied de son lit. Sans qu'il sût comment, son esprit était redevenu clair et lucide. Il regardait intensément la jeune fille. Son visage était baigné de larmes. Houa-kou-tseu, penchant la tête, lui dit gaiement : « Petit sot, comment en es-tu arrivé là ? » Puis, grimpant sur le lit, elle s'assit sur les jambes de An, et des deux mains, elle lui frottait les tempes, tandis qu'un parfum de musc emplissait les narines du jeune homme et pénétrait jusqu'à ses os. Elle continua le massage quelques instants, et soudain, il sentit la sueur couvrir son front et gagner peu à peu son corps et ses membres. Elle chuchota : « Il y a beaucoup de monde dans la maison, il ne m'est pas facile de rester. Dans trois jours, je reviendrai vous voir. » Elle sortit de sa poche plusieurs galettes cuites à la vapeur et les disposa à son chevet, puis elle s'en alla tout tranquillement.

Au milieu de la nuit, An cessa de transpirer et il songea à manger les galettes. En les prenant en main pour y mordre il ne savait de quel mets elles étaient fourrées, mais leur saveur sucrée était si extraordinaire qu'il en termina trois, puis il dissimula les autres sous son vêtement, et il s'endormit d'un sommeil d'ivresse. Quand il s'éveilla enfin dans la matinée, il était comme allégé d'un lourd fardeau.

En trois jours, il eut achevé tous les gâteaux, et comme ses forces avaient décuplé, il renvoya et dispersa les gens de la maison. Craignant en outre que la jeune fille ne pût pas pénétrer jusqu'à sa chambre, il alla en cachette enlever tous les cadenas et les clefs.

En effet, peu de temps après, elle se présenta et, riant : « Alors, monsieur le sot n'a pas de remerciement pour sa magicienne ? » An, fou de joie, s'empara d'elle. Ils s'étreignirent avec tendresse. Après qu'ils se furent aimés un long moment, elle lui dit : « Si moi, votre servante, en bravant le danger, je viens de me couvrir d'ignominie, c'est pour vous témoigner ma reconnaissance. En vérité, il ne nous sera pas possible de réaliser pour toujours l'harmonie de la cithare et du luth, car, hélas, il faudra envisager bientôt notre séparation. »

Pendant un long moment, An resta sans parole, puis il l'interrogea :

— Alors que je nous croyais des inconnus l'un pour l'autre, quel est donc l'endroit où j'avais fait la connaissance de ta famille ? Je ne puis vraiment pas m'en souvenir.

La jeune fille ne répondit pas. Puis, elle dit : « Réfléchissez. »

Il parla encore avec insistance d'unir leurs destinées.

— Cela fait bien des fois, dit-elle, que j'ai couru ici dans la nuit, cela ne peut durer. D'autre part, il ne nous est pas possible de vivre ensemble comme mari et femme.

An, en l'entendant parler ainsi, se laissait aller à sa détresse.

— Si tu tiens absolument à m'épouser, ajouta-t-elle, eh bien, dans la nuit de demain, viens chez nous.

An sentit sa tristesse se changer en joie :

— Comment pouvez-vous, avec vos petits pas, faire ce si long trajet quand vous venez ?

Elle dit : « Je ne suis pas retournée chez moi. A l'est d'ici habite une vieille dame sourde qui est ma tante. C'est pour toi que j'ai demeuré chez elle jusqu'à présent. Mais je crains que ma famille ne finisse par trouver cela étrange. »

Ils passèrent la nuit ensemble. An sentit son parfum le pénétrer. Il n'y avait plus un endroit de sa peau ni de sa chair qui n'en fût imprégné.

— Quel arôme as-tu donc distillé, qu'on en reste imbibé jusqu'aux os ?

— Je suis ainsi de naissance, dit-elle, ce n'est pas un artifice.

An en fut d'autant plus émerveillé.

Elle se leva très tôt et parla de partir. Mais comme An craignait de s'égarer, elle lui promit de l'attendre sur la route.

Quand il y arriva dans la soirée sur son cheval, elle était en effet là à le guetter. Ensemble, ils gagnèrent la vieille maison où le vieillard et sa femme les accueillirent avec joie. Rien n'était bon dans le repas qu'on lui servit : on avait préparé tant bien que mal les légumes les plus ordinaires. On lui offrit l'hospitalité jusqu'au lendemain. Devant l'attitude de la fille qui ne le regarda pas une fois, des soupçons prirent corps en lui.

Elle se montra seulement au cœur de la nuit :

— Mes parents, lui dit-elle, n'en finissaient pas de bavarder sans aller se coucher, et maintenant te voilà las de m'avoir tant attendue.

Ils passèrent ensemble tout le reste de la nuit.

— Notre réunion de cette nuit, soupira-t-elle, est le prélude à cent années de séparation.

An, alarmé, la pressait de s'expliquer. Elle dit :

— Mon père trouve ce village trop isolé et va nous faire partir très loin, si bien que mon hymen avec toi prend fin ce matin même.

C'était plus qu'An n'en pouvait supporter. Brisé par le chagrin, il laissait sa tête osciller de haut en bas.

Tandis qu'ils se livraient à leur véhémente passion, la nuit peu à peu s'était dissipée. Et soudain, le vieillard fit irruption dans la pièce. Il les maudissait : « Fille de rien qui a souillé la pureté de ma maison, tu apportes une honte que seule la mort peut effacer. » La jeune fille perdit contenance, et s'esquiva en courant. Le vieillard la poursuivit en la maudissant. Quant à An, effrayé, abattu, intimidé, il ne savait plus où se mettre. Il s'échappa de la maison à la dérobée. Pendant plusieurs jours, il erra dans la campagne; puis, ne pouvant plus supporter sa peine, il songea à retourner de nuit à la chaumière. Il verrait ainsi ce qu'il convenait de faire pour en franchir le mur. Puisque le vieillard avait vraiment dit qu'il était son bienfaiteur, même s'il était découvert, le châtiment ne saurait être terrible. Il avançait, profitant de l'obscurité. Il trébuchait sans cesse sur les sentiers de montagne; il finit par s'égarer, par ne plus savoir où le menaient ses pas. Pris de peur, juste au moment où il cherchait le chemin du retour, il aperçut vaguement des bâtiments dans la vallée. Rasséréné, il prit cette direction. C'était une demeure grandiose aux vastes portiques, sans doute celle d'une famille aristocratique. Comme la porte principale n'était pas encore verrouillée, An questionna le concierge pour savoir où habitait la famille Tchang. Un laquais sortit et demanda qui en pleine nuit venait s'inquiéter de la maison des Tchang.

— Nous sommes apparentés, expliqua-t-il, le hasard m'a fait perdre mon chemin, alors que je me rendais chez eux.

— Eh, jeune homme, dit l'autre, ne demandez pas les Tchang : ici, c'est la demeure de leur tante; justement, Houa-kou-tseu s'y trouve, permettez-moi de vous annoncer.

Et sans plus tarder, il s'éloigna; puis revint presque aussitôt pour inviter An à entrer.

A peine celui-ci commençait-il à gravir les degrés de la galerie que Houa-kou apparaissait en courant. Elle l'accueillit tout en s'adressant au domestique :

— M. An, égaré, a couru toute la nuit, je pense qu'il doit être à moitié mort de fatigue. Vous pouvez préparer sa chambr afin qu'il puisse dormir.

Un instant après, la main dans la main, ils se glissaient derrière la tenture. Comme An s'étonnait que la maison ne contînt aucun autre membre de la famille : « Ma tante s'est absentée, fit Houa-kou-tseu, et elle m'a demandé de garder sa demeure. Ah! que je suis heureuse de retrouver mon jeune seigneur. Notre rencontre n'est-elle pas providentielle! »

Mais au moment le plus intime, il sentit une répugnante odeur de bouc et de poisson qui lui parut bien étrange. La femme le tenait par le cou, et léchait avec sa langue l'intérieur de ses narines; la succion pénétrait comme une épine jusqu'au cerveau de An. Terrorisé, il voulut anxieusement se dérober et s'enfuir, mais son corps était comme maintenu par de grosses cordes. Peu après, il perdit conscience.

An n'étant pas rentré chez lui, sa famille le fit chercher mais en vain. Quelqu'un dit qu'il avait été vu à la tombée de la nuit dans un sentier de montagne, ces gens s'avancèrent dans la montagne. L'on trouva son cadavre nu au pied d'une falaise, ce qui sema la peur et intrigua, sans que personne comprît ce qui était arrivé. Transporté dans sa demeure, chacun l'entourait en pleurant, quand une jeune demoiselle se montra pour présenter ses condoléances. Avant même d'entrer, elle poussait des cris déchirants; elle posa la main sur le cadavre et tâta son nez. Ses yeux pleuraient, son nez coulait :

« O ciel, ô ciel, s'écria-t-elle, comment peut-on être stupide à ce point? » Elle ne put poursuivre, la voix étouffée par de douloureux sanglots. Quand ce fut fini, au bout d'un moment, elle dit aux gens de la maison : « Laissez passer une semaine. Ne faites pas de mise en bière. » Comme personne ne savait qui elle était, on s'apprêtait à juste titre à le lui demander. Mais l'air arrogant, oublieuse des usages, elle avala ses larmes et sortit. On essaya de la retenir; elle ne se retourna même pas. Quelques-uns la suivirent; en un clin d'œil elle disparut à leurs yeux. Si bien que tous se demandaient si elle n'était pas un être surnaturel. Et prudemment, ils obéirent à ses objurgations. Elle revint à nouveau la nuit suivante et pleura tout comme le jour précédent.

La septième nuit, An soudain s'éveilla; il se tournait de côté en gémissant, ce qui effraya à l'extrême son entourage. La femme entra; tous deux se firent face en versant des larmes. An, d'un geste de la main, congédia tous les autres. La femme prit une poignée d'herbes de la montagne et prépara environ une pinte de bouillon qu'elle lui présenta. Un instant plus tard la parole lui revint :

— Toi seule, tu peux encore me tuer. Toi seule aussi tu peux me rendre la vie.

Et il lui relata ce qui lui était arrivé. Elle dit :

— C'est l'esprit du Serpent qui se fait passer pour moi. Quand tu as perdu ton chemin la première fois, cette lumière que tu as vue alors, eh bien, c'était lui.

— Comment peux-tu, dit An, ressusciter les morts et revivifier des os desséchés, si tu n'es une Immortelle?

— Depuis longtemps, je voulais t'en avertir, mais je redoutais de faire naître une grande peur en toi. N'est-ce pas toi qui, il y a cinq ans passés, sur la route du Houa-chan [1], achetas un daim à un chasseur et lui rendis aussitôt la liberté?

— C'était bien moi.

— Ce daim, c'était mon père. Tu sais maintenant pourquoi nous faisions allusion à ta grande vertu. Après ta mort, ton âme est allée renaître avant-hier dans la famille du secrétaire de seconde classe Wang dans le village de l'ouest. Mon père et moi avons intercédé pour toi auprès du dieu des Enfers. Celui-ci n'étant pas favorable, mon père a offert de renoncer aux mérites qu'il s'était acquis et de mourir à ta place. Nous avons supplié pendant sept jours; la divinité s'est laissé fléchir, et maintenant, nous avons obtenu gain de cause. Quelle joie que notre rencontre d'aujourd'hui! Quoique tu sois à nouveau vivant, tu demeureras paralysé, à moins que tu n'obtiennes le

1. Montagne sainte du Chensi.

sang du serpent. Si alors tu le mélanges à du vin et l'absorbes, ton mal sera éliminé.

En entendant ces paroles, le jeune homme, tout à sa rancune, grinçait des dents, et il déplorait de ne connaître aucun stratagème qui lui permît de se saisir de son ennemi le serpent.

— Ce n'est pas difficile, expliqua-t-elle. Le seul ennui est l'obligation où nous sommes de détruire de nombreuses vies. Et ne devrais-je mourir qu'à cent ans, il me demeurera désormais impossible d'être agréée au Ciel... Écoute : son repaire est situé dans une excavation rocheuse hors d'âge. Qu'au milieu de l'après-midi on y brûle un tas d'herbes et que, par précaution, l'on se tienne au-dehors munis de flèches puissantes, alors pourra être anéantie cette créature néfaste. » Ayant achevé ces paroles, elle fit ses adieux et ajouta : « Je me sens incapable de t'aider plus avant. Ce que j'endure, en vérité, est atroce. Crois-moi : c'est à cause de toi seul que j'agis ainsi, mes mérites pour l'autre vie ont déjà diminué bien plus que de moitié. Sois charitable, accorde-moi ton pardon, j'en serai heureuse... Depuis un mois, je sens s'agiter en mon sein ce qui, je le crains, est le fruit de notre péché. Fille ou garçon, quand une année se sera écoulée, il me faudra te le remettre. » Le visage ruisselant de larmes, elle s'enfuit.

Le lendemain, An s'aperçut que le bas de son corps jusqu'à la taille était entièrement insensible. Aucun attouchement ne pouvait provoquer la moindre douleur ou la moindre démangeaison. Alors, il appela ses gens et leur fit connaître les paroles de la femme. S'y conformant ils se rendirent à la grotte des serpents et y mirent le feu. Un serpent énorme, blanc, bravant les flammes se déroula en jaillissant hors de l'entrée. Vite, les flèches sifflèrent de tous côtés et l'abattirent mort. Quand le feu fut éteint, les hommes pénétrèrent dans le repaire; plusieurs centaines de serpents de toutes tailles gisaient à l'intérieur, tout grillés et puants.

Les serviteurs rentrèrent, chargés du sang du serpent. An en absorba pendant trois jours, après quoi ses deux jambes progressivement purent se mouvoir. Au bout de six mois, il se leva pour la première fois. Plus tard, alors qu'un jour il se promenait seul dans la vallée, il rencontra une vieille femme qui tenait dans ses bras un bébé emmailloté, enveloppé d'une natte et le lui remit en disant : « Ma fille t'adresse ses salutations. » Il était sur le point de demander des nouvelles quand elle disparut à ses yeux en un clin d'œil. An écarta les langes et constata que c'était un garçon. Il l'emporta chez lui. Jamais plus il ne prit femme.

Tr. : Mme Kaltenmark.
R*v*. : M. Hervouet.

Wou Ts'ieou-yue

Wang Ting, qui était originaire de Ts'in-yeou [1] et avait pour nom d'apparat Sien-hou, était un homme au cœur généreux, à la force athlétique. Il avait de nombreux amis. Il s'était marié à dix-huit ans, mais il avait perdu sa femme peu de temps après. Il entreprenait souvent de longs voyages dont il ne rentrait qu'au bout de l'année. Son frère aîné, Nai, était un lettré de renom au nord du Grand Fleuve; il avait une très grande affection pour son cadet et il lui conseillait de renoncer à ses randonnées et de contracter un nouveau mariage; mais Wang Ting faisait la sourde oreille à ces exhortations. Il s'embarqua pour Tchen-kiang [2] où il avait l'intention de rendre visite à un ami. Ce dernier était absent; le voyageur loua donc une chambre à l'étage supérieur de l'auberge. La vue des flots limpides du fleuve et des cimes du Kin-chan [3] réjouit agréablement son cœur. Le lendemain, quand son ami revint et le pria de s'installer chez lui, il refusa. Quinzè jours passèrent. Une nuit, il vit en rêve une jeune fille, âgée de quatorze ou quinze ans, au visage de fleur, aux traits réguliers et délicats, qui monta dans son lit et s'unit à lui. Constatant à son réveil une perte séminale, il en fut intrigué mais pensa qu'il s'agissait d'un accident fortuit. La nuit suivante, il fit de nouveau le même rêve, et cela se répéta encore trois ou quatre nuits de suite. Effrayé, il décida de ne plus éteindre sa chandelle et de rester étendu

1. Village de l'actuel district de Kao-yeou, au Kiangsou.
2. Tchen-kiang, chef-lieu du Kiangsou.
3. Kin-chan, colline située au nord-ouest de Tchen-kiang; jadis île dans le Yang-tseu-kiang, elle se rattacha dans la suite à la rive.

sur son lit, l'esprit en alarme. A peine avait-il croisé les cils, qu'il rêva que la jeune fille venait à nouveau. Comme ils allaient commencer leurs ébats, il s'éveilla brusquement, ouvrit les yeux en hâte : la jeune fille, belle comme une Immortelle, était bien toujours dans ses bras. Elle fut remplie de honte et de frayeur en le voyant s'éveiller, et lui, sachant qu'elle n'était pas une créature humaine, ne prit pourtant pas le temps de s'en informer, tant elle lui plaisait. D'emblée, il commença des assauts furieux qu'elle parut incapable de supporter.

— Que tu es brutal et emporté! lui dit-elle. Il n'est pas étonnant que je me sois gardée de me présenter directement à toi!

Sur quoi, le jeune homme commença à la questionner :

— Mon nom de famille est Wou, mon prénom Ts'ieou-yue (Lune d'Automne), répondit-elle. Mon père était un lettré qui, de son vivant, jouissait d'une grande réputation. Il avait une connaissance approfondie de la divination selon les principes du *Livre des Mutations*. Il m'aimait comme le plus précieux des joyaux, mais prévoyant que je ne devais pas jouir d'une longue vie, il ne me laissa me fiancer à personne. Je mourus en effet à l'âge de quinze ans, et il me fit enterrer à l'est de ce pavillon, en égalisant la terre au ras du sol, sans qu'aucune stèle ne signale l'emplacement de ma tombe; mais à côté de mon cercueil, il plaça une dalle de pierre portant cette inscription :

Ma fille Lune d'Automne,
Sans tumulus enterrée,
Quand trente ans auront passé,
A Wang sera mariée.

Trente ans se sont écoulés déjà, et tu es justement arrivé. Le cœur comblé de joie, j'aurais voulu me présenter à toi, mais, retenue par mon caractère timide et pudique, je me suis introduite auprès de toi sous la forme d'un rêve.

De plus en plus ravi, le lettré demanda à la jeune fille de reprendre la partie interrompue.

— Si j'ai besoin d'un peu de fluide mâle pour me ressusciter, répliqua-t-elle, je ne suis pourtant pas capable de supporter des transports aussi violents qu'une bourrasque. Nous aurons devant nous tant de beaux jours pour nous unir autant que nous le voudrons; tiens-tu tellement à ce soir?

Puis elle se leva et partit. Le lendemain, elle revint. Assis face à face, ils riaient, se taquinaient, étaient heureux comme s'ils se connaissaient depuis toujours. Puis, ayant éteint le flambeau, ils se mirent au lit. La jeune fille ne présentait aucune différence avec une créature humaine; mais dès qu'elle l'eut quitté, leur pluie d'amour inonda la couverture.

Une nuit, sous un clair de lune de cristal, alors qu'ils faisaient quelques pas dans la cour, il demanda à sa compagne s'il existait aussi des villes dans le monde des Ténèbres.

— Il y en a, de toutes pareilles à celles du monde humain, répondit-elle. Elles ne se trouvent pas ici, sous nos pieds, mais à trois ou quatre lis plus loin. Seulement, la nuit de ce monde correspond au jour, dans l'autre.

— Les vivants peuvent-ils les visiter? reprit-il.

— Bien sûr! répondit-elle.

Le lettré demanda à s'y rendre, la jeune fille accepta, et ils partirent au clair de lune. Elle se déplaçait aussi vite qu'un tourbillon de vent, et il devait courir à toutes jambes derrière elle. Ils atteignirent bientôt un lieu où elle lui dit :

— Nous ne sommes pas loin de notre but.

Il eut beau regarder attentivement, il ne put rien apercevoir; mais quand elle lui eut frotté les paupières de salive, il eut la vue deux fois plus perçante que d'ordinaire, et il fut capable de voir dans les ténèbres aussi nettement qu'en plein jour : il distingua aussitôt une enceinte avec ses créneaux émergeant de la brume, et, sur le chemin, des passants qui semblaient se hâter vers la ville. Soudain, près d'eux passèrent deux gardes qui traînaient trois ou quatre hommes enchaînés. Le lettré fut frappé par la ressemblance du dernier prisonnier avec son frère aîné. Il s'approcha : c'était bien son frère.

— D'où viens-tu, mon frère? lui demanda-t-il avec effroi.

A la vue de son cadet, l'aîné se mit à répandre des larmes :

— J'ignore tout à fait pourquoi on m'a enchaîné et traîné en prison, répondit-il.

Le cadet, courroucé, s'écria :

— Mon frère est un honnête homme! Comment peut-on le charger ainsi de fers?

Et il se mit à supplier les gardes de bien vouloir libérer le prisonnier. Sur leur refus hautain, il s'indigna et voulut s'en prendre à eux.

— Ils exécutent là un ordre officiel! dit l'aîné pour dissuader son cadet. Leur conduite doit se conformer à la loi. Mais je suis dépourvu d'argent, et ils me tourmentent fort par leurs demandes de gratifications. A ton retour, tu feras bien de prendre les mesures nécessaires.

Tenant son frère par le bras, le cadet se mit à se lamenter, à en perdre la voix. Pris de fureur, un des gardes tira brusquement la chaîne qui liait le prisonnier par le cou; ce dernier tomba la tête la première. Cette vue fit naître dans la poitrine du cadet les flammes d'une colère qu'il ne put réprimer; il dégaina son épée, et abattit la tête du garde sur-le-champ. Comme l'autre se mettait à crier, il le supprima aussi.

— Tu viens de tuer des agents officiels! s'écria la jeune fille terrifiée. Tu as commis une faute impardonnable! Le malheur va tomber sur toi, si tu t'attardes ici. Cherche tout de suite une barque pour retourner vers le Nord avec ton frère. Quand vous serez chez vous, n'enlevez pas la bannière funèbre plantée devant le seuil; fermez bien les battants de la porte, et gardez-vous de sortir. Au bout de sept jours, vous ne courrez plus aucun danger.

Le cadet prit son frère par la main, puis de nuit acheta une petite barque qui les emporta vers le Nord aussi vite qu'une traînée de feu. Une fois à la maison, à la vue des gens rassemblés à la porte pour venir présenter leurs condoléances, il comprit que son aîné était bien mort. Ce n'est qu'après avoir fermé et verrouillé la porte qu'il pénétra dans la cour; il s'aperçut alors que son frère avait disparu. Il entra dans la chambre : le défunt, déjà revenu à la vie, s'écria qu'il mourait de faim et réclama un potage aux nouilles. Or, il était mort depuis deux jours; toute la maisonnée fut frappée de frayeur par cette résurrection. Le cadet se mit alors à raconter en détails tout ce qui s'était passé. Sept jours plus tard, il ouvrit la porte, enleva la bannière funèbre, et on annonça enfin la résurrection du défunt. Aux parents et amis qui venaient en foule l'assaillir de questions, le cadet se contenta de fournir des réponses mensongères.

Cependant, quand il se remit à penser à Ts'ieou-yue, il fut rongé de nostalgie par ce souvenir. Il retourna dans le Sud, s'installa dans le pavillon d'autrefois, et attendit longtemps, la chandelle allumée, sans la voir arriver. Lourd de sommeil, il était sur le point de se coucher, quand apparut une jeune femme qui lui dit :

— Ts'ieou-yue m'a chargée de vous présenter ses salutations. Après le meurtre des deux gardes, le coupable étant en fuite, c'est elle qui fut arrêtée. Elle est à présent enfermée en prison et fort mal traitée par ses geôliers. Elle souhaite, jour après jour, que vous puissiez trouver un moyen de lui venir en aide.

Accablé de tristesse et d'indignation, Wang suivit la femme jusque dans la capitale. Elle pénétra par l'ouest dans l'enceinte extérieure de la ville et lui indiqua un portail en disant :

— La jeune dame est pour le moment dans ce dépôt.

Il entra; une multitude de cellules regorgeait de prisonniers, mais il ne vit pas trace de Ts'ieou-yue. Il franchit ensuite une petite porte, et aperçut un cachot fort étroit d'où s'échappait de la lumière. Il s'approcha de la lucarne pour y jeter un coup d'œil : là, assise sur un grabat, Ts'ieou-yue sanglotait en cachant son visage dans sa manche. Près d'elle, deux geôliers lui pinçaient les joues, tiraient ses chaussons, s'amusaient et se moquaient d'elle, tandis qu'elle pleurait de plus en plus fort.

— Te voilà criminelle et condamnée, dit l'un des hommes en lui enlaçant le cou, et tu veux encore rester fidèle?

Emporté par la colère, Wang ne prit pas le temps de dire un seul mot : armé de son glaive, il bondit dans le cachot et d'un seul coup pour chacun, coupa les têtes avec autant de facilité que du chanvre. Puis il s'empara de la jeune fille et l'emporta sans que personne, par bonheur, ne s'aperçût de rien. A peine rentré à l'auberge, il s'éveilla en sursaut; il était encore pétrifié par l'horreur de ce cauchemar quand il vit que Ts'ieou-yue était là, debout près de lui, le couvant des yeux. Il se leva, plein d'effroi, la fit asseoir à côté de lui et entreprit de lui raconter son rêve.

— Mais c'est la réalité même! s'écria-t-elle. Ce n'est pas un rêve.

— Que faire, alors? demanda-t-il, saisi de panique.

— Tout se déroule selon la volonté du Destin, dit-elle avec un soupir. Mon retour à la vie ne doit se réaliser qu'à la fin du mois. Dans les circonstances actuelles, comment pourrai-je attendre jusque-là? Il faut que tu ouvres ma tombe au plus tôt, et que tu me prennes avec toi. Si tu ne cesses de m'appeler par mon nom, je reviendrai à la vie au bout de trois jours, mais tant que le terme ne sera pas échu, mes os resteront mous et mes pieds fragiles, je ne pourrai aller puiser de l'eau pour toi au puits, ni piler des grains dans le mortier.

Cela dit, elle s'élança sans réfléchir vers la porte, puis revint sur ses pas en ajoutant :

— J'ai failli oublier! Que faire, si on lance contre nous des poursuites, de l'autre monde? De mon vivant, mon père m'avait enseigné des formules magiques grâce auxquelles, disait-il, nous pourrions devenir époux et épouse au bout de trente ans.

Elle lui demanda un pinceau pour tracer deux formules magiques.

— Porte sur toi une de ces formules, lui recommanda-t-elle, et colle-moi l'autre sur le dos.

Il l'accompagna hors du pavillon, remarqua l'endroit où elle disparut et se mit à creuser jusqu'à la profondeur d'un peu plus d'un pied : là, il découvrit le bois du cercueil déjà pourri, et à côté, une petite stèle, exactement comme elle la lui avait décrite. Il ouvrit le cercueil : le visage avait les couleurs de la vie. Prenant la morte dans ses bras, il la porta dans sa chambre. Ses vêtements tombèrent en poussière au souffle du vent. Après avoir collé dans son dos la formule magique, il enveloppa avec grand soin le corps de couvertures, le porta au bord du fleuve, héla un batelier qui fit accoster sa barque, à qui il raconta que c'était sa sœur cadette, atteinte d'un mal subi, qu'il fallait ramener chez lui. Par bonheur, le vent du sud était favorable : aux premières lueurs de l'aube, Wang arrivait aux portes de son village. Tenant toujours la morte dans ses bras, il la porta chez lui et fit enfin part à son frère et à sa belle-sœur de ce qu'il venait d'accomplir. Tous les siens le regardèrent avec des yeux effarés, sans pourtant se permettre de lui reprocher ouvertement son extravagance. Il écarta les couvertures et commença à appeler sans arrêt Ts'ieou-yue. La nuit, il se coucha près du corps qu'il tenait enlacé, et qui tiédissait peu à peu; au bout de trois jours, il finit par revenir à la vie. Sept jours plus tard, la jeune fille put marcher; après avoir pris un costume convenable, elle alla se prosterner devant son beau-frère et sa belle-sœur en battant du front le sol. Elle était d'une grâce tellement aérienne qu'on eût dit une véritable Immortelle; il fallait qu'un être vivant marchât à au moins dix pas d'elle, sinon elle se balançait au gré du vent et souvent risquait de tomber. Ceux qui la voyaient évoluer ainsi pensaient que ce défaut de sa nature ne la rendait que plus charmante et plus attirante.

Elle ne cessait de prodiguer ses conseils à Wang :

— Tu as commis des fautes trop graves! Il faut que tu accumules des mérites, que tu récites les soûtras, afin de te racheter; sans cela, j'ai bien peur que tu ne jouisses pas longtemps de l'alternative du printemps et de l'automne.

Et lui qui, de sa vie, n'avait jamais cru au Bouddha, se convertit, manifesta la plus grande ferveur et acheva sans accident le reste de son existence.

Remarque de l'historien du Fantastique :

« Je voudrais présenter une pétition à la Cour, pour demander l'institution de la loi suivante : "Celui qui tue un garde sera châtié trois fois moins que s'il tue un homme ordinaire". Car il n'y a dans cette clique aucun individu qui ne mérite la mort. Que l'on détruise autant qu'on peut ces êtres malfaisants; s'il en existe des bons parmi eux, ce sera un peu dur pour ces derniers, et pourtant, on ne risquera jamais d'être trop injuste. D'ailleurs, il n'existe aucune loi fixe dans le royaume des Ténèbres; les méchants peuvent y être tailladés au couteau, coupés à la scie, bouillis dans un chaudron, frits dans l'huile fumante. Aucun de ces supplices atroces n'est assez cruel, comme si ceux qui réjouissent le plus le cœur des humains étaient ceux auxquels le roi des Ténèbres attache le plus de soin. Comment notre héros eût-il pu échapper aux poursuites du monde des Ténèbres, s'il avait mérité par ses actes un pareil châtiment? »

Tr. : M. Li Tche-houa.
Rv. : M. Hervouet.

La femme à la veste verte

Le lettré Yu, originaire de Yi-tou [1], avait pour prénom King et pour nom d'apparat Siao-song. Il faisait ses études au monastère de la Source aux Eaux Savoureuses. Or une nuit, il ouvrit un livre et se mit à le psalmodier : soudain, une jeune femme parut sous la croisée et lui dit avec admiration : « Maître Yu, quel zèle dans tes études! » Étonné, Yu se leva pour la regarder. Elle portait une veste verte et une très longue jupe. Sa beauté était exquise. Devinant qu'elle n'était pas un être humain, il insista cependant auprès d'elle pour savoir dans quel lieu elle habitait.

« Regarde-moi, lui répondit-elle, je ne dois pas avoir l'air d'un croquemitaine ni d'une ogresse, pourquoi t'acharner à m'interroger? »

Yu tomba amoureux d'elle et ils dormirent sur la même couche. Une fois enlevée sa veste de soie légère, elle avait la taille si fine qu'on l'enserrait facilement à deux mains. Comme la clepsydre de la nuit était sur le point de laisser tomber ses dernières gouttes, elle s'éloigna d'un pas léger. Dès lors il n'y eut de soir qu'elle ne vînt.

Un soir, comme ils buvaient et devisaient ensemble, elle se révéla merveilleusement instruite de la musique.

— Ta voix, dit-il, est belle, délicate; en chantant un seul air, sans nul doute, tu pourrais faire perdre l'esprit à un homme.

— C'est justement pour ne pas te faire perdre l'esprit, répliqua-t-elle en riant, que je me garde de chanter.

1. Yi-tou : nom d'une sous-préfecture du Chantong.

Et comme le jeune homme insistait :

— Tu sais que je ne te refuse rien, fit-elle, mais je crains d'être entendue par des oreilles indiscrètes. Tu l'exiges? Je vais étaler devant toi toute mon ignorance. Mais permets-moi de ne chanter qu'à mi-voix pour toi seul!

Alors, battant la mesure de son pied minuscule, adossée au lit, elle se mit à chanter :

Sur l'arbre chante un passereau.
Il attire mes pas au cœur de la nuit.
Que m'importe si mes souliers brodés se mouillent?
Ma seule crainte : que vous soyez sans compagne...

Elle chantait d'une voix ténue, tel un fil de soie, à peine perceptible mais distincte. A l'entendre dans le calme, ses modulations à la fois glissantes et ardentes, troublaient l'oreille et agitaient le cœur. La chanson achevée, elle ouvrit la porte et jeta un regard furtif. « Je crains qu'il n'y ait quelqu'un près des croisées », dit-elle. Après avoir contourné la maison en regardant avec attention de tous côtés, elle rentra.

« Qu'est-ce donc qui te cause une si profonde appréhension? » lui demanda-t-il.

En souriant elle lui répondit : « Le proverbe dit bien qui dit : "Un fantôme qui a dérobé une vie craint toujours les importuns." Voilà qui s'applique bien à moi. » Enfin ils allèrent se coucher. Effrayée, malheureuse, elle lui confia : « Le sort qui nous unit tous deux va-t-il toucher à sa fin? »

Yu la pressait de questions.

— Mon cœur frémit, répondit-elle; si mon cœur frémit, c'est que mon bonheur est épuisé.

— Un cœur qui frémit, des yeux qui papillotent, dit-il pour la consoler; voilà qui est fréquent. Pourquoi me parles-tu brusquement de cela?

Elle fut un peu rassurée et, de nouveau, ils s'enlacèrent. La clepsydre ayant épuisé sa dernière goutte, elle jeta sa veste sur elle et descendit du lit.

Au moment d'ouvrir la porte, elle revint vers lui à petits pas hésitants.

« Je ne sais, lui dit-elle, quelle en est la raison, mais mon cœur est inquiet. Je t'en conjure, accompagne-moi dehors. »

Yu bien entendu se leva et la conduisit au-delà de la porte. « Reste ici et suis-moi du regard, lui recommanda-t-elle. Ne rentre que lorsque j'aurai dépassé le mur. »

Il le lui promit et la vit disparaître derrière la véranda. Le silence tomba. Il ne l'apercevait plus. Prêt à rentrer chez lui, soudain, il l'entendit qui criait à l'aide — et avec quelle angoisse! Il se précipita, mais il eut beau regarder autour de lui, il n'y avait aucune trace d'elle. C'était de l'auvent que venait la voix; il leva les yeux, examina l'auvent : une araignée, grosse comme une balle, s'était saisie d'un insecte dont la voix se brisait à force d'avoir crié. Yu déchira la toile et fit descendre au bout d'un bâton la prisonnière qu'il délivra des liens dont elle était entourée : c'était une guêpe au corselet vert, sur le point de mourir. Il la prit dans sa main, rentra dans la chambre, la déposa sur la table où elle resta immobile un moment avant de reprendre vie; elle réussit enfin à se mouvoir. Avec lenteur, elle grimpa au bord du creux de la pierre à broyer l'encre, elle se jeta dans l'encre, en ressortit et, rampant sur la table, par ses allées et venues, traça le caractère « Merci. » A plusieurs reprises elle battit des ailes. Puis, elle perça le papier de la fenêtre et s'envola. Dès lors, il ne la vit plus revenir.

Tr. : M. Li Tche-houa.
Rv. : M. Hervouet.

Eul Chang

Dans la contrée de Kiu (au Chantong), la famille Chang était représentée par deux frères; l'aîné, Ta Chang, était fort riche et le cadet, Eul Chang, très pauvre. Leurs demeures n'étaient séparées que par un mur bas. Or, une année de l'ère K'ang-hi (1662-1722), il y eut une grande famine et le frère cadet se trouva dans la gêne. Un jour, que dans le courant de l'après-midi, à l'heure où les lampes ne sont pas encore allumées, il marchait de long en large le ventre creux, sa femme, à bout d'expédients, le pria d'aller avertir son frère aîné. Il lui dit : « Cela ne servirait à rien. Si mon frère éprouvait quelque pitié pour notre détresse, il l'aurait fait cesser depuis longtemps. » Mais comme elle insiste, il envoie leur fils, qui, au bout d'un moment, revient les mains vides. A ses parents qui le pressent de questions, le jeune garçon explique : « Mon oncle paraissait très embarrassé, il regardait ma tante de côté, et c'est elle qui m'a répondu : "Une fois que des frères se sont mis à vivre séparément, chacun doit subsister de son côté, comment pourrait-on encore s'occuper l'un de l'autre?"... » Les époux en restèrent cois. Afin de pouvoir vivre, ils prirent leur vaisselle ébréchée, leurs meubles bancals et allèrent les échanger contre quelques vivres.

Dans le village, trois ou quatre mauvais garnements ayant eu vent de l'opulence dans laquelle vivait Ta Chang, décidèrent une nuit d'escalader son mur et de pénétrer chez lui. Les deux époux, réveillés en sursaut, poussent de hauts cris, tandis que les voisins qui tous étaient jaloux d'eux, ne bronchent pas. Ne pouvant faire autrement, ils implorent alors dans leur détresse Eul Chang qui, aux cris de sa belle-sœur, veut se précipiter à son secours. Sa femme l'en empêche et crie à haute voix à l'adresse de la belle-sœur : « Une fois que des frères se sont mis à vivre séparément, chacun court ses risques de son côté, comment pourrait-on encore s'occuper l'un de l'autre ? » Cependant les malendrins ne tardèrent pas à enfoncer la porte; ils s'emparent de Ta Chang et de sa femme et se mettent en devoir de leur rôtir le bout des pieds. Les cris devenant très pitoyables, Eul Chang de dire à sa femme : « Sans-cœur, est-il possible de regarder tranquillement son frère mourir et de ne pas le secourir ? » Et le voilà, avec son fils qu'il entraîne, sautant par-dessus le mur et proférant des menaces terrifiantes, aidés qu'ils étaient l'un et l'autre par leur réputation de braves très redoutés, autant que par leur crainte d'être saisis eux-mêmes par les bandits... Mais ceux-ci décampèrent immédiatement. Ils constatèrent que le frère aîné et la belle-sœur avaient les deux jambes très brûlées, ils les portèrent sur leurs lits, après quoi ils rassemblèrent la domesticité éparse, puis s'en retournèrent chez eux.

Si Ta Chang avait été blessé, du moins toutes ses richesses étaient-elles indemnes. « Tout ce que nous conservons, expliqua-t-il à son épouse, je considère désormais que je le dois à mon frère. Aussi convient-il d'opérer un partage avec lui. — Au contraire, rétorqua-t-elle, si tu avais eu un bon frère, nous ne serions pas aussi meurtris à l'heure qu'il est ». Et Chang ne dit plus mot.

Quand chez lui les provisions commencèrent à s'épuiser, Eul Chang se dit : « Mon frère aîné a de quoi me prouver sa reconnaissance. » Mais le temps passait. Ne voyant toujours rien venir du côté de leur parenté, sa femme, qui n'en pouvait plus, envoya son fils muni d'un grand sac. Il rapporta une seule mesure de millet et sa mère, furieuse de recevoir si peu, voulut l'y renvoyer, mais son père s'y opposa.

Deux mois plus tard, leur détresse était devenue telle que la situation semblait désespérée. Eul Chang dit alors : « Plus aucun artifice ne pourrait actuellement nous permettre de vivre. Autant nous résigner à proposer à mon frère d'acheter notre maison. Il est probable qu'il redoutera de me voir m'éloigner; il refusera donc le contrat et nous viendra en aide. On ne sait jamais! En tout cas si je me trompais, cela du moins nous rapporterait toujours un peu d'argent et nous permettrait de subsister ». Sa femme acquiesça; et l'on dépêcha le garçon porteur d'un projet d'acte de vente. Ta Chang en avisa sa femme : « Mon frère, ajouta-t-il, n'est peut-être pas un bon frère, mais nous sommes du même sang. S'il me quitte, je vais rester seul. Mieux vaut lui retourner cet acte de vente et le secourir. — Non, répondit-elle, celui-là parle de partir, de nous abandonner, et si tu l'aides, tu vas tomber dans le piège qu'il te tend. Allons donc! et s'il n'existait pas de frères cadets de par le monde, est-ce qu'on en mourrait? Nous ferons élever nos murs : cela suffira à assurer notre sécurité. Acceptons son contrat, et qu'il aille où bon lui semblera. De plus, notre demeure va se trouver agrandie. » Cette décision prise, ils firent apposer à Eul Chang sa signature au bas du contrat et lui remirent l'argent. Puis Eul Chang s'en alla habiter dans un village voisin.

Mais voici que les malandrins apprirent son départ; plus rien ne les freinant, ils s'attaquèrent une fois encore à Ta Chang et le frappèrent tant et plus à coups de verges épineuses. Cruellement torturé, il en arriva à offrir tout ce qu'il possédait pour conserver la vie. Avant de quitter les lieux, les voleurs ouvrirent les greniers et appelèrent les pauvres du village qu'ils laissèrent emporter ce qu'ils voulaient. En un rien de temps, tout fut liquidé. Ce n'est que le lendemain que la nouvelle parvint à Eul Chang. Il accourut aussitôt, son frère était déjà dans le coma, incapable de parler. Il entrouvrit un œil, reconnut son cadet, mais il ne put qu'agripper le bord de la natte. Peu après il était mort. Irrité, Eul Chang alla se plaindre aux autorités mais les chefs des voleurs s'étaient déjà enfuis et cachés, et nul ne put les saisir. Quant à ceux qui avaient pris les grains, ils dépassaient la centaine, c'étaient les plus pauvres du village, et là encore le préfet n'y pouvait rien.

Ta Chang laissait un jeune fils de cinq ans, qui, puisque sa famille était devenue indigente, allait constamment chez son oncle. De plusieurs jours, il ne rentrait pas chez lui, et quand on voulait l'y obliger, ses larmes coulaient si abondantes qu'on ne pouvait les arrêter. La femme de Eul Chang voyait tout cela d'un très mauvais œil. Mais lui disait : « Que les parents manquent de charité, en quoi les enfants sont-ils coupables? » Aussi allait-il acheter des gâteaux cuits à l'étuvée; et il les remettait lui-même à l'enfant avant de le renvoyer. Un jour même, en cachette des siens, il prit sur son dos un sac de céréales et le porta à sa belle-sœur, afin qu'elle pût nourrir convenablement le petit. Et ce devint une habitude.

Quelques années plus tard, la belle-sœur ayant vendu l'ancienne demeure de Eul Chang, elle eut suffisamment pour vivre, et ce dernier ne retourna plus chez elle.

Une année s'écoula encore. Il y eut une famine pire que la précédente : les cadavres jonchaient les routes. Eul Chang connut les pires difficultés car il ne pouvait plus rien solliciter de personne. Son neveu, âgé de quinze ans, était encore trop jeune pour avoir un métier. Eul Chang se trouva réduit à aller acheter de grossières galettes que l'on confectionnait chez sa belle-sœur.

Une nuit, il rêva que son frère venait le trouver, et, le visage abattu par le chagrin, lui disait : « Égaré par les conseils de ma femme, j'ai manqué à mes devoirs de famille, ô mon frère cadet, toi tu n'as pas tenu compte des outrages passés et tu augmentes ainsi ma honte. La vieille maison que tu m'avais vendue n'est pas habitée, vas-y. Par-derrière, sous le mûrier, est dissimulé un trou : de l'or y est caché, prends-le, il t'apportera un peu d'aisance. Fais-toi accompagner par le petit laideron, mon fils. Quant à ma femme, cette pimbêche, je la hais. Ne t'occupe pas d'elle. »

A son réveil, il fut ébloui d'avoir fait ce rêve. Il racheta à prix double sa maison et put l'habiter. Il y découvrit effectivement cinq cents livres d'or. A partir de ce moment, il abandonna sa profession de bas étage et s'établit commerçant. Son neveu était très intelligent; il ne se trompait jamais dans ses calculs. Il était aussi très honnête, et de tout l'argent qui entrait et sortait, il rendait compte jusqu'au moindre sou. Eul Chang l'en aimait de plus en plus. Un jour, le jeune garçon en larmes lui dit que sa mère implorait de la nourriture; l'épouse de Eul Chang voulut refuser. Mais celui-ci, touché par cette piété filiale, attribua à sa belle-sœur une pension mensuelle en grains. Au cours des années, il devint de plus en plus riche. La belle-sœur tomba malade et mourut. Eul Chang de son côté vieillissait et il décida de partager les biens de la famille et d'en donner la moitié à son neveu.

Tr. : Mme Kaltenmark.
Rv. : M. Ruhlmann.

Ma Kiai-fou

Yang Wan-che était un bachelier de Ta-ming (au Hopei). Toute sa vie, à l'instar du célèbre Tch'en Tsao [1], se passait à trembler devant sa femme. Celle-ci, Mme Yin, était très acariâtre. A la moindre velléité de désobéissance, elle se mettait en devoir de fouetter son mari. Le père de Yang, qui avait dépassé la soixantaine, étant veuf, c'était Mme Yin qui tenait les comptes à la maison. Yang et son jeune frère Wan-tchong se voyaient obligés d'alimenter le vieillard en cachette; ils redoutaient tant dame Yin qu'ils n'osaient rien exiger d'elle, si bien que le beau-père n'avait plus que des lambeaux pour vêtements. Craignant qu'on n'en jase et qu'on ne se moque d'eux, ils ne voulaient recevoir personne. Wan-che qui, à l'âge de quarante ans, n'avait pas de fils, prit une épouse secondaire, Mme Wang, à qui d'ailleurs il n'osait jamais adresser la parole.

Son frère cadet, qui devait subir les épreuves des examens, se rendit à la ville, où il fit connaissance d'un jeune homme à la mise recherchée, et une vive sympathie naquit entre eux. Il s'appelait, dit-il, Kiai-fou, et son nom de famille était Ma. Comme leur amitié devenait de plus en plus intime, ils se lièrent par le serment de frères jurés.

Ils s'étaient quittés depuis six mois environ, lorsque Ma vint à passer avec son escorte devant la maison Yang. Il se trouva que le vieux Yang était justement devant sa porte en train de s'épouiller au soleil. Croyant avoir affaire à un valet, le jeune homme lui demanda de présenter sa carte au maître

1. Grand ami du célèbre poète du XIe siècle, Sou Che.

de céans. Le vieillard rassembla ses hardes et s'esquiva. En apprenant qu'il s'agissait en fait du père de celui qu'il cherchait, Ma ne put cacher son étonnement. Les deux frères Yang, en modeste apparat, sortirent pour accueillir le visiteur, puis ils l'introduisirent dans la salle de réception. Après avoir fait les salutations d'usage, Ma demanda à être présenté à leur père : Wan-che l'excusa, disant qu'il était souffrant.

On parla avec animation et, sans qu'on y prît garde, le soir approchait. Wan-che, à plusieurs reprises, alla réclamer le dîner, mais on ne voyait jamais rien venir. Les deux frères, à tour de rôle, entraient, sortaient. Finalement, un serviteur famélique apporta une carafe de vin, qui fut bientôt à sec. Puis, ils demeurèrent assis très longtemps à attendre. Wan-che se leva à nouveau, les joues fort rouges et le front couvert de sueur. Très agité, il appelle, se fâche. Voilà enfin le serviteur famélique qui vient dresser la table et s'en retourne chercher une sorte de grossier brouet mal cuit. Hélas! il était sans saveur aucune. Ce repas achevé, Wan-che se retira extrêmement affligé. Puis, son frère, courtoisement, accompagna leur hôte à sa chambre, pour lui préparer sa literie. Au moment de se séparer, Ma lui fit des reproches : « Je te croyais une noble nature, c'est pourquoi je me suis lié à toi d'amitié par serment. Mais maintenant... ton vieux père... dans un tel dénuement... Ah! quelle honte en éprouverait quelqu'un qui pratiquerait vraiment la vertu! »

Wan-tchong se mit à pleurer : « Les sentiments dont mon cœur est plein, il m'est difficile de les exprimer. Nous ne sommes pas heureux car le sort a voulu qu'une mégère entrât dans notre maison; elle abuse de la faiblesse de mon père et de mon frère, et en fait de véritables martyrs. N'était cette goutte de sang que nous avons versée ensemble et qui a fait de nous des frères jurés, je n'oserais pas te raconter tout cela. »

Ma, surpris, soupira, se tut, puis :

— Tout d'abord, je songeais à partir demain dès l'aube. Mais maintenant que tu m'as tenu d'aussi étranges propos, il me faut voir de mes propres yeux ce qu'il en est. Je te prie donc de mettre à ma disposition une de vos pièces inoccupées, sans t'inquiéter de mon service, auquel je pourvoirai.

Wan-tchong fit comme il lui était demandé. Après avoir débarrassé un appartement pour que Ma s'y établît à l'aise, il allait dans la nuit noire dérober pour lui des aliments divers. Sa seule crainte était que sa belle-sœur n'en eût connaissance. Ma, qui devinait sa pensée, insista pour déménager. Il alla prier le vieux monsieur Yang de partager avec lui la chambre et les repas.

Il se rendit personnellement en ville afin de lui acheter un vêtement fourré. Le père et les fils en pleurèrent d'attendrissement. Wan-tchong avait un fils Hi-eul, âgé de sept ans, qui dormait la nuit avec son grand-père : « Cet enfant, dit Ma en le caressant, aura plus de bonheur et de longévité que son père dont la jeunesse est bien triste! »

Cependant, Mme Yin ayant appris que le vieillard avait eu un repas somptueux, se mit dans une grande colère, accusant Ma de s'immiscer dans les affaires des autres. On entendit ses cris résonner dans le gynécée et les appartements intérieurs, et se rapprocher peu à peu de la chambre de Ma à qui elle comptait régler son compte. Les deux frères Yang, le corps tout en nage, tremblaient de tous leurs membres, se sachant incapables de réprimer sa fureur, tandis que Ma demeurait comme si de rien n'était.

La concubine Wang était enceinte de cinq mois. L'épouse, venant à l'apprendre, la fit dévêtir et la frappa d'une verge. Ayant assouvi sa cruauté, elle fit comparaître Wan-che, qui, à genoux, fut contraint de se coiffer d'un bonnet de femme, puis elle le chassa à coups de fouet. Ma se trouvait justement dans la cour, si bien que Wan-che, très gêné, hésitait à sortir, mais elle le força à avancer en le poursuivant et en le frappant des mains et des pieds. Tous les assistants étaient offusqués. Ma, soudain pointa le doigt dans la direction de Mme Yin en criant :

— Va t'en, va t'en!!

Elle se retourna et s'enfuit en courant, tout comme si elle avait une bande de démons à ses trousses. Son pied se trouva embarrassé dans une liane sur le chemin. Elle perdit sa chaussure et s'en retourna pieds nus, le visage décomposé.

Peu après, comme une servante venait lui présenter de quoi se rechausser, elle se mit à pousser des cris retentissants et dans son entourage personne n'osa lui demander des explications...

Ma, pendant ce temps, entraînait Wan-che pour lui faire ôter son ridicule bonnet mais son ami tremblait de tout son corps, le souffle coupé, comme s'il redoutait par-dessus tout de perdre sa coiffure. Ma la lui arracha de force. Alors Wan-che, éperdu, s'asseyait et se relevait sans cesse, dans la terreur d'un nouveau châtiment pour avoir agi de sa propre autorité. Il attendit d'être certain que son épouse eût fini sa scène pour pénétrer chez elle; il avançait timidement : elle ne lui adressa pas un mot. Quand elle le quitta pour aller dans sa chambre à coucher, alors seulement le malheureux commença à respirer à l'aise, dans le plus grand étonnement. Étonnement partagé par son frère et par tous les gens de la maison, qui se rassemblaient pour jaser deux par deux.

Elle, de sa chambre, les entend, et d'autant plus honteuse et furieuse, elle se met à frapper ses esclaves. Elle appelle la concubine, mais celle-ci, très souffrante, était dans l'incapacité de se lever. La mégère, croyant à une feinte, se précipite sur elle, la jette à bas de son lit, et la pauvre créature fait une fausse couche. Wan-che se lamente à l'écart, et trouve du réconfort auprès de Ma. Celui-ci fait venir un jeune domestique afin qu'il leur prépare un repas; puis, par mille subterfuges, il retient Wan-che, tandis que la femme de celui-ci, au gynécée, vitupérait contre son mari qui ne rentrait pas.

Tout en criant ainsi, elle entend se soulever le loquet de la porte, elle se hâte d'appeler sa servante, mais déjà dans l'embrasure de la porte grande ouverte, un géant apparaît dont l'ombre couvre toute la pièce. Apparemment un démon. En un rien de temps entrent également une quantité d'hommes, sabre en main; la femme, dans une épouvante extrême, veut appeler. Mais le géant a pointé son sabre sur son cou et dit : « Si tu cries, je te tue. » Elle propose des brocarts pour sauver sa vie. « — Je suis, lui dit le géant, l'émissaire du Juge des Enfers. Ce n'est pas de l'argent que je prends, mais le cœur des femmes méchantes. » Elle a encore plus peur et se frappe le front contre terre. Il trace alors avec la lame de son arme des traits sur le cœur de la femme. Il les compte en disant : « Pour telle et telle action ne mériterais-tu pas la mort? » Et, hop, un trait. Ainsi de suite, jusqu'à ce qu'il ait énuméré chacun de ses actes cruels. Au bout du compte, elle a plusieurs dizaines d'entailles sur la peau. Pour terminer, il dit : « La seconde épouse allait mettre au monde un fils et assurer ainsi la descendance de ton culte ancestral. Comment as-tu pu provoquer une fausse couche? Cette chose ne peut être pardonnée. » Il enjoint alors à ses acolytes de lui lier les mains derrière le dos, et de lui ouvrir le cœur et les entrailles pour examiner leur degré de perversité. La femme se jette à genoux et implore son pardon en l'assurant de son repentir. Au même moment, on entend une porte s'ouvrir et se fermer dans les appartements intérieurs. Il crie : « Voilà Yang Wan-che! Allons, puisqu'elle se repent, laissons-lui la vie! » Et tous s'enfuient en se bousculant.

Quelques secondes plus tard, Wan-che entra et vit son épouse liée et la poitrine nue, avec d'innombrables éraflures en long et en large à l'emplacement du cœur. Il la libéra et l'interrogea. Quand il sut ce qui était arrivé, il fut grandement surpris et soupçonna quelque étrangeté.

Le lendemain, il raconta tout à Ma qui manifesta également de la surprise. A partir de ce moment, le caractère de la femme s'améliora. Durant plusieurs mois, elle n'osa pas prononcer une seule mauvaise parole. Ma en était fort heureux; il dit à Wan-che : « La vérité, je vais te la confier, je te demande de ne pas la divulguer. Eh bien! l'autre jour, j'ai usé d'un peu de magie pour impressionner ta femme! Puisque vous en êtes arrivés maintenant à avoir de bons rapports, je te prie de me laisser pour un temps vous quitter. » Là-dessus, il partit.

La femme, chaque jour, matin et soir, retenait Wan-che auprès d'elle; elle lui tenait compagnie en riant agréablement et même allait au-devant de lui. Wan-che n'avait pas été habitué, en d'autres temps, à un tel empressement. Elle se mettait en quatre pour lui. Assise ou debout, elle avait toujours quelque attention à son égard.

Une nuit, Mme Yin, se rappelant l'aspect terrifiant du géant, fut glacée de peur et prise de tremblements convulsifs. Wan-che, pour la calmer, lui dit que c'était un coup monté. Elle sursauta, se mit debout et l'obligea à tout lui dire. Il s'aperçut trop tard qu'il avait trop parlé et il dut tout avouer.

Dans un état de rage indescriptible, elle l'accable d'injures. Wan-che prend peur et tombe à genoux au pied du lit : elle ne daigne pas le regarder et l'abandonne à sa position lamentable jusqu'à la troisième heure de la nuit. Elle lui dit alors : « Si tu veux obtenir mon pardon, il faut que tu te taillades la peau autant que je l'ai moi-même subi; cela seul pourra dissiper ma colère. » Elle va chercher un long couteau de cuisine. Wan-che s'affole et prend la fuite. La femme le poursuit en brandissant le couteau. Le chien se met à aboyer et les poules, réveillées, se sauvent de tous côtés. Wan-tchong, dans l'ignorance de ce qui se passe, se précipite, et, de son corps, protège son frère, au milieu des imprécations de la mégère. Celle-ci, soudain, aperçoit le vieillard qui s'approche, vêtu d'une belle douillette. A cette vue, sa fureur redouble. Elle se jette sur lui, met son vêtement en pièces et le gifle en l'attrapant par sa moustache. Ce que voyant, Wan-tchong, ulcéré, se saisit d'une pierre et en frappe sa belle-sœur qu'il atteint au front. Elle titube et s'affaisse, inerte. « Pourquoi, dit-il, aurais-je du regret de mourir puisque je sauve ainsi mon père et mon frère aîné? » Et il se jette dans le puits : quand on l'en sortit il avait déjà expiré. Au bout d'un long moment, la femme revint à elle. Sa colère tomba quand elle apprit la mort de Wan-tchong.

Les funérailles achevées, l'épouse du défunt fit le serment de ne pas se remarier et de consacrer à leur enfant tous ses soins et sa tendresse. Hélas! sa belle-sœur ne cessait de l'invectiver, lui refusait la nourriture et finit par la chasser en lui donnant un second mari malgré elle. L'orphelin demeurait sans sa mère, roué de coups matin et soir et réduit à mendier aux domestiques quelques miettes à manger. Si bien que cet enfant, en six mois, devint si chétif qu'à peine lui restait-il un peu de souffle.

Un beau jour, Ma arriva soudain. Wan-che demanda aux gens de la maison de n'en rien dire à sa femme. Ma vit que le vieillard portait des loques, tout comme autrefois, et s'en indigna. On lui apprit le décès de Wan-tchong, ce qui l'affligea profondément. L'enfant, dès qu'il sut sa venue, vint se réfugier contre lui en l'appelant « oncle Ma ». Mais celui-ci ne pouvait le reconnaître; et il dut l'examiner attentivement pour discerner ses traits. Dans sa surprise, il le questionnait : « Mon pauvre petit, qu'est-ce qui a pu te mettre dans un tel état? » Le vieillard, sur le point de raconter les événements, s'en abstint. Ma, courroucé, se tourna vers Wan-che :

— Jadis, je disais que tu n'étais pas un homme. Vraiment, je ne me suis pas trompé!

Wan-che ne soufflait mot; il ne pouvait que courber la tête, l'oreille basse, et pleurer. Puis, ils s'assirent ensemble pour parler un moment; la femme l'apprit mais n'osa pas venir elle-même chasser le visiteur. Elle fit appeler son mari et lui intima l'ordre de congédier Ma. Wan-che revint vers lui l'air piteux, avalant ses sanglots et se donnant une fausse contenance de dignité. Ma se fâcha à nouveau : « Tu es incapable de te faire respecter et de prendre par toi-même une décision. Que l'on frappe ton père, que l'on tue ton frère, tu laisses faire sans broncher, mais quelle sorte de créature es-tu donc ? » Wan-che s'inclina ; il semblait douloureusement atteint. Ma en profita pour l'exhorter encore : « Si tu ne la chasses pas, du moins la raison demande-t-elle de la mâter sérieusement. D'ailleurs, même si tu la tuais, il ne faudrait pas avoir peur : j'ai deux ou trois amis qui ont des positions importantes et qui certainement nous aideraient de toute leur puissance. Et je te garantis que tu n'aurais rien à craindre. »

« Bon », lui dit Wan-che. Et, fort de toute son audace, il se précipita vers l'intérieur de la maison. Dès qu'il fut en face de la femme, elle lui demanda ce qu'il venait faire.

Wan-che perd contenance ; il met les mains à terre et bégaie : « Ma m'ordonne de te chasser ». Ces mots augmentent la fureur de la femme qui cherche du regard un couteau ou un bâton. Wan-che, terrorisé, se sauve... Et Ma le semonce : « En vérité, frère, tu es inéducable ». Là-dessus, il ouvre une boîte et en sort une dose de médicament. Il le dissout dans l'eau et le donne à boire à Wan-che : « C'est une solution revirilisante. Je ne m'en sers pas à la légère, car elle peut être nocive. Mais maintenant, en désespoir de cause, je m'en vais l'essayer ».

A peine Wan-che a-t-il fini de la boire qu'il sent une ardeur violente gagner sa poitrine comme un embrasement d'une acuité insupportable. Il se précipite dans l'appartement de sa femme en rugissant comme le tonnerre. Sans lui laisser le temps de dire un mot, il lui envoie un coup de pied. Elle recule de quelques pas... Il ferme le poing, et lui assène des coups innombrables, de sorte qu'elle n'a plus un seul endroit du corps indemne. Elle, pendant ce temps, ne cesse de l'insulter et de vouloir le ridiculiser. Alors, il tire son canif de sa ceinture. Elle hurle : « Tu sors ton couteau, est-ce que tu oserais me tuer ? » Il ne répond pas et lui arrache de la cuisse un morceau de chair gros comme la paume de la main, qu'il jette à terre, et il essaie de la taillader à nouveau. Elle gémit et demande grâce, mais il ne l'écoute pas et lui envoie un nouveau coup de stylet. Les gens de la maison, s'apercevant que Wan-che est devenu fou furieux, rassemblent toutes leurs forces pour le maîtriser. Ma arrive à la rescousse, prend le forcené sous les bras et s'efforce de le rassurer et de l'apaiser. Mais la crise n'était pas finie; Wan-che demeurait agité et voulait continuellement s'échapper, tandis que Ma le maintenait sur place.

Enfin, l'efficacité de la drogue alla s'atténuant et Wan-che apparut épuisé. Ma lui fit les recommandations suivantes : « Ton état d'infériorité a disparu, lorsque tu as pris une gorgée de la drogue. Mais l'obéissance de ta femme ne te sera pas acquise du jour au lendemain; elle s'améliorera seulement avec le temps. C'est comme si tu venais de mourir et de retrouver la vie. Désormais, il te faudra détruire le vieil homme et en créer un nouveau : ne sois pas trop pressé, sinon tu n'arriverais à rien. » Puis il envoya Wan-che dans les appartements intérieurs s'occuper de sa femme, qui était dans un triste état; elle demeurait terrorisée et ses jambes refusaient de la porter. Avec l'aide d'une servante, elle n'arrivait qu'à se traîner sur les genoux.

Wan-che alla rendre compte à monsieur Ma et à son père de ce qu'il en était. Congratulations réciproques. Ma songea alors à partir. Tandis que le père et le fils essayaient de le retenir, Ma expliqua : « Je me rendais au Tong-hai (la côte au sud du Yang-tseu), c'est pourquoi ma route passait par ici; à mon retour, on se reverra. »

Un mois s'écoula. Madame Yin put enfin se lever. Elle montra un caractère des plus aimables. Mais à la longue, telle une mule qui ne se sent plus tenue par la bride, elle redevint peu à peu rusée, criarde, abusive, pour enfin laisser libre cours, intégralement, à ses agissements d'autrefois. Si bien que son beau-père, incapable de la supporter davantage, s'échappa un beau soir pour gagner le Honan et se mettre au service d'un bonze taoïste. Wan-che n'osa même pas le faire chercher.

Au bout d'une année, Ma revint. Écœuré et déçu de ce qu'il constata, il lança une fois de plus des invectives, puis il se redressa, appela l'orphelin, l'installa sur un mulet, sauta sur son propre cheval, et les voilà sur la route à bride abattue.

A partir de ce jour, les gens du village n'eurent plus que mépris pour Wan-che. Sa faiblesse lui avait fait perdre entièrement sa réputation.

Quatre ou cinq ans après ces derniers événements, un incendie se déclara chez lui, qui réduisit en cendres tout ce qu'il possédait. Le feu ayant gagné les habitations voisines, une plainte fut portée à la préfecture et il fut condamné à payer des dommages. Toute sa fortune y passa. On avertit les villages voisins de ne pas lui donner de lieu d'asile et même la famille de Mme Yin, dégoûtée de ce qu'elle avait fait, refusa de les recevoir.

Alors Wan-che, à bout de ressources, mit sa concubine en prêt chez des gens très riches puis partit avec sa femme en direction du Sud. Arrivés au confins du Honan, comme ils n'avaient plus le sou, elle refusa de le suivre davantage. Elle le laissa et se remaria avec un boucher célibataire, qui versa trois cents sapèques à Wan-che pour obtenir son consentement. Celui-ci, abandonné de tous, se mit, dès qu'il eut épuisé son nouveau pécule, à mendier dans la région.

Il lui arriva ainsi un jour de se présenter à la rutilante porte rouge d'un hôtel particulier. Alors que le portier s'opposait à le laisser entrer, un mandarin sortit; Wan-che se prosterna et le supplia en larmoyant. Le jeune homme le fixa longuement puis lui demanda son nom. « Mais, s'écria-t-il au comble de l'étonnement, c'est mon oncle! Comment est-ce possible qu'il soit arrivé à ce degré de pauvreté? » Wan-che, de son côté, en le regardant attentivement, reconnut Hi-eul. Il ne put s'empêcher de sangloter en le suivant dans la salle de réception où étincelaient l'or et le jade. Peu après, le vieux père vint les rejoindre, soutenu par un adolescent. Nouvelles lamentations. Wan-che, le premier, fit le récit de ses aventures. Puis l'autre raconta à son tour :

« Après que Ma m'eut amené ici, il décida de faire rechercher le vieux M. Yang afin que nous habitions ensemble. Il me donna un maître pour m'enseigner à lire, et quand j'eus quinze ans, il me fit entrer à l'école qui prépare aux examens locaux. L'année suivante, j'accédais au titre de bachelier; il me donna alors une épouse et voulut prendre congé de nous. Grand-père et petit-fils en larmes, nous essayâmes vainement de le retenir. Ma nous dit : " Je ne suis pas un homme, je suis en vérité un génie-renard. Mes compagnons m'attendent depuis longtemps! " Il partit donc. »

Quand le licencié eut fini de parler, tous étaient très émus.

Hi-eul se rappelant les sévices qu'il avait subis, enfant, en compagnie de sa seconde tante, la concubine, avait d'autant plus de commisération pour son triste sort. Il décida d'emmener des chevaux, de se munir d'or et d'aller la racheter pour la rendre à son oncle. Une année plus tard, elle mettait au monde un fils, et on lui donna en conséquence le titre de femme principale.

Quant à la dame Yin, devenue l'épouse du boucher, son mauvais caractère avait voulu se manifester comme auparavant; son mari, furieux, lui transperça la cuisse avec son couteau de travail, y passa une corde et, par ce moyen, suspendit la mégère à son étal. Le poids de son corps tirant sur la plaie, elle se mit à pousser des hurlements de douleur, qui éveillèrent l'attention des voisins. Ils bondirent à son secours. En la délivrant de son lien, ils avivèrent encore la souffrance qui devint si vive que les cris aigus de la malheureuse ébranlaient l'espace dans les quatre directions. Le boucher accourut au bruit; à cette vue, tous ses poils se hérissèrent sur son corps.

Par la suite, bien que la plaie fût guérie, un morceau de corde étant resté dans la chair, Mme Yin demeura boiteuse, mais son caractère devint d'une docilité constante, elle ne se permettait même pas la moindre négligence. Le boucher, par contre, était un vrai bourreau. Quand il rentrait ivre, il la frappait et l'injuriait cruellement. A ce moment seulement, elle commença à comprendre que ce qu'elle subissait, c'était ce qu'elle avait infligé aux autres.

Un jour, la jeune Mme Yang, épouse du licencié, et sa tante allèrent de compagnie faire leurs dévotions au temple de l'île P'ou-t'o [1]. Toutes les villageoises d'alentour étaient à ce même pèlerinage; dame Yin se trouvait parmi elles. Très gênée elle demeurait en retrait. Madame Wang l'ex-concubine demanda : « Qui est donc cette dénommée Yin? — Elle est l'épouse du boucher Tchang, lui fut-il répondu ». Et on la força à venir saluer la « noble dame ». Wang éclata de rire : « Si cette femme a suivi un boucher, elle ne doit pourtant pas manquer de viande; comment se fait-il qu'elle soit si maigre? » Yin éprouva une telle humiliation qu'elle rentra chez elle et, de confusion, voulut se pendre. Toutefois elle ne trouva pas la mort, car la corde cassa. Après quoi le boucher la prit davantage encore en grippe.

1. Célèbre pèlerinage bouddhique dans l'archipel au sud de l'embouchure du Yang-tseu.

Une année plus tard, il mourut. Un jour qu'elle marchait sur la route, elle reconnut au loin Wan-che; elle se mit aussitôt à avancer sur les genoux, le visage couvert de larmes. Il fit arrêter son équipage, mais ne lui adressa pas un mot. Rentré chez lui, il raconta cette rencontre à son neveu, en lui exprimant son intention de faire revenir Yin, mais le neveu ne voulut rien savoir. L'ex-mégère, rejetée, conspuée par les gens du village, finit par ne plus avoir de refuge et fut réduite à mendier sa nourriture. Wan-che allait la voir périodiquement dans une pagode. Son neveu l'en blâmait. Il dit secrètement aux autres mendiants de l'humilier, de la chasser. Finalement, elle mourut.

Tr. : Mme Kaltenmark.
Rv. : M. Mme Guillermaz.

Siao-sie

Dans la sous-préfecture de Wei-nan (au Chensi, à l'est de Sian), la maison de l'ancien secrétaire de ministère Kiang était hantée par de nombreux revenants. Souvent ils venaient troubler les habitants qui finirent par émigrer. Il ne resta plus qu'un vieux serviteur pour garder la porte, mais il mourut. Il fut remplacé, mais ses successeurs moururent les uns après les autres. Alors on abandonna la maison.

Dans le village il y avait un lettré appelé T'ao Wang-san, qui avait été autrefois un homme de mœurs libres, amateur de courtisanes, mais qui ne s'attardait pas lorsque la fête tirait à sa fin. Un ami, un jour, avait envoyé une courtisane courir derrière lui et le rattraper. Lui, en riant, la prit chez lui et ne la repoussa pas, mais en vérité, de toute la nuit, rien ne fut souillé... Alors qu'il passait la nuit dans la maison de l'ancien secrétaire de ministère, une servante était venue de nuit se donner à lui, mais le jeune homme l'avait repoussée fermement et n'avait pas manqué aux convenances. L'ancien secrétaire de ministère le traita dès lors avec amitié et respect.

La famille du lettré était très pauvre et il avait eu aussi le chagrin de perdre sa femme. Sa chaumière était très petite et la chaleur humide de l'été y était insupportable; aussi demanda-t-il à l'ancien secrétaire de ministère Kiang de lui prêter la maison qu'il avait abandonnée, mais Kiang refusa parce qu'elle était hantée. Alors le lettré composa une « Suite à la discussion qui prouve que les revenants n'existent pas » et la présenta à l'ancien secrétaire, ajoutant : « Que peuvent bien faire des revenants? » Kiang, devant l'insistance de sa requête, lui donna son accord.

Le lettré se rendit donc à sa nouvelle demeure du tribunal. Vers le soir, il plaça un livre dans une pièce et lorsqu'il y retourna pour chercher autre chose, le livre avait disparu. Il en fut très étonné. Il s'étendit sur un lit et attendit, calme et détendu, ce qui allait se passer. Au bout du temps que dure un repas, il entendit un bruit de pas. Il jeta alors un regard de côté et vit deux femmes qui sortaient des appartements intérieurs; elles remirent sur la table le livre qui avait disparu. L'une avait environ vingt ans et l'autre pouvait en avoir dix-sept ou dix-huit. Toutes les deux étaient très belles. Revenant sur leurs pas, elles s'arrêtèrent près de son lit et se regardèrent en riant. Le lettré restait calme sans bouger. L'aînée alors, levant une jambe, lui toucha le ventre de son pied. La cadette, se couvrant la bouche de la main, riait en cachette. Le lettré, qui sentait son cœur battre à se rompre, commençait à perdre la maîtrise de soi. Alors, en hâte et avec respect, il se mit à réciter des formules de prières. Dès qu'il ne tourna plus la tête vers elles, la femme s'approcha et, de la main gauche, lui tira la moustache tandis que, de la main droite, elle le frappait légèrement à la joue, tout en poussant un petit cri. La jeune se mit à rire d'autant plus fort. Le lettré brusquement, se leva et cria : « Quelle audace chez des revenants! » Alors les deux femmes, effrayées, s'enfuirent, chacun de son côté.

Le lettré eut peur de connaître d'autres ennuis pendant la nuit et voulut s'en retourner chez lui, mais il eut honte de devenir pour longtemps le sujet des conversations. Alors, augmentant la lumière de la lampe, il se mit à lire. Dans l'obscurité, les ombres des revenants allaient et venaient, mais c'est à peine s'il tourna la tête pour les regarder. Vers le milieu de la nuit, il alluma une bougie et se coucha pour dormir. Alors que ses yeux venaient de se fermer, il eut l'impression qu'on lui entrait dans le nez un objet très effilé : c'était une étrange démangeaison et il éternua très fort. Mais il entendit seulement, dans l'obscurité, un rire étouffé. Sans un mot, il feignit de dormir en attendant la suite. Soudain il vit la cadette rouler dans ses doigts des bandes de papier pour en faire de petites ficelles et s'approcher avec la démarche d'une cigogne ou d'un héron qui se cache. Alors le lettré, se levant brusquement, se mit à lui faire de violents reproches : en un tourbillon elle s'enfuit et disparut. Lorsqu'il se fut recouché, c'est dans l'oreille qu'il sentit cette fois à nouveau quelque chose. Toute la nuit il fut excédé par ces vexations. Après le chant du coq, vinrent le calme et le silence, et le lettré, comme ivre, put enfin dormir. Il ne vit et n'entendit rien de toute la journée.

Lorsque le jour baissa, une atmosphère trouble régna à nouveau. Le lettré allait se mettre à préparer son repas du soir afin de pouvoir attendre l'aube, lorsque l'aînée des deux femmes courba tout doucement le bras au-dessus de la table, le regarda lire et soudain ferma le volume. Au moment où le jeune homme en colère allait la saisir, elle se dissipa comme un courant d'air. Mais après un instant, elle le touchait encore. Alors qu'il lisait en tenant fermement le livre, la plus jeune, s'approchant en cachette par-derrière, lui couvrit les yeux de ses mains croisées, puis, en un clin d'œil, s'enfuit et se tint debout à quelque distance en souriant. Le lettré la désignant du doigt cria : « Sale petite revenante! Si je te saisis, je te tue, je t'anéantis! » Mais les jeunes femmes n'en furent pas autrement effrayées et se moquèrent de lui : « Tu peux nous pourchasser à travers tout le gynécée, nous ne nous échapperons pas, mais tu essayeras en vain de nous attacher! » Elles eurent un léger rire, puis, se tournant vers l'âtre, se mirent à casser du bois, à laver le riz dans l'eau et à faire la cuisine pour le lettré. Celui-ci, les regardant faire, leur adressa des compliments : « Comme vous faites cette besogne plus intelligemment et plus promptement que moi, mesdemoiselles! » Au bout d'un court instant, le riz était cuit et les deux femmes se disputèrent à qui disposerait sur la table la cuiller, les baguettes et le bol. « Je suis très touché des bons services que vous me rendez », dit le lettré. Comment vous remercier? » Elles répondirent en riant : « Dans le riz nous avons mis de l'arsenic! — Nous n'avons aucune raison de nous haïr, reprit le lettré. Pourquoi en seriez-vous venues à me traiter ainsi? » Et quand il eut fini son bol, il se resservit. Comme elles rivalisaient de hâte à le servir, le lettré en fut tout heureux : il y était déjà habitué comme si c'était normal.

De jour en jour, leurs rapports devinrent plus familiers. Un jour qu'elles étaient assises près de lui attentives à ses paroles, il leur demanda leurs noms. L'aînée lui dit : « Votre servante Ts'ieou-jong a pour nom de famille K'iao. Celle-ci, de la famille Jouan, c'est Siao-sie. » Et comme il cherchait à savoir d'où elles venaient, Siao-sie lui dit en riant : « Grand bêta! Nous ne pouvons pourtant pas encore tout vous révéler. Pour qui faites-vous cette enquête sur notre situation? Est-ce pour un mariage? » Alors le lettré, rectifiant son attitude, dit : « En face de jolies femmes, comment seul ne serais-je pas ému? Mais le destin qui règne au royaume des ombres veut que l'entremetteur meure. S'il vous déplaît de cohabiter avec moi, il vaut mieux que vous vous en alliez. Mais si cela ne vous déplaît pas, alors restons en paix. Si je ne suis pas aimé, pourquoi devrais-je déshonorer deux jolies femmes? Si je suis aimé, pourquoi faudrait-il que meure le lettré téméraire? » Les deux femmes, émues, échangèrent un regard. A partir de ce jour, elles ne s'amusèrent plus à le taquiner méchamment.

Cependant parfois elles cherchaient de la main dans son sein et faisaient glisser son pantalon jusqu'à terre, mais il ne s'en souciait pas autrement. Un jour qu'il était sorti sans avoir fini un travail de copie qu'il avait entrepris, il trouva, quand, il revint, Siao-sie appuyée à sa table et, le pinceau en main, faisant la copie à sa place. A la vue du lettré, elle lâcha le pinceau et le regarda en souriant. S'approchant, il vit que son écriture, bien que mauvaise et sans grande allure, formait des lignes régulièrement espacées. Il la félicita : « Mais vous êtes une personne cultivée! Si vous aimez cela, je vous enseignerai comment il faut faire ». Et la tenant serrée près de lui, il lui prit le poignet et lui apprit comment écrire. A ce moment, Ts'ieou-jong entra et changea de couleur : elle était visiblement jalouse. Siao-sie lui dit en souriant : « Quand j'étais petite, mon père m'a appris à écrire. Mais il y a longtemps que je ne l'ai fait, et il me semble que je m'éveille d'un rêve ». Ts'ieou-jong ne disait toujours rien. Le lettré avait compris ce qu'elle avait dans le cœur, il fit comme s'il ne s'apercevait de rien et, la tirant à soi, il lui mit le pinceau dans la main : « Voyons, dit-il, si vous pouvez en faire autant. » Et lorsqu'elle se leva après avoir écrit quelques caractères il lui dit : « Oh, quelle vigueur magnifique dans l'écriture de mademoiselle Ts'ieou-jong! » Elle en fut très heureuse. Alors, il découpa deux pages de modèles d'écriture pour qu'elles pussent s'exercer ensemble. Et tandis qu'il lisait près d'une autre lampe, le lettré se réjouissait que chacune eût de quoi s'occuper, au lieu de l'ennuyer avec leurs taquineries. Lorsque leurs modèles d'écriture furent achevés, les deux femmes se tinrent debout, avec respect, devant la table basse, pour écouter les critiques du lettré. Ts'ieou-jong ordinairement lisait sans comprendre, elle écrivait en faisant des pâtés de sorte qu'on n'y distinguait rien : c'était un vrai rébus! Elle vit elle-même que son écriture ne valait pas celle de Siao-sie et devint rouge de honte. Le jeune homme dut l'encourager et la consoler pour que peu à peu son visage retrouvât sa sérénité.

Les deux femmes, dès lors, traitèrent le lettré comme leur maître. Lorsqu'il était assis, elles lui grattaient le dos; lorsqu'il était couché, elles lui massaient les jambes. Non seulement elles n'osaient plus l'ennuyer, mais elles rivalisaient à lui plaire. Vint un jour où l'écriture de Siao-sie fut tout simplement excellente. Un jour que le lettré lui faisait des éloges, Ts'ieou-jong crut en mourir de honte : la poudre et le fard se mêlaient aux larmes qui ruisselaient sur son visage. Le lettré dut lui prodiguer toutes sortes de consolations pour la calmer. Aussi décida-t-il de lui apprendre à lire. Son intelligence était très vive et, dès qu'on lui avait indiqué quelque chose, elle n'était pas de celles qui interrogent à nouveau. Souvent la nuit entière se passait dans des tournois de lecture avec le lettré.

Siao-sie amena son jeune frère, le numéro trois des garçons, pour qu'il devînt lui aussi l'élève du lettré. C'était un jeune homme de quinze à seize ans, d'une très grande beauté et très distingué. Il offrit au lettré une agrafe porte-bonheur en or. Le maitre le fit lire à haute voix en même temps que Ts'ieou-jong, et le bruit de leurs voix emplit bientôt la salle. Le lettré pendant ce temps leur préparait un festin de revenants.

L'ancien secrétaire de ministère, apprenant cela, fut très heureux. En temps voulu, il versait au lettré son traitement. Après quelques mois, Ts'ieou-jong et le troisième jeune maître étaient capables d'écrire des poésies. Parfois ils se faisaient mutuellement cadeau de leurs compositions. Siao-sie alors dit en cachette au lettré de ne plus enseigner Ts'ieou-jong et il le lui promit. Ts'ieou-jong, de son côté, dit en cachette au lettré de ne plus enseigner Siao-sie et il le lui promit aussi.

Un jour, alors que le lettré allait se rendre aux examens et que les deux femmes, en larmes, le retenaient pour l'empêcher de partir, le troisième jeune maître intervint : « Ce voyage, vous pouvez l'éviter sous un prétexte de maladie. Sinon je crains que vos pas ne vous portent pas chance ». Mais le lettré jugea qu'il serait déshonorant de se déclarer malade et s'en alla.

Or le lettré s'était plu autrefois à composer des poésies satiriques fort sévères sur les mœurs du temps; il avait ainsi offensé un personnage important de son district. Celui-ci, qui n'avait pas oublié l'outrage, avait en cachette acheté le commissaire aux études et accusa faussement le lettré de conduite relâchée. Le jeune homme fut donc arrêté et emprisonné. Son viatique de voyageur était épuisé et il devait mendier sa nourriture auprès des prisonniers. Alors qu'il se rendait compte qu'il n'avait aucun moyen de subvenir à ses besoins, soudain quelqu'un, en un tourbillon, entra dans sa cellule : c'était Ts'ieou-jong. Elle apportait un repas au lettré. Tournée vers lui, elle sanglotait: « Le troisième jeune maître s'inquiétait des malheurs qui vous attendaient, et voici qu'il n'a pas eu tort. Mais il est venu avec moi au tribunal pour plaider votre bon droit. » Et après quelques propos échangés, elle s'en alla : personne ne l'avait vue.

Le lendemain, comme sortait le vice-président du tribunal, le troisième jeune maître se mit en travers du chemin pour demander justice et sa plainte ne fut pas écartée. Ts'ieou-jong se rendit à la prison pour l'annoncer au lettré qui, triste, affamé, se désespérait : une journée avait pour lui la longueur d'une année. Soudain Siao-sie arriva complètement bouleversée et raconta comment Ts'ieou-jong, en s'en retournant, était passée près du temple du Dieu des Murs et Fossés et là avait été entraînée de force par un noir juge des galeries occidentales. Celui-ci voulut la contraindre à devenir sa concubine, mais elle n'avait pas cédé. « Et maintenant, elle aussi est en prison. J'ai couru pendant cent lis et ma fatigue est extrême. Quand je suis arrivée aux faubourgs du Nord, de dures épines ont percé la plante de mes pieds et la douleur me pénètre jusqu'à la moelle des os. Je crains de ne pas pouvoir revenir. » Et elle lui montra ses pieds : ils étaient rouges de sang et elle marchait à petits pas comme au travers des vagues. Elle sortit trois onces d'or et disparut en boitant.

Or le vice-président du tribunal avait interrogé le jeune maître : celui-ci n'avait pas de relations et, sans raison, il fut à son tour accusé. On allait lui donner la bastonnade, mais à peine fut-il étendu par terre qu'il mourut. Ce fut pour tous une grande surprise et, à la vue de sa belle prestance, chacun témoignait de sa tristesse et de sa pitié. On alla chercher le lettré pour mener l'enquête en sa présence. Interrogé sur l'identité du troisième jeune maître, il feignit de ne pas le connaître. Le vice-président du tribunal comprit alors qu'il avait été injustement accusé et le relâcha.

Lorsqu'il fut rentré chez lui, de toute la soirée personne n'apparut. La nuit allait s'achever lorsqu'enfin arriva Siao-sie. Elle était toute triste : « Lorsque le troisième jeune maître, dit-elle, était aux mains du vice-président du tribunal, il a été conduit de force par un esprit auprès du gouvernement du Royaume des Ombres. Le roi des Ombres, tenant compte de son esprit de justice, lui a accordé de renaître dans une famille riche et honorée. Quant à Ts'ieou-jong, elle est depuis longtemps dans les chaînes et j'ai voulu présenter une plainte à son sujet au Dieu des Murs et Fossés, mais j'ai été arrêtée à la porte et je n'ai pu entrer. Que pouvons-nous faire de plus ? » Le lettré, en colère, lui répondit : « Quelle audace chez ce vieux démon noir ! Demain je vais renverser sa statue et je la piétinerai jusqu'à ce qu'elle ne soit plus que poussière. » Ainsi faisait-il de violents reproches au Dieu des Murs et Fossés dont les subordonnés se montraient si cruels. Peu à peu il s'endormit du sommeil d'un homme ivre, partagé entre le chagrin et la colère. La quatrième veille allait s'achever sans qu'il s'en aperçût, lorsque Ts'ieou-jong, en un coup de vent, soudain arriva. Grande fut leur joie à tous deux. Aux questions avides du lettré, Ts'ieou-jong répondit en pleurant : « Voici que pour vous, Seigneur, j'ai souffert dix mille douleurs. On avait décidé d'un jour où je serais torturée au couteau et au bâton, quand ce soir, soudain, on m'a laissé repartir. » Et elle ajouta : « Mon cœur n'est pas partagé. C'est parce que je vous aimais depuis longtemps que je n'ai pas cédé et ainsi j'ai évité toute souillure. Je me permets d'en avertir le juge T'ao, pour ne pas être réprimandée ». Le lettré à ces propos fut quelque peu réconforté; il désira dormir auprès d'elle : « Aujourd'hui, dit-il, je voudrais mourir pour vous ». Les deux femmes répondirent avec tristesse : « Depuis que vous nous avez éclairées, nous avons quelque sentiment de ce qui est juste et raisonnable. Comment supporterions-nous que notre amour pour vous vous apportât la mort ? » Elles repoussèrent donc ses avances, mais montraient par leurs câlineries qu'elles avaient pour lui des sentiments d'épouses. Depuis qu'elles avaient vécu de pénibles épreuves, leur jalousie réciproque avait entièrement disparu.

Un jour un moine taoïste rencontra sur sa route le lettré et, se retournant, lui dit qu'il y avait autour de lui des émanations d'esprits. Le jeune homme, surpris de cette parole, lui raconta toute l'histoire. Le moine dit alors : « Ces revenantes sont vraiment trop gentilles. Il ne faut pas leur faire du mal. » Et il écrivit deux talismans, qu'il remit au lettré : « De retour chez vous, vous les donnerez aux deux revenantes, pour qu'elles obtiennent ainsi de bénéficier d'une heureuse destinée. Si elles entendent à l'extérieur des sanglots de femme, elles avaleront le talisman et sortiront rapidement. Celle qui sera arrivée la première pourra revivre. » Le lettré reçut les talismans en saluant profondément et, de retour chez lui, les confia aux deux femmes.

Un peu plus d'un mois après, ils entendirent effectivement des sanglots de femme. Les deux femmes coururent en rivalisant de vitesse mais Siao-sie, dans sa hâte extrême, oublia d'avaler son talisman. Elles virent alors qu'un corbillard passait et Ts'ieou-jong s'y précipita, entra dans le cercueil et disparut. Siao-sie ne put y entrer et revint sur ses pas en pleurant amèrement. Lorsque le lettré sortit, il vit que c'étaient les Hao, gens fort riches, qui enterraient leur fille. Tous avaient vu une femme entrer dans le cercueil et alors qu'ils se demandaient ce que cela signifiait, ils y entendirent soudain une voix. Ils s'arrêtèrent pour examiner : la jeune fille était brusquement revenue à la vie. On la déposa un moment à la porte du lettré, entourée de gens qui l'observaient. Bientôt elle ouvrit les yeux et demanda le lettré T'ao. Monsieur Hao se mit à lui poser des questions précises. Elle répondit : « Je ne suis pas votre fille. » Et elle lui raconta toute l'affaire, mais monsieur Hao, qui n'était pas tout à fait convaincu, voulut repartir en l'entraînant de force. La jeune femme refusa de le suivre et, se frayant un passage au milieu des gens, entra dans la maison du lettré où elle se jeta sur un lit et ne voulut plus se lever. Hao, alors, considérant le lettré comme son gendre, s'en alla.

Le lettré put alors la regarder. Bien que les traits de son visage fussent différents, sa beauté lumineuse ne le cédait pas à celle de Ts'ieou-jong. La joie, le bonheur qu'il en ressentit dépassait toutes ses espérances. Tandis qu'elle lui racontait en détail sa vie, ils entendirent soudain le hululement d'un revenant qui pleurait. C'était Siao-sie qui sanglotait dans un recoin sombre de la maison. Dans son cœur le lettré ressentait une grande pitié pour elle et, prenant la lampe, il alla à sa recherche, plein d'une généreuse compassion à sa tristesse. Mais la jeune femme avait son revers et ses manches tout trempés de larmes et on ne put la consoler. Quand l'aube pointa, elle s'en alla.

Le jour venu, Hao envoya les femmes de sa domesticité apporter en présent à sa fille un trousseau de jeune mariée : c'était bien l'attitude d'un beau-père envers son gendre. Mais lorsqu'au soir ils entraient dans leur chambre à coucher, c'était toujours pour entendre Siao-sie pleurer. Après six ou sept nuits passées de la sorte, les jeunes mariés étaient très affligés, car ils ne pouvaient accomplir le rite du mariage. Le lettré avait beau réfléchir tristement, il ne trouvait pas de solution; Ts'ieou-jong lui dit : « Le moine taoïste a des pouvoirs surnaturels. Il faut aller le retrouver. Peut-être sera-t-il ému et voudra-t-il nous aider...! »

Le lettré approuva cette idée et se rendit à l'endroit où le moine taoïste habitait. Prosterné à terre, il lui raconta son histoire. Le moine lui dit nettement qu'il n'avait plus de procédés à sa disposition. Le lettré fut plongé dans un désespoir sans bornes; aussi le moine lui dit-il en riant : « Lettré stupide mais habile à entraîner les gens dans une affaire! Si nous unissons nos efforts, il y a une possibilité. Je vous prie de mettre tout en œuvre pour le succès de ma méthode. » Et il suivit le lettré dans sa maison. Là, on chercha une chambre tranquille où il s'assit après s'être enfermé. Il avait sévèrement interdit qu'on lui posât des questions. Plus de dix jours après, il n'avait encore rien bu ni mangé. Lorsqu'on l'observait en cachette, on le voyait les yeux fermés comme s'il dormait.

Un jour, à l'aube, une jeune femme souleva la portière de bambou et entra. Pupille brillante, dents éclatantes de blancheur, sa beauté lumineuse se reflétait sur ceux qui l'entouraient. Elle dit en souriant : « J'ai marché toute la nuit et je suis épuisée. Tu n'as pu me retenir dans tes liens... Je me suis enfuie en courant pendant plus de cent lis et maintenant j'ai enfin trouvé une agréable demeure où me reposer. J'ai été amenée ici par un taoïste. Quand elle viendra, il n'y aura qu'à nous entremêler toutes les deux. » Au crépuscule, lorsque Siao-sie arriva, la nouvelle venue se leva brusquement et alla à sa rencontre pour la prendre dans ses bras; toutes les deux s'unirent si étroitement l'une à l'autre qu'elles ne firent plus qu'un seul corps qui tomba par terre et resta étendu. Le moine taoïste sortit alors de sa chambre et, les mains jointes, traversa la pièce et fit le geste de reconduire et de congédier quelqu'un. Lorsqu'il revint, la jeune femme avait repris conscience; on la coucha sur un lit. Son souffle s'apaisa et tout son corps peu à peu se détendit mais elle se tenait les pieds qui, disait-elle, étaient tout endoloris. Il fallut attendre plusieurs jours avant qu'elle pût commencer à se lever.

Plus tard, le lettré se présenta aux examens et obtint d'être mis sur la liste des fonctionnaires impériaux. Un certain Ts'ai Tseu-king, qui était son camarade de promotion, vint à passer pour affaires chez le lettré où il séjourna plusieurs jours. Siao-sie étant rentrée dans une maison voisine, Ts'ai la vit de loin et courut rapidement à sa rencontre, mais Siao-sie se détourna et s'enfuit pour l'éviter. Outré d'une telle impudence, Ts'ai avertit le lettré : « C'est une chose inouïe! Puis-je vous la dire? » Et aux questions du lettré, il répondit : « Il y a trois ans, ma sœur cadette est morte, jeune encore. Au bout de deux nuits on perdit son cadavre. Depuis, je n'ai cessé de penser à ce fait étrange. Or quand j'ai vu votre femme, quelle ressemblance extraordinaire...! » Le lettré lui dit en riant : « Ma misérable épouse est trop vile pour être votre sœur cadette. Mais puisque nous sommes camarades de promotion, des relations loyales entre nous sont d'autant plus nécessaires. Qu'est-ce qui m'empêche de vous présenter ma femme et mes enfants? » Et il entra dans la partie intime de la maison demander à Siao-sie d'apparaître avec les habits qu'elle portait à sa mort. Ts'ai, épouvanté, s'écria : « Mais c'est vraiment ma sœur! » Et il se mit à pleurer. Le lettré alors lui raconta dans le détail toute l'affaire. Ts'ai en fut très heureux : « Puisque ma sœur n'est pas morte, dit-il, il faut que je rentre à la maison en toute hâte, car je vais avec cette nouvelle consoler mes parents. » Et il s'en alla. Quelques jours plus tard, toute la famille arriva et leurs relations furent les mêmes qu'avec la famille Hao.

Tr. : M. Hervouet.
Rv. : M. Kaltenmark.

Tchang Hong-tsien

Tchang Hong-tsien habitait Yong-p'ing (au nord du Hopei, non loin de la Grande Muraille). A dix-huit ans déjà, il était un personnage célèbre dans sa commanderie. En ce temps-là, un certain Tchao, sous-préfet de Lou-long (chef-lieu de la commanderie), n'aimait rien tant que de tyranniser ses sujets : il était une plaie pour toute la population. Un jour qu'un lettré nommé Fan Cheng était mort sous la bastonnade, ses condisciples, indignés de cette injustice, décidèrent de se plaindre auprès du ministère. Ils demandèrent à Tchang Hong-tsien de rédiger pour eux une pétition et de s'associer à leur action. Tchang accepta. Sa femme, Fang, était aussi sage que belle. Au courant du projet, elle chapitra son mari : « Chaque fois que des lettrés s'occupent d'une affaire, s'ils l'emportent, c'est tous ensemble, mais ce n'est pas tous ensemble qu'ils sont battus. En effet, s'ils l'ont emporté, chacun s'attribue le génie qui fut cause du succès, mais dès qu'il y a échec, c'est la dispersion générale comme des tuiles qui se détachent et partent en tous sens, et il n'y a plus moyen de maintenir l'unité du groupe. Or dans notre monde, c'est aux puissants qu'est la victoire et c'est rarement d'après le bon droit qu'on juge du bien et du mal. Et puis vous êtes sans appui. Supposez qu'il arrive quelque chose, celui qui connaîtra les pires ennuis, qui sera-ce ? » Tchang Hong-tsien fut convaincu par ce discours et regretta l'engagement qu'il avait pris. Aussi, tout en s'excusant par de bonnes paroles auprès des lettrés, il n'accepta que de composer la pétition et s'en fut.

La confrontation des témoins ne permit pas de savoir où

était le vrai. Tchao dépensa de grosses sommes d'or pour acheter des fonctionnaires importants. Les lettrés, accusés de conspiration, furent emprisonnés et l'on rechercha celui qui avait tenu le pinceau pour eux. Tchang Hong-tsien, pris de peur, s'enfuit. Un jour, alors qu'il arrivait à la limite de la préfecture de Fong-siang (au Chensi, à environ 1 500 kilomètres à l'ouest), ses ressources étaient complètement épuisées et la nuit allait tomber. Il restait irrésolu en pleine campagne, sans savoir où se réfugier pour la nuit, quand soudain, il aperçut un petit village. Il s'y rendit en toute hâte. Une vieille femme, qui venait juste de sortir sur le seuil de sa porte, le vit et lui demanda ce qu'il voulait. Tchang Hong-tsien lui dit ce qu'il en était et la vieille répondit : « Pour ce qui est de la nourriture et du lit, cela n'est rien. Mais il n'y a pas d'homme dans notre maison et il ne serait pas convenable d'y recevoir un étranger. » Tchang répartit : « Votre serviteur n'oserait pas non plus vous demander tant. Permettez-lui seulement de passer la nuit à l'intérieur des portes afin qu'il puisse échapper aux tigres et aux loups, c'est tout ce qu'il me faut. » Alors la vieille femme lui permit d'entrer, ferma la porte et lui donna de la paille. Puis elle lui ordonna : « J'ai pitié du voyageur qui ne sait pas où aller. Aussi ai-je pris sur moi de vous permettre de passer la nuit ici. Mais il faut qu'avant l'aube vous soyez parti. Car je crains que notre jeune maîtresse ne vienne à apprendre votre présence; elle m'en ferait de violents reproches. » Là-dessus la vieille femme s'en alla et Tchang Hong-tsien s'endormit tout habillé contre le mur.

Soudain, à la lueur scientillante d'une lanterne, Tchang Hong-tsien vit sortir une jeune femme que guidait sa vieille hôtesse. En hâte, il se cacha dans un coin obscur et les épia en secret : c'était une jeune beauté d'environ vingt ans. Lorsqu'elle arriva à la porte, apercevant la paille, elle interrogea la vieille femme. Celle-ci lui expliqua ce qu'il en était et la jeune maîtresse s'emporta : « Une seule porte est une bien faible résistance. Comment as-tu pu recevoir ainsi un brigand? Et maintenant je te le demande, dis-moi où cet homme est allé. » Tchang Heng-tsien eut peur et sortant de son coin, se prosterna à ses pieds. La jeune femme l'interroga sur son village et sa famille. Son visage bientôt se rasséréna. « Par bonheur, dit-elle, c'est là un lettré de parfaite éducation. Il n'y a aucun inconvénient à le garder parmi nous... Ma vieille servante en fin de compte ne m'avait pas tout dit. Ce genre de réception!... Est-ce ainsi qu'on traite un gentilhomme? » Puis elle ordonna à la vieille femme de conduire l'hôte à l'intérieur.

En un instant on eut préparé du vin et du bouillon. Les mets étaient de premier choix et on disposa même des coussins brodés sur la banquette. Tchang Hong-tsien en était confus et, en aparté, demanda à la vieille femme dans quelle famille il se trouvait : « Vous êtes ici, dit-elle, dans la famille Che. Le vieux maître et sa femme ont tous les deux quitté ce monde. Il ne reste que trois filles. Celle que vous avez vue, c'est l'aînée des jeunes maîtresses, Chouen-houa. » Puis la vieille femme s'en alla et Tchang Hong-tsien vit sur la table basse un exemplaire annoté du Nan-houa king [1]. Il le prit et s'étendit sur les coussins pour le lire. Soudain Chouen-houa poussa la porte et entra. Tchang Hong-tsien lâcha le livre et se mit en quête de son bonnet et de ses chaussures. Mais déjà la jeune femme arrivait à la banquette et touchait de la main le jeune homme [2] : « Laissez, laissez! », dit-elle. Puis elle se rapprocha encore, s'assit près de lui et, toute rougissante, dit : « Vous avez les façons et les talents d'un gentilhomme; j'aimerais vous confier ma maison. » Et ce disant elle donnait prise à des soupçons comme on peut en avoir quand on voit quelqu'un lacer ses chaussures dans un champ de melons ou ajuster sa coiffure sous un prunier, de sorte qu'il n'y avait plus rien à faire que de l'écarter, ou sinon... Tchang Hong-tsien, indécis, ne savait plus quelle attitude prendre. Il ne put que dire : « Je n'oserais pas vous tromper. En effet, j'ai une épouse à la maison... » Et la jeune femme de rire : « En cela vous montrez encore que vous êtes un gentilhomme loyal et honnête. Mais même cela ce n'est pas non plus un empêchement. Puisque vous ne me détestez pas, demain il faudra déranger l'entremetteuse. » Et sur ces mots elle voulut s'en aller, mais Tchang, tendu vers elle, la retint et elle accepta de rester. Avant qu'il ne fît jour, elle était debout et elle donna de l'argent à Tchang Hong-tsien en lui disant : « Prenez-le, cela vous permettra de regarder les choses d'un peu haut.

1. Nom honorifique donné par un empereur de la dynastie des T'ang devenu taoïste, au Tchouang-tseu, texte philosophique ancien de l'école taoïste.

2. La morale confucéenne interdisait strictement à deux personnes de sexe différent même de se toucher simplement la main.

Dans la soirée, vous viendrez, mais tard, car je crains que les voisins ne nous épient. »

Tchang Hong-tsien fit comme elle avait dit. Il sortait à l'aube et ne revenait qu'à la nuit : six mois se passèrent ainsi. Un soir qu'il rentrait assez tôt, lorsqu'il arriva à l'endroit en question, de village, il n'y en avait plus. Tout à fait alarmé par l'étrangeté du fait, il se mit à arpenter les lieux quand soudain il entendit la vieille femme : « Que vous êtes venu tôt! » Et lorsqu'il se retourna, le village était là, devant ses yeux, comme auparavant, et lui-même était déjà dans la grande salle. Il trouva cela encore plus étrange. Chouen-houa, sortant des appartements intérieurs, lui dit en riant : « Vous devez vous poser des questions sur votre épouse. Je vais vous dire la vérité. Oui, je suis une renarde (cf. p. 20, n. 1). Nous étions prédestinés l'un à l'autre, mais si cela vous paraît trop fantastique, je vous en prie, partez tout de suite. » Or Tchang Hong-tsien était très épris de sa beauté et son inquiétude se calma. Pendant la nuit il dit à la jeune femme : « Puisque vous êtes une immortelle, vous pouvez faire mille lis avec une seule halte. Voilà trois ans que votre serviteur a quitté sa maison et le souvenir de sa femme et de son enfant demeure en son cœur. Ne pourriez-vous pas me prendre par la main pour que d'un seul coup je sois chez moi? » La jeune femme ne semblait pas ravie. Elle parla des sentiments qui doivent avoir l'harmonie du luth et de la cithare : « C'est en toute loyauté que je me suis donnée à vous. Mais vous me gardez tout en pensant à elle. Tout ce qui nous attachait par des liens étroits, tout cela n'était donc que mensonge! » Et Tchang Hong-tsien de s'excuser : « Pourquoi parlez-vous ainsi? Un proverbe dit : 'N'auraient-ils été unis qu'un jour, le mari et la femme se gardent une affection éternelle'. Plus tard, quand je serai retourné chez moi, je penserai à vous, comme maintenant je pense à elle. Si la nouvelle me faisait oublier l'ancienne, comment le prendriez-vous? » La jeune femme alors se mit à rire : « Le cœur de votre épouse est partial. Elle désire que vous ne l'oubliiez pas et exige que vous oubliiez les autres. Cependant si vous voulez retourner pour un temps, quelle difficulté à cela? Car votre maison est toute proche... » Alors elle l'entraîna par la manche hors de la maison. Il faisait nuit noire sur la route et Tchang Hong-tsien hésitait à avancer. La jeune femme dut le tirer derrière elle. Après un très court instant elle dit : « Nous voici arrivés. Retournez chez vous et moi je m'en vais. »

Tchang Hong-tsien se tint immobile pour observer attentivement : c'était bien la porte de sa maison. Il sauta par-dessus le mur en ruine et entra. Dans la grande salle une lampe brillait encore. Il s'approcha et de deux doigts frappa le vantail. De l'intérieur on demanda : « Qui est là ? » Alors Tchang Hong-tsien raconta d'où il venait. Quelqu'un, à l'intérieur, une bougie à la main, tira la barre de la porte : c'était vraiment Fang sa femme ! Tous deux, bouleversés et heureux, se tenant par la main, écartèrent la tenture. Il vit un enfant couché sur le lit et dit, très ému : « Lorsque je suis parti, l'enfant n'arrivait qu'à mes genoux, comme le voilà grand maintenant ! » Mari et femme, amoureusement appuyés l'un contre l'autre, étaient troublés comme au sortir d'un rêve. Tchang Hong-tsien raconta tout ce qui lui était arrivé, puis il demanda des nouvelles du procès. Il apprit ainsi que, des lettrés, certains étaient morts en prison, d'autres avaient été exilés au loin. Tchang Hong-tsien en rendit d'autant plus hommage à la clairvoyance de sa femme. Celle-ci, se laissant aller, se jeta dans ses bras : « Là-bas vous aviez une belle compagne ? Je pensais que vous ne vous souviendriez plus de celle qui pleurait, esseulée, dans ses couvertures. » Tchang lui répondit : « Si j'avais oublié, je ne serais pas là. Bien que j'aie parlé à l'autre d'amour éternel, nous n'étions pas, en fait, de même nature. Cependant cet amour que nous avons eu l'un pour l'autre est difficile à oublier. » Fang dit alors : « Qui suis-je donc, dites-moi ? » Tchang regarda attentivement : en fait, ce n'était pas Fang, mais Chouen-houa. De la main il toucha l'enfant : c'était une poupée de bambou. Alors que, rouge de honte, il demeurait sans voix, elle lui dit : « Votre cœur est maintenant dévoilé. Il est clair que c'est un devoir désormais que de nous séparer. Si vous n'avez pas encore oublié votre affection pour moi, c'est cependant insuffisant pour vous racheter à mes yeux. »

Deux ou trois jours passèrent. Soudain elle dit : « Je pense que vous êtes un sentimental d'avoir ainsi compassion de cette femme. Finalement notre union n'a ni sens ni intérêt. De jour en jour vous me détestez davantage de ne pas vous avoir donné congé. Eh bien, si en ce moment précis vous désirez vous rendre à la capitale, aussitôt dit, aussitôt fait, nous pouvons y aller ensemble. » Alors, allant à la tête du lit, elle y prit la poupée de bambou et ensemble ils l'enfourchèrent. Elle lui ordonna de fermer les yeux. Il eut l'impression d'avoir à peine quitté la terre, mais le vent sifflait à ses oreilles. Après un court instant, soudain ils atterrirent et la femme dit : « C'est là que nous nous quitterons. » Il allait lui faire des recommandations, mais déjà elle était partie et disparaissait au loin. Déconcerté, il resta immobile un instant, puis entendit un chien aboyer dans un village. Dans la plaine immense il vit des arbres et des maisons et cela avait tout l'aspect de son village. Il suivit le chemin qui le ramenait chez lui, franchit le mur et frappa à la porte : rien n'était changé depuis autrefois. Fang, son épouse, sursautant, s'était levée, mais elle restait incrédule. Mari et femme s'interrogèrent et se prouvèrent la réalité de leurs dires. Alors, levant sa lampe, elle franchit enfin le seuil en sanglotant et tous deux, dès qu'ils s'aperçurent, pleurèrent sans pouvoir se regarder en face. Cependant Tchang se demandait encore si ce n'était pas une tromperie de Chouen-houa. Et lorsqu'il vit à nouveau à la tête du lit un enfant couché, tout lui parut semblable à l'autre nuit et il dit en riant : « Vous avez encore apporté la poupée de bambou! » Fang ne comprenait pas et, changeant de couleur, dit : « Je vous attendais comme on attend la récolte. Les larmes que j'ai versées sur l'oreiller ont laissé des traces sur mon visage. Mais à peine avons-nous pu nous revoir que déjà votre pitié pour moi a disparu complètement. Est-ce là tout l'amour de votre cœur? » Tchang, ayant observé attentivement ses sentiments, pour la première fois lui prit le bras et, avec de profonds soupirs et gémissements, lui raconta toutes ses aventures. Puis il lui demanda l'issue du procès; — là aussi il en était comme Chouen-houa avait dit.

Alors qu'ils étaient ainsi à s'émouvoir sur leur passé, ils entendirent un bruit de pas au-dehors. A leurs questions, rien ne vint répondre. Or il y avait dans le village un jeune vaurien qui depuis longtemps épiait la belle Fang. Et, cette nuit-là, alors qu'il revenait d'un autre village, il avait vu de loin un homme sauter le mur et entrer chez elle. Il s'était dit : c'est certainement quelqu'un qui entre chez elle pour un rendez-vous d'amour. Et il avait suivi Tchang dans la cour. Le garçon autrefois n'avait pas bien connu Tchang, mais tapi contre terre, il les écoutait. Lorsque Fang demanda avec insistance : « Qui est là ? », il dit : « Et qui est dans la grande salle ? » Fang eut peur de dire la vérité et prétendit qu'il n'y avait personne. Alors le garçon répliqua qu'il écoutait depuis déjà longtemps et qu'il était de son devoir de faire saisir l'adultère. Fang, à bout de ressources, lui dit la vérité. Et le garçon de reprendre : « Mais le grand procès de Tchang Hong-tsien n'est pas clos. S'il est revenu chez lui, il faut encore le lier et le conduire au tribunal. » Malgré les pleurs et les lamentations de Fang, les discours du garçon devenaient de plus en plus violents. Tchang Hong-tsien, brûlant de colère, ne pouvait plus se maîtriser. Il prit un couteau, sortit droit devant lui et fendit le crâne du garçon. Celui-ci en tombant poussa encore un cri, mais Tchang le frappa derechef à plusieurs reprises et voilà le garçon mort : « Maintenant que c'en est venu là, dit Fang, votre cas est encore beaucoup plus grave. Sauvez-vous vite, je vous prie de me laisser prendre sur moi votre crime. » Mais Tchang de lui répondre : « Si votre mari en meurt, il en mourra. Mais comment pourrai-je vous laisser cette honte et de tels ennuis à mon fils, pour sauver ma vie ? Ne vous faites pas de soucis, mais veillez à ce que mon fils poursuive la tradition littéraire de la famille. S'il en est ainsi, je puis mourir... »

Le jour naissait quand il se rendit au tribunal pour s'accuser lui-même. Le sous-préfet Tchao, par suite de l'intervention de hauts personnages, punit légèrement Tchang Hong-tsien et le fit conduire de la préfecture à la capitale. Il supportait avec peine ses chaînes quand, sur le chemin, il rencontra une jeune femme sur un cheval que conduisait une vieille domestique : c'était Chouen-houa. Tchang appela la vieille femme pour lui parler et, tandis qu'il parlait, des larmes tombaient de ses yeux. La jeune femme tira en arrière sur les rênes et, écartant son voile de gaze, elle s'écria : « Oh, cousin, comment en êtes-vous arrivé là ? » Tchang lui raconta l'essentiel de l'affaire. La jeune femme reprit : « Si je m'en tenais à votre attitude passée, je devrais secouer la tête sans regarder derrière moi, mais je ne puis le supporter. Ma modeste demeure n'est pas loin et je prie les gardes de m'y accompagner. Je pourrai aussi vous aider un peu pour vos dépenses de voyage. » Ils allèrent ainsi à sa suite pendant deux ou trois lis (un peu plus d'un kilomètre) et aperçurent bientôt un village sur la montagne. Il s'y dressait une belle maison à étage et la jeune femme, descendant de cheval, y entra.

Elle donna l'ordre à sa vieille servante d'ouvrir les portes pour introduire ses hôtes. Bientôt le vin fut chaud, aussi abondant que délicieux : il semblait que tout avait été préparé dès le matin. Puis elle envoya sa vieille servante dire aux gardes : « Comme il n'y a pas d'homme à la maison, que le lettré Tchang veuille bien insister auprès des gardes pour qu'ils boivent de nombreuses coupes. Pour le chemin qu'il leur reste à faire, ce leur sera un précieux réconfort. Et ma maîtresse enverra un messager répartir sur la route plusieurs dizaines de pièces d'or pour subvenir aux besoins du lettré, et, en même temps, fournir à boire à ses hôtes, car vous êtes loin d'être arrivés... » Les deux gardes, en eux-mêmes, étaient tout joyeux et ils burent sans retenue, sans parler à nouveau de départ. A la tombée du jour, ils étaient complètement ivres. Alors la jeune femme sortit et à peine avait-elle tendu la main vers les chaînes que celles-ci instantanément tombèrent. Entraînant Tchang, elle le fit monter avec elle sur son cheval qui partit en un galop rapide comme le vol de l'oiseau. Au bout d'un court instant elle le pressa de descendre : « Arrêtez-vous ici, dit-elle. J'ai avec ma sœur cadette un rendez-vous dans le Koukounor [1]. Et à cause de vous je resterai là-bas un long moment. Puis-je vous demander de ne pas m'oublier ? » Tchang lui demanda alors quand ils se reverraient, mais à cette question la jeune femme ne répondit pas. Comme il posait à nouveau la même question, elle le poussa, le forçant à descendre de cheval, et s'en alla.

Quand il fit jour, Tchang Hong-tsien demanda où il était : c'était T'ai-yuan [2]. Il se rendit au chef-lieu de la commanderie et loua une maison pour y donner des leçons à des élèves. Sous un nom d'emprunt il fut promu précepteur au palais. Dix ans plus tard, ayant appris après enquête que les recherches pour retrouver l'évadé avaient fini par cesser, il reprit le chemin de l'Est. Lorsqu'il arriva à la porte du village, il n'osa pas entrer immédiatement et attendit que la nuit fût profonde pour y pénétrer. Parvenu au seuil de sa maison, il vit que le mur d'enceinte était haut et solide et qu'il était impossible de l'escalader. Il ne lui restait qu'à frapper à la porte de sa cravache. Au bout

1. A plusieurs milliers de kilomètres à l'ouest. Les montagnes et les déserts de l'Ouest de la Chine étaient considérés comme la demeure des immortels.
2. La capitale du Chansi, à mi-chemin entre le village natal de Tchang Hong-tsien et le point extrême de son exil à l'ouest.

d'un long moment, sa femme sortit s'enquérir du bruit. Tchang lui parla à voix basse. Au comble de la joie, elle le fit entrer puis le gronda d'une voix forte : « Dès que vous avez eu un peu d'argent à la capitale, vous auriez dû revenir. Et comment avez-vous pu vous contraindre à ne venir qu'au milieu de la nuit? » Ils entrèrent dans la grande salle et chacun raconta son histoire. Il apprit ainsi que les deux gardes s'étaient enfuis et n'étaient jamais revenus. Pendant leur conversation, une jeune femme, qui était derrière la tenture, entra soudain. A la question de Tchang, sa femme répondit : « C'est notre bru. » Puis Tchang demanda : « Où est notre fils? — Il est allé à la capitale de la province, lui répondit-elle, pour les examens provinciaux et n'est pas encore revenu. » Tchang se mit à pleurer : « Pendant ces années que je passais au loin, mon fils est déjà devenu quelqu'un. Je ne pensais pas qu'il pourrait ainsi continuer la tradition familiale des lettrés : combien a-t-il fallu que vous y donniez de soucis et de peines! » Il n'avait pas fini de parler que déjà sa bru avait tiédi du vin et préparé un repas; elle le disposa sur la petite table qui en fut couverte. La joie et le réconfort qu'en ressentit Tchang dépassaient ses espérances.

Tchang resta chez lui plusieurs jours, se cachant dans la chambre à coucher, car il craignait que l'on vînt à apprendre sa présence. Une nuit Fang était couchée lorsqu'elle entendit soudain des voix très excitées. Des gens frappaient à la porte très violemment. Fang eut très peur et se leva immédiatement. Puis elle entendit quelqu'un demander : « Y a-t-il une porte à l'arrière de la maison? » Sa peur s'accrut encore et, en toute hâte, un battant de porte servant d'échelle, elle aida Tchang à franchir le mur d'enceinte pour s'échapper. Puis elle se rendit au portail demander ce qui se passait, où on lui annonça le succès tout récent de son fils. Fang en fut très heureuse mais regretta fort la fuite de son mari : il était en effet impossible de le rattraper et de le ramener.

Cette même nuit Tchang, à travers broussailles et arbustes, s'enfuit si précipitamment qu'il ne vit pas la direction qu'il prenait. Lorsque le jour parut, il était épuisé. Il se ressouvint alors que son projet primitif était de se diriger vers l'Ouest. Il interrogea un voyageur et apprit ainsi qu'il n'était pas loin d'une route qui menait à la capitale. Tchang entra ensuite dans un village pour mettre ses vêtements en gage afin de pouvoir manger. Il y vit une maison de noble allure qui portait un placard collé sur le mur. S'approchant pour lire, il vit qu'il s'agissait d'une famille Hiu qui venait d'avoir un fils reçu aux examens provinciaux. Bientôt un vieillard sortit de la maison. Tchang alla à sa rencontre et, le saluant les mains jointes, lui exposa son affaire. Le vieillard remarqua que ses manières et son maintien étaient très raffinés et comprit qu'il ne s'agissait pas d'un mendiant. Il l'invita à entrer, lui offrit l'hospitalité, et lui demanda où il allait. Tchang inventa une histoire selon laquelle il tenait une école à la capitale et, y retournant, était tombé en route dans les mains de brigands. Le vieillard lui offrit de rester instruire son jeune fils. Tchang l'interrogea brièvement sur sa situation dans la hiérarchie mandarinale : c'était un ancien directeur d'un service officiel de la capitale, maintenant retiré à la campagne. Le candidat heureux des examens provinciaux était son neveu.

Après un peu plus d'un mois, le nouveau gradué revint à la maison, accompagné d'un camarade de promotion : celui-ci fut présenté comme un certain Tchang, de Yong-p'ing, jeune homme de dix-huit ou dix-neuf ans. Tchang Hong-tsien, apprenant que son village d'origine était le même que le sien, se demanda secrètement si ce n'était pas son fils. Mais, dans son district, beaucoup portaient ce même nom de famille et, pour le moment, il tut ses doutes. Le soir venu, lorsqu'on ouvrit les bagages pour en sortir le registre des nouveaux licenciés (qui donnait l'état-civil précis de chaque candidat), il le prit fébrilement, l'ouvrit, le lut : c'était bien son fils! Il ne s'aperçut même pas que ses larmes coulaient; tous, stupéfaits, l'interrogeaient. Lui, montrant du doigt son nom, dit : « Tchang Hong-tsien, c'est moi! » Et il raconta toute son histoire. Tchang le lauréat, serrant son père dans ses bras, pleurait à gros sanglots. L'oncle Hiu et son neveu les consolaient et les encourageaient. Peu à peu la joie vint sécher leurs larmes. Hiu leur donna de l'or, de la soie et des lettres à remettre à chaque haut fonctionnaire.

Le père et le fils s'en retournèrent ensemble. Depuis qu'elle avait appris la nouvelle, Fang, à se demander si son mari était en vie ou non, était de jour en jour plus triste. Quand elle entendit dire que le licencié était sur la route du retour, l'émotion qui s'empara d'elle lui fut encore plus cruelle. Peu de temps après, le père et le fils entrèrent ensemble dans la maison : elle fut saisie comme si le ciel lui tombait sur la tête. Après que par ses questions elle eut appris ce qui s'était passé, ils se laissèrent aller, tous ensemble, à une joie mêlée de tristesse.

Le père du garçon qui avait été tué, voyant que le fils de Tchang était devenu un personnage, n'osa plus, malgré son hostilité, faire revivre le passé. Tchang s'en montra d'autant plus généreux à son égard. En même temps, il lui raconta en détail les faits de cette année-là. Le père du garçon en fut honteux et ils entretinrent ensuite de bonnes relations.

Tr. : M. Hervouet.
Rv. : M. Ruhlmann.

Wang Kouei-an

Wang Si avait pour prénom usuel Kouei-an; il était le descendant d'une famille noble de la ville de Ta-ming (au Hopei). Une fois qu'il voyageait dans les contrées du Sud, il amarra l'ancre de son bateau sur la rive d'un fleuve. Sur le bateau voisin, ô combien gracieuse et séduisante, la fille d'un marinier brodait des mules. Alors que Wang, à la dérobée, regardait depuis longtemps, la jeune fille faisait celle qui ne voit rien. Il se mit alors à réciter à haute voix, pour être entendu d'elle, une poésie intitulée « La fillette de Lo-yang, notre voisine d'en face ». Et la jeune fille sembla comprendre son message car elle lui jeta un regard de côté en levant légèrement la tête. Puis elle l'abaissa et reprit sa broderie comme si de rien n'était. Wang n'en fut que plus troublé. Il saisit un lingot d'or et le lui lança. La fille le reçut sur le pan de son vêtement, le rejeta comme si elle eût ignoré que ce fût de l'or; et le lingot alla s'échouer sur la rive où Wang alla le rechercher. Après quoi, il prit un bracelet d'or qu'il lui jeta. Le bracelet tomba aux pieds de la belle qui continua son ouvrage sans lui donner même un regard. Quand peu après le batelier revint, Wang tremblait qu'en voyant le bracelet, il ne fit tout un interrogatoire, et cela le rendait fort anxieux. Mais la jeune fille, le plus posément du monde, le dissimula sous ses pieds. Le batelier détacha son esquif. Et les voilà partis tout droit devant eux en suivant le courant, tandis que Wang demeurait sur sa banquette, l'esprit et le cœur désemparés, figé dans ses pensées.

Or, à cette époque, Wang, qui avait été marié, était veuf. Aussi regretta-t-il de n'avoir pas agi régulièrement par l'intermédiaire d'un entremetteur. Il se prit à interroger tout le monde sur les bateaux voisins, mais nul ne sut lui dire l'identité des partants. Alors, retournant à sa propre barque, il se hâta de les poursuivre. Et quand ses yeux furent épuisés d'avoir scruté les alentours, il n'avait toujours pas découvert où ils étaient allés. Il fut alors contraint de détourner son bateau pour repartir vers le Sud où il avait à faire. Quand il put enfin retourner vers le Nord, il s'informa à nouveau avec minutie tout au long du fleuve. Mais pas de nouvelles. Rentré chez lui, au lit, à table, partout, il songeait sans cesse à elle.

L'année suivante, il se rendit à nouveau dans le Sud. Ayant acheté un bateau, il le fixa à la rive du fleuve, comme s'il voulait en faire sa demeure. Jour après jour, il dénombra avec soin tous les bateaux qui passaient tant et si bien que voiles et rames lui étaient devenues familières, mais le bateau de jadis n'apparut jamais à son regard. La moitié d'une année s'écoula ainsi, ses ressources s'épuisèrent et il dut s'en retourner. Debout, assis, il pensait toujours à la même chose sans pouvoir s'en détacher un instant.

Une nuit, il fit un rêve : arrivé à un village riverain du fleuve après avoir franchi plusieurs portiques, il aperçoit une maison dont le portail de branchages ouvre au sud. A l'intérieur, un enclos de bambous clairsemés, qu'il suppose être un jardin d'agrément. Il y entre tout droit et y voit un arbre *ye-ho* (albizzie) aux branches chargées de fils de soie rouge. Il se mit à réciter en son for intérieur cette poésie où il est dit : « Devant la porte une albizzie tout en fleur... » C'était tout à fait cela. A quelques pas de là, il voit, vigoureux et net, un palmier-nain. Il pousse plus avant jusqu'au bâtiment du nord grand comme trois chambres contiguës et dont la porte à deux battants était close. La fenêtre du petit bâtiment du sud était dissimulée par des feuilles de bananier rouge. Il se penche pour observer à l'intérieur. Des jupons bariolés garnissaient le meuble à vêtements face à la fenêtre : c'était donc là le gynécée. Intimidé, il recule, mais de l'intérieur, on l'a déjà aperçu; quelqu'un se précipite vers le visiteur. Visage doucement fardé, sourcils légèrement peints, c'est la demoiselle du bateau. Plein d'une joie inespérée, il lui dit : « Voilà donc le jour de notre rencontre! » Au moment où il va l'étreindre, le père de la jeune fille rentre soudain. La peur le réveilla brusquement, et alors seulement, il sut que c'était un rêve. Mais le paysage et tous les êtres demeuraient nets comme s'ils étaient devant ses yeux. Il conserva ce rêve secret, craignant, s'il le confiait à d'autres, d'en gâcher le souvenir.

Après plus d'une année, il gagna à nouveau la commanderie de Tchen-kiang (au Kiangsou, près du Yang-tseu), au sud de laquelle il avait un vieil ami de famille, l'intendant Siu, qui l'invita à boire dans la soirée. Et Wang s'en alla au gré de son cheval. Comme il entrait par hasard dans un petit village, il eut l'impression d'avoir déjà vu la route et tous les détails du paysage, et déjà vu aussi dans une cour intérieure une albizzie avec tout ce qui l'entourait. Très troublé, il jette à terre son fouet et pousse plus avant. Et voilà que chaque détail perçu est en tout identique à son rêve. Il pénètre dans les jardins : les bâtiments ont le nombre de pièces requis. C'est bien son rêve qui se réalise : il n'est plus inquiet. Il s'élance vers le bâtiment du sud. La jeune fille du bateau ne manque pas de s'y trouver. Elle avait aperçu Wang de loin. Elle se dresse, effrayée, à son approche et se dissimule derrière le battant de la porte, en criant avec colère : « D'où vient cet homme ? » Wang hésite à s'avancer mais, tout en se demandant encore s'il ne rêve pas, il continue à progresser lentement. Ce voyant, elle ferme la porte avec violence. « Ne reconnais-tu pas, dit Wang, celui qui t'a jeté le bracelet ? » Il lui raconta tout : le désespoir de son cœur, puis le présage du rêve. La jeune fille toujours séparée par la porte, exigea de savoir quelle était sa famille. Wang le lui expliqua en détails. « Alors, reprit-elle, puisque vous êtes descendant de fonctionnaires, il y a bien sûr à votre foyer une brillante maîtresse de maison; en quoi auriez-vous besoin de moi ? »

— Ah ! répliqua Wang, n'était-ce à cause de toi, j'aurais certes pris épouse depuis longtemps !

— En vérité, vos paroles, si elles sont sincères, suffisent à me révéler votre cœur. Pourtant, ces sentiments, il m'est difficile de les faire connaître à mes parents, quoique, moi aussi, malgré leur volonté, j'ai refusé la demande de plusieurs familles. Ton bracelet d'or, je l'ai toujours. Je savais que s'il s'agissait d'un sentiment sincère, on s'acharnerait à me retrouver. Mes parents se trouvent être en visite dans ma famille maternelle, leur retour ne saurait tarder. Allons, retire-toi pour l'instant.

Va quérir l'entremetteur et reviens avec les présents d'usage. Crois-moi, ton projet ne restera certainement pas sans réponse. Mais si tu as pu convoiter une union sans rites, alors ton cœur est fourbe.

Wang allait se retirer hâtivement, quand la jeune fille de loin l'interpella :

— Eh! mon nom de famille est Mong, je m'appelle Yun-niang, et mon père Kiang-li.

Wang acquiesça, enregistra ces noms dans sa tête et s'en alla.

Il quitta tôt la réception offerte par M. Siu, pour aller rendre visite à Kiang-li. Le vieillard alla à sa rencontre et il disposa des sièges au pied de l'enclos de bambous. Wang expliqua le rang social de sa famille, puis il en vint au but de sa visite et proposa cent pièces d'or comme cadeau de fiançailles. Le vieillard dit : « Ma modeste fille est déjà promise. » Wang répliqua : « Je suis parfaitement renseigné et ne doute aucunement qu'elle n'attende ma demande. Quelle est dont la raison d'un refus aussi définitif?

— C'est très récemment qu'elle a été promise, je ne me permettrais pas de vous mentir. »

Wang se sentit perdre l'esprit. Des deux mains jointes, il présenta ses adieux et partit en se demandant où était la vérité. Cette nuit-là, il se retournait sans cesse dans son lit, incapable de trouver le sommeil. Hélas! il n'avait personne qui pût intercéder pour lui. Auparavant il avait songé à entretenir l'intendant de son amour, mais il redoutait que ce grand personnage ne se gaussât de son projet de mariage avec une fille de batelier. Mais actuellement, l'affaire était urgente, et il ne disposait d'aucun autre intermédiaire. Aussi, le lendemain alla-t-il rendre visite à l'intendant et lui avoua-t-il la vérité. « Je suis, dit celui-ci, en relation avec ce vieillard; il est le petit-fils de ma grand-mère maternelle. Pourquoi ne m'en avez-vous pas parlé plus tôt? » Wang lui avoua alors ses sentiments secrets. Et l'intendant, surpris : « Bien que Kiang-li, effectivement soit pauvre, en temps ordinaire il n'a pas pour métier d'être batelier. N'y aurait-il pas une erreur? »

Là-dessus, il envoya son fils Ta-lang chez Mong Kiang-li, qui lui dit : « Bien que je sois dénué de ressources, je ne marie pas ma fille pour en tirer de l'argent. Le jeune seigneur s'était présenté en imaginant que je ne manquerais pas d'être sensible à son or. C'est pour cette raison qu'il ne m'était pas possible de songer à une alliance. Mais puisque je reçois un ordre de Votre Seigneurie, il n'y a plus d'erreur possible. Seulement ma fille croit au bel amour, elle a déjà refusé de bonnes familles, je ne peux pas ne pas la consulter, pour éviter qu'elle ne me reproche plus tard de l'avoir mariée au loin. »

Il se leva alors, disparut un instant et revint pour témoigner de son accord en saluant les mains jointes. Ils fixèrent la date du mariage en se séparant.

Ta-lang rendit compte à son père de sa mission, et Wang prépara de riches cadeaux et un trousseau de mariée qu'il porta chez Mong. Il s'installa dans la maison de l'intendant pour aller personnellement au-devant de sa fiancée au moment des cérémonies du mariage. Trois jours après, Wang prit congé de son beau-père et retourna vers le Nord. La nuit, dans leur bateau, il interrogea Yun-niang : « Quand je t'ai jadis rencontrée en cet endroit même, je me doutais bien que tu ne pouvais être une simple fille de batelier. Vers quel lieu ce jour-là avez-vous donc navigué?

— Vers la demeure de mon oncle, au bord du fleuve, au nord; nous avions, par hasard, emprunté un petit bateau pour aller lui rendre visite. Dans ma famille, nous pouvons à peine subvenir à nos besoins; cependant, les biens matériels qui nous échoient à l'improviste, nous les avons en piètre estime, vois-tu. Il est amusant qu'avec deux prunelles plus petites que des pois, tu aies cru à plusieurs reprises m'émouvoir en me donnant de l'or. Dès le début, en écoutant ta voix, j'ai su que tu étais un lettré distingué, et en même temps, je me doutais bien que tu étais aussi un garçon volage, car tu me faisais des avances, me prenant pour une femme de mauvaise vie. Si mon père avait vu le bracelet d'or, eh bien, tu serais mort, et sans sépulture. Mais ne suis-je pas résolument venue à ton secours?

Wang plaisanta :

— Oh bien sûr, tu es très maligne, mais tu es tout de même tombée dans mon piège.

— Que veux-tu dire?

Wang ne dit pas un mot de plus. Mais comme elle insistait : « Chaque jour, fit-il, nous rapproche de chez moi, je ne puis garder mon secret plus longtemps. Voici donc la vérité : j'ai déjà une épouse; c'est la fille du ministre Wou. » Et comme Yun-niang n'en croyait rien, il accumulait les mensonges pour la convaincre. Elle changea de couleur, resta muette un moment, puis se levant soudain, elle s'enfuit en courant. Wang vola à sa poursuite, mais elle s'était jetée dans la rivière. Il poussa de grands cris, l'alarme fut donnée sur tous les bateaux. Dans la nuit noire, seules les étoiles couvraient le fleuve de leur pointillement. Jusqu'au matin, Wang demeura douloureusement prostré. Puis il descendit tout le long du fleuve. Il donna un prix élevé pour qu'on lui rapportât du moins le corps, mais personne ne le découvrit. Triste à en mourir, il s'en retourna, tour à tour agité et accablé par sa détresse. Il redoutait également de n'avoir, si le vieillard arrivait pour voir sa fille, pas une seule parole à répondre. Aussi, donna-t-il des ordres pour qu'on lui prépare un attelage en vue d'aller séjourner chez son beau-frère, fonctionnaire au Honan. Et c'est seulement au bout d'une année entière qu'il songea au retour. En route, il fut surpris par le mauvais temps et dut se réfugier dans la demeure de gens modestes. Il aperçut dans la galerie nette et propre, une vieille dame qui jouait avec un enfant. Celui-ci, voyant Wang pénétrer, lui demanda de le prendre dans ses bras. Wang le saisit, étonné, et comme il constatait que l'enfant était doux et très gentil, il le mit sur ses genoux. Quand la vieille dame l'appela, l'enfant ne voulut pas le quitter. Un instant après, la pluie cessa. Wang rendit l'enfant à la vieille dame, et descendit dans le hall pour plier bagages. L'enfant dit en pleurant : « Mon papa s'en va! » La vieille dame, honteuse, le réprimandait sans pouvoir le calmer. Alors elle l'emporta de force. Wang s'assit en attendant qu'on ait achevé les préparatifs de son départ; soudain, une jeune beauté sortit de derrière le paravent, l'enfant dans les bras. C'était Yun-niang. Il n'était pas encore remis de son saisissement qu'elle lui faisait de violents reproches : « Fourbe, tu m'as laissé ce morceau de chair, que vais-je en faire? ... » Alors Wang sut que c'était son propre fils et son cœur fut déchiré d'amertume. Il n'avait pas le temps d'interroger sa femme sur ce qui lui était arrivé; il voulut tout d'abord lui prêter serment sur le soleil que les paroles qu'il avait dites jadis, ce n'était que par jeu. Aussi l'indignation de Yun-niang fit-elle place peu à peu à la douleur. Ils demeuraient tous deux face à face, refoulant leurs larmes.

Cette maison avait pour maître le vieux monsieur Mo qui, arrivé à la soixantaine, n'avait pas d'enfant. Alors qu'il revenait avec sa femme d'un pèlerinage à la mer du Sud, il avait attaché un jour son bateau au bord du fleuve. Yun-niang, qui allait à la dérive emportée par le courant, s'en vint heurter la quille. Sur les ordres du vieillard, les serviteurs la repêchèrent. Après des soins prodigués la nuit entière, elle commença à reprendre connaissance. Le vieillard et sa femme s'aperçurent avec joie qu'elle était belle; ils l'adoptèrent et l'emmenèrent vivre avec eux. Puis, au bout de quelque temps, ils désirèrent choisir un gendre mais Yun-niang s'y opposa. Le dixième mois, elle mit au monde un fils. On l'appela Tsi-cheng, ce qui veut dire « Né sous le toit d'un autre ». Au moment où Wang s'arrêtait à cause du mauvais temps, il atteignait un an.

En apprenant tout cela, Wang renonça aussitôt à continuer son chemin. Il se rendit auprès du vieillard et de sa femme, et ils s'entresaluèrent comme gendre et beaux-parents. Il habita quelques jours chez eux, puis tous se rendirent chez Wang où le vieux monsieur Mong se trouvait depuis déjà deux mois. En arrivant, il avait remarqué l'état d'esprit incertain des domestiques et leurs paroles équivoques, et de graves soupçons avaient germé dans son esprit. Quand il revit ses enfants, ce fut une grande joie pour tous. Et quand ils lui racontèrent tout, il sut que ses craintes n'avaient pas été sans fondement.

Tr. : Mme Kaltenmark.
Rv. : M. Hervouet.

Fang Wen-chou

Teng Tch'eng-tö, de K'ai-fong (capitale du Honan), avait émigré pour ses études jusque sur le territoire de la préfecture de Yen-tcheou (à quelque 300 kilomètres à l'est, au Chantong). Il y habitait dans un temple en ruine et gagnait sa vie comme copiste au service de ceux qui compilent des ouvrages. A la fin de l'année, quand ses collègues retournèrent chacun chez soi, Teng se faisait tout seul sa cuisine dans le temple. Un matin à l'aube, une jeune femme frappa à la porte et entra. Sa beauté était extraordinaire. Elle alla jusqu'à la statue du Bouddha, y fit brûler de l'encens, se prosterna le front contre terre puis s'en alla. Le jour suivant, il en fut de même. Cette nuit-là, Teng s'était levé et remontait la lumière de sa lampe, car il avait quelque chose à faire, lorsque la femme arriva, encore plus tôt que d'habitude. Teng lui dit : « Que vous êtes venue de bonne heure! » Et celle-ci de lui répondre : « Demain il y aura foule. C'est pourquoi je préfère cette heure matinale. Mais il était vraiment trop tôt; aussi ai-je craint de troubler votre sommeil paisible. Et voilà que j'ai vu de loin la lumière de votre lampe, et j'ai su que vous étiez déjà debout. Aussi me suis-je approchée. » Le lettré plaisanta : « Il n'y a personne dans le temple. Y dormir vaut mieux que courir çà et là. » La femme sourit : « S'il n'y a personne dans le temple, êtes-vous donc un démon? » Teng vit qu'il pouvait prendre davantage de libertés. Il attendit qu'elle eût fini ses dévotions et l'entraîna alors sur un siège pour lui demander de s'amuser avec lui. Mais elle dit : « Comment pourrait-on agir ainsi en présence du Bouddha? Vous n'avez même pas un bout de toit à vous et vous n'en nourrissez pas moins des espoirs absurdes. »

Les sollicitations pressantes de Teng n'avaient pas encore cessé que la femme reprit : « Allez à trente lis d'ici dans tel village. Il y a six ou sept jeunes gens pour qui on veut engager un maître, mais cela n'a pas encore abouti. Vous irez rendre visite à Li Ts'ien-tch'ouan : vous pouvez avoir la place. Vous prétendrez que vous avez une famille pour obtenir que l'on vous donne un logement séparé. Et c'est moi qui vous ferai la cuisine. Ceci est un plan sérieux!... » Teng réfléchissait que si l'affaire était éventée, il serait dans son tort. Alors la femme lui dit : « C'est sans histoire. Mon nom de famille est Fang et mon prénom, Wen-chou. Je n'ai pas non plus de famille proche. Ordinairement j'habite toute l'année chez un oncle maternel. Qui le saura? » Alors Teng se réjouit et, après avoir pris congé de la femme, se rendit aussitôt dans le village en question.

Il alla présenter ses respects à Li Ts'ien-tch'ouan et ses projets se réalisèrent comme prévu. Ils convinrent qu'avant la Nouvelle Année il viendrait avec sa famille. Il rentra chez lui et à l'aube suivante avertit la femme. Celle-ci convint avec lui qu'elle l'attendrait sur la route. Teng avertit de son départ ses collègues et empruntant une monture, s'en alla. La femme, comme prévu, l'attendait au milieu du chemin. Alors il descendit de sa monture dont il donna les rênes à la jeune femme et ils allèrent ainsi, lui conduisant le cheval. Arrivés à leur demeure, ils furent très heureux de s'être rencontrés.

Six ou sept années se passèrent où ils ne connurent pas autre chose que l'harmonie du luth et de la cithare. Et il n'y eut personne qui vint rechercher celui qui s'était ainsi caché. Fang Wen-chou, un jour, mit au monde un fils et Teng, à qui sa femme [1] n'en avait pas donné, se réjouit de l'avoir et lui donna le nom de Yen-cheng (né à Yen). Mais la femme lui dit : « D'un faux mariage il est en fin de compte difficile de faire un vrai. Je vais prendre congé de vous et m'en aller. Et de plus à quoi sert d'avoir mis au monde cet embarras? » Teng lui dit : « Il se trouve par chance que j'ai quelques économies. J'ai l'intention de retourner avec vous à mon village natal. Pourquoi parler ainsi? » Mais elle lui dit : « Merci, merci! Je ne suis pas capable de baisser les épaules et sourire d'un air flatteur en

1. Il avait été marié dans son village natal.

levant les yeux vers votre épouse et de n'être pour elle qu'une nourrice. Un bébé qui pleure est pour moi difficile à supporter. » Teng expliqua que sa femme n'était pas jalouse. Mais Fang Wen-chou ne répondit rien.

Après un peu plus d'un mois, Teng ferma son école. Il projetait d'aller faire du commerce avec le fils de Li Ts'ien-tch'ouan. Il avertit la femme : « Je pense qu'un professeur qui monte une école n'a aucune chance de s'enrichir. Maintenant je vais m'exercer dans le petit commerce. Je reviendrai probablement un jour. » A cela encore la femme ne répondit rien. La nuit venue, elle se leva soudain, tenant son enfant dans les bras. Teng lui demanda ce qu'elle faisait et elle répondit : « Je veux m'en aller. » Teng se leva en hâte et la poursuivit tout en l'interrogeant. Mais la jeune femme avait déjà disparu sans même ouvrir la porte. Grande fut la peur de Teng : il comprenait enfin qu'elle n'était pas un être humain. Mais, parce que son passé n'était pas pur de tout soupçon, il n'osa pas, lui non plus, avertir quelqu'un et parla simplement du retour de la femme dans sa famille.

Avant tout cela, quand Teng avait quitté son village, il était convenu, avec son épouse, la dame Leou, de retourner chez lui à la fin de l'année. Mais comme depuis déjà plusieurs années il n'avait pas donné de nouvelles, on avait raconté qu'il était mort. Son frère aîné, qui n'avait pas d'enfant, voulut changer d'épouse en épousant Leou. Celle-ci, qui y avait mis un délai de trois ans, de jour en jour se sentait plus solitaire en sa chambrette. Elle s'épuisait au rouet. Un jour, à la tombée de la nuit, comme elle allait mettre la barre à la porte de la rue, une femme entra en se cachant. Elle portait contre son sein un enfant dans les langes et dit : « Je reviens de chez ma mère. Il se fait tard et sachant que vous habitez seule, je viens vous demander de me recevoir pour la nuit. » Leou la fit entrer. Alors, elle la regarda : c'était une femme très belle, d'une vingtaine d'années. Tout heureuse de partager sa couche avec elle, elle se mit à jouer avec l'enfant qui était blanc comme une calebasse. Elle soupira : « Moi qui suis veuve je n'ai pas même cela. » La mère alors lui dit : « Moi je me plains justement de ce qui ne m'est qu'embarras. Que diriez-vous de l'adopter pour en faire votre descendant ? » Leou lui dit : « Quelle femme supporte d'être séparée de ce qu'elle aime ? Et si vous vous le pourriez, moi je n'ai pas de lait. Comment pourrais-je le faire vivre? » — Nulle difficulté à cela, répondit l'autre. Quand j'ai mis au monde cet enfant, je n'avais malheureusement pas de lait. J'ai pris une demi-dose d'un remède et cela a eu de l'effet. Et j'ai encore le reste de ce remède. » Et aussitôt elle lui en fit cadeau en sortant un paquet qu'elle posa devant la fenêtre. Leou le reçut sans y faire attention; sur le moment elle ne s'en étonna même pas. Après avoir dormi, lorsqu'elle s'éveilla et appela l'autre femme, l'enfant était bien là mais la mère avait ouvert et refermé la porte et était partie.

Grande fut sa peur. Lorsque le soir vint et que l'enfant criait tant il avait faim, Leou, n'ayant pas d'autre ressource, avala le médicament. Au bout d'un moment, le lait coulait de sa poitrine et elle put nourrir le bébé. Après plus d'une année, l'enfant était peu à peu devenu magnifique et il commençait à parler. Elle l'aimait comme s'il avait été son propre fils. Le projet de mariage en avait été interrompu et, bien qu'elle se levât tôt pour prendre le bébé dans ses bras, elle ne trouvait pas le temps de travailler. Elle était de plus en plus dans le besoin pour ses vêtements et sa nourriture. Un jour, soudain, la mère arriva. Leou eut peur que ce ne fût pour chercher son enfant; elle la questionna d'abord sur la façon coupable dont elle était partie sans l'avoir consultée. Puis elle lui raconta les difficultés qu'elle avait à nourrir l'enfant. La mère se mit à rire : « Vous m'informez de vos difficultés. Comment pourrais-je donc abandonner l'enfant et ne pas le reprendre? » Et elle appela le bébé. Mais celui-ci, en criant, se jeta dans les jupes de Leou. Et la femme de dire : « Le jeune veau ne connaît pas sa mère. Cent lingots d'or n'y peuvent rien changer. Mais on pourrait aller au tribunal et, avec de l'argent, y faire établir un acte officiel qui soit une garantie. » Leou n'y trouva rien à redire, mais son visage devint tout rouge. L'autre femme lui dit en riant : « Ne craignez pas. Je suis venue garantir que c'est bien votre enfant. Ne vous souciez pas pour l'avenir de n'avoir pas suffisamment de ressources pour le nourrir. Car de quelque façon que ce soit je vous laisserai plus de dix lingots d'or. » Et elle sortit l'argent pour le donner à Leou. Mais celle-ci craignit que si les choses se passaient ainsi, la mère aurait à l'avenir des arguments pour reprendre son enfant et refusa énergiquement l'argent. Cependant la mère le déposa sur le lit et traversa la pièce vers la porte pour s'en aller. Leou, l'enfant dans les bras, sortit à sa poursuite, mais elle était déjà loin. Elle l'appela, mais la jeune femme ne se retourna même pas. Tout en se demandant si les intentions de la mère avaient bien été bonnes, Leou utilisa l'argent. En le prêtant à des taux quelque peu usuraires, sa maison connut l'aisance.

Trois années se passèrent encore. Teng qui avait tiré de son commerce de grands bénéfices, mit en ordre ses affaires pour s'en retourner dans son village natal. Alors que les deux époux étaient en train de se consoler l'un l'autre, il vit l'enfant et demanda de qui il était le fils. La femme lui raconta l'histoire. Il demanda quel était son nom : « Sa mère, dit-elle, l'appelait Yen-cheng et j'ai gardé cet ancien nom. » Teng fut stupéfait : « C'est donc bien mon fils! » dit-il, et il demanda la date de l'événement. Or Fang Wen-chou était arrivée la nuit même où elle l'avait quitté. Teng raconta alors avec précision les circonstances de sa vie commune avec Fang Wen-chou et de leur séparation. Et ils purent ainsi d'autant mieux se réjouir et se consoler mutuellement. Il espérait cependant que Fang Wen-chou reviendrait, mais elle resta toujours invisible.

Tr. : M. Hervouet.
Rv. : M. Ruhlmann.

Le lettré Souen

Dans mon village habitait un lettré appelé Souen qui avait épousé une fille de vieille famille appelée Sin. Le jour où elle franchit la porte de son mari, la jeune femme portait des caleçons de chasteté, avec de nombreux liens à sa ceinture; tout son corps était étroitement enserré. Elle repoussa le garçon sans vouloir partager sa couche et s'arma d'instruments tels que des alènes et des épingles à cheveux qu'elle plaçait près de son lit afin de se défendre. Souen après avoir reçu plusieurs coups d'épingles dut coucher sur un autre lit.

Après plus d'un mois, il n'osa plus « s'enquérir des tripodes [1] ». Lorsque dans la journée ils se rencontraient, il n'arrivait jamais que la jeune femme en profitât pour dire un mot ou pour sourire. Tous les camarades d'étude de Souen étaient au courant de cette situation. L'un d'eux vint lui demander en aparté : « Est-ce que votre femme peut boire? — Elle boit un peu », lui répondit-il. Pensant lui jouer un tour, l'autre ajouta : « J'ai un procédé pour arranger les relations entre vous. Il est excellent et vous pourrez le mettre en pratique. » Souen demanda quel était ce procédé et l'autre lui expliqua : « Vous mettez dans le vin un produit qui trouble la raison. Si vous obtenez d'une façon quelconque qu'elle en boive, alors il en sera pour vous comme vous le désirez. » Souen sourit à cette idée et pensa que ce plan avait du bon. Il le trouva admirable quand il eut consulté un médecin; il fit bouillir une tête de corbeau dans du

1. Des tripodes sacrés étaient jadis les emblèmes du pouvoir. « S'enquérir des tripodes » signifie « prétendre au trône ». D'autre part le tripode est parfois une métaphore qui désigne la femme.

vin; il plaça cette décoction sur la table et, quand vint la nuit, il fit chauffer un autre vin dont il but tout seul plusieurs coupes, puis s'endormit. Il en fut ainsi pendant trois soirs, mais sans que sa femme ne voulut jamais boire.

Une nuit, Souen qui était couché depuis quelques temps, vit sa femme encore assise, toute seule. Il fit semblant de ronfler. Sa femme descendit bientôt de sa couche, prit du vin et le réchauffa sur la cassolette. Tandis que Souen se réjouissait intérieurement, elle en remplit une coupe, puis une deuxième, puis d'autres encore jusqu'à ce qu'elle eût vidé à moitié le vase à vin. Elle reversa le restant dans la cruche, effleura le lit de Souen en passant et se coucha. Au bout d'un long moment, il n'entendit aucun bruit; la lampe qu'elle n'avait pas éteinte brillait encore. Se demandant si elle était toujours éveillée, il cria : « Le chandelier d'étain est en train de fondre! », mais la femme ne répondit pas. Il cria à nouveau mais elle ne répondit pas davantage. Il alla, tout nu, regarder : sous l'effet du breuvage, elle dormait d'un sommeil de plomb. Il ouvrit la couverture et se glissa dessous. L'un après l'autre, il rompit les liens qui l'enserraient. La femme, bien entendu, s'éveilla pendant cette opération, mais elle ne pouvait ni bouger ni parler. Il lui fit subir les derniers outrages, puis s'en alla. Lorsque la femme Sin s'éveilla, elle l'eut très mauvaise. Elle prit une corde et se pendit. Souen, dans son rêve, entendit un bruit de respiration haletante et des cris. Il se leva et courut voir : la langue lui sortait déjà de la bouche d'une longueur de deux pouces. Il eut très peur, mais il coupa la corde et porta sa femme sur le lit : après un moment, elle commençait à reprendre ses sens.

Après cette histoire, Souen fut complètement dégoûté de cette femme. Les deux époux prirent soin de s'éviter dans leurs allées et venues et lorsqu'ils se rencontraient, chacun détournait la tête. Quatre ou cinq années se passèrent sans qu'il y eût échange d'une parole entre eux. La femme souvent restait dans la grande salle; elle était joyeuse et riait avec les autres, mais, dès qu'elle voyait venir son mari, elle changeait instantanément de couleur : elle devenait glacée comme de givre ou de neige. Souen avait pris l'habitude de passer la nuit dans un pavillon retiré. Il restait toute l'année sans revenir coucher chez lui et, lorsqu'on le forçait à y venir, il passait toute la nuit, la face contre le mur, sans dire un mot; il se mettait la tête sur l'oreiller et c'était tout. Son père et sa mère en étaient très affligés.

Un jour, une religieuse bouddhiste vint en visite. A la vue de la jeune femme, elle se répandit en éloges sur son compte, mais la mère resta silencieuse et se contenta de pousser de gros soupirs. La bonzesse lui en demanda la raison et on lui raconta toute l'affaire : « Il est facile d'y remédier », fit la bonzesse. Tout heureuse la mère dit alors : « Si vous pouvez faire revenir cette femme à de meilleurs sentiments, nous ne nous moquerons pas de vous en vous récompensant... » La bonzesse vérifia d'un regard qu'il n'y avait personne et dit à l'oreille de la mère : « Allez acheter une peinture érotique. Dans trois jours, pour vous rendre service, je viendrai à bout de sa résistance. » Lorsque la religieuse fut partie, la mère suivit ses conseils et fit, en l'attendant, l'achat prescrit. Trois jours après, la religieuse revint comme promis et donna ses ordres : « Il faut prendre grand soin que tout cela reste très secret et éviter que les époux soient au courant ». Puis elle découpa les personnages du tableau, ajouta trois épingles, une pincée d'absinthe et enveloppa le tout solidement dans du papier blanc. A l'extérieur du paquet elle dessina plusieurs traits semblables à des vers de terre, puis elle demanda à la mère d'éloigner sa bru sous quelque prétexte. Elle prit alors en cachette l'oreiller de la jeune femme, ouvrit la couture et y introduisit le paquet. Cela fait, elle referma l'oreiller et le remit à la place où il se trouvait d'ordinaire. Puis elle s'en alla.

Le soir venu, la mère força son fils à passer la nuit à la maison. Une vieille domestique, au courant de l'affaire, alla se cacher dans un coin d'où elle pourrait tout entendre. Au moment où la deuxième veille allait s'achever (vers 11 h du soir), elle entendit la jeune femme appeler Souen par son petit nom. Souen ne répondit pas. Au bout d'un court instant, la femme parla à nouveau. Souen, d'un air de dégoût, répliqua sur un ton fort désagréable. A l'aube, la mère entra dans la pièce où ils se trouvaient et vit que le mari et la femme se tournaient le dos : elle comprit que les artifices de la religieuse avaient été inefficaces. Elle appela son fils pour l'encourager. Mais Souen, lorsqu'il entendit le nom de sa femme, se mit en colère et grinça des dents. La mère, en colère à son tour, lui lança des invectives et s'en alla sans se retourner.

Un jour se passa et lorsque revint la nonne et qu'on l'eut avertie de l'échec, elle fut très étonnée. Mais lorsque la servante lui eut raconté ce qu'elle avait entendu, elle se mit à rire : « On m'avait dit, d'abord, que c'était la femme qui avait de l'aversion pour son mari, aussi est-ce uniquement sur elle que je suis intervenue. Maintenant que ses sentiments ont changés, ce qui n'a pas changé c'est le garçon. Je vous demande d'employer le même procédé à double efficacité. Il y aura alors certainement un résultat. » La mère suivit son conseil et l'on refit la même opération sur l'oreiller de son fils. Après l'avoir recousu et remis en place, elle fit rappeler son fils pour le faire coucher à la maison. Les époux dormirent un peu plus d'une veille, puis on entendit comme la première fois, mais sur les deux couches, le bruit de dormeurs qui se retournent d'un côté et de l'autre. Parfois ils faisaient entendre des toussements comme des gens qui souffrent d'insomnie. Au bout d'un moment on comprit, au bruit, que tous deux étaient dans le même lit : il y eut un murmure de voix, mais si indistinct qu'on ne pouvait rien comprendre. Comme l'aube allait poindre, on les entendait s'ébattre en riant et pousser des gloussements sans fin. La vieille domestique alla avertir de tout cela la mère qui s'en réjouit fort et fit revenir la nonne qu'elle combla de cadeaux.

Souen a connu depuis lors l'heureuse union du luth et de la cithare. Ils ont maintenant plus de trente ans, ils ont un garçon et deux filles. Plus de dix années se sont écoulées sans qu'il eût de disputes. A ses camarades qui lui demandaient en privé les raisons de ce changement, il a répondu en riant : « Auparavant, rien qu'à voir nos ombres, nous nous mettions en colère, maintenant, rien que d'entendre nos voix nous est une joie. Nous-mêmes, nous ne nous expliquons pas ce qui s'est passé dans nos sentiments. »

Tr. : M. Hervouet.
Rv. : M. Kaltenmark.

CONNAISSANCE DE L'ORIENT

1. Tchouang-tseu : *Œuvre complète.*
2. Bibhouti Bhoushan Banerji : *La complainte du sentier.*
3. Zeami : *La tradition secrète du nô,* suivi de *Une journée de nô.*
4. *Contes du Vampire.*
5. Sei Shônagon : *Notes de chevet.*
6. Hymnes spéculatifs du *Véda.*
7. *Au cabaret de l'amour* (*Paroles* de Kabîr).
8. Natsume Sôseki : *Je suis un chat.*
9. Ihara Saikaku : *Cinq amoureuses.*
10. Chen Fou : *Récits d'une vie fugitive (Mémoires d'un lettré pauvre).*
11. Wou King-tseu : *Chronique indiscrète des mandarins,* I.
12. Wou King-tseu : *Chronique indiscrète des mandarins,* II.
13. Akutagawa Ryûnosuke : *Rashômon* et autres contes.
14. Mythes et légendes extraits des *Brâhmanas.*
15. Urabe Kenkô : *Les heures oisives.* Kamo no Chômei : *Notes pour ma cabane de moine.*
16. P'ou Song-ling : *Contes extraordinaires du Pavillon du Loisir.*
17. *Histoires qui sont maintenant du passé.*
18. Natsume Sôseki : *Le pauvre cœur des hommes.*

Ouvrage reproduit
par procédé photomécanique.
Impression S.E.P.C.
à Saint-Amand (Cher), le 23 février 1987.
Dépôt légal : février 1987.
Numéro d'imprimeur : 187.
ISBN 2-07-070923-X. / Imprimé en France.

39995